NINA

Uma história de ficção
livremente inspirada
em FATOS REAIS

CONFISSÕES DE UMA NARCOTRAFICANTE

NINA

N. R. MAZZARELLI

ALTA BOOKS
GRUPO EDITORIAL
Rio de Janeiro, 2024

Nina

ALTA NOVEL é um selo da EDITORA ALTA BOOKS do Grupo Editorial Alta Books (Starlin Alta e Consultoria Ltda.)

ISBN: 978-85-508-2003-3

Impresso no Brasil — 1ª Edição, 2024 — Edição revisada conforme o Acordo Ortográfico da Língua Portuguesa de 2009.

Dados Internacionais de Catalogação na Publicação (CIP)
(Câmara Brasileira do Livro, SP, Brasil)

Mazzarelli, N. R.
Nina : confissões de uma narcotraficante / N. R. Mazzarelli. -- Rio de Janeiro : Alta Books, 2024.

ISBN 978-85-508-2003-3

1. Romance brasileiro I. Título.

24-195348 CDD-B869.3

Índices para catálogo sistemático:

1. Romances : Literatura brasileira B869.3

Eliane de Freitas Leite - Bibliotecária - CRB 8/8415

Produção Editorial: Grupo Editorial Alta Books
Diretor Editorial: Anderson Vieira
Vendas Governamentais: Cristiane Mutüs
Gerência Comercial: Claudio Lima
Gerência Marketing: Andréa Guatiello

Coordenadora Editorial: Illysabelle Trajano
Produtora Editorial: Beatriz de Assis
Preparação: Christiano Sensi
Revisão: Natália Pacheco
Diagramação: Rita Motta
Capa: Joyce Matos

ALTA BOOKS
GRUPO EDITORIAL

Rua Viúva Cláudio, 291 — Bairro Industrial do Jacaré
CEP: 20.970-031 — Rio de Janeiro (RJ)
Tels.: (21) 3278-8069 / 3278-8419
www.altabooks.com.br — altabooks@altabooks.com.br
Ouvidoria: ouvidoria@altabooks.com.br

Editora **afiliada à:**

ASSOCIADO

PRÓLOGO

FRONTEIRA ENTRE BRASIL E PARAGUAI

Eu estava atordoada com o intenso tiroteio. Os disparos vinham de todos os lados, e, àquela altura, o carro que me protegia parecia apenas um monte de ferro velho. Nem mesmo os anos de aulas de tiro e tudo o que eu tinha passado até aquele momento haviam me preparado para a cena que se desenrolava ao meu redor.

O cerco ao grupo armado se intensificou com a chegada do helicóptero, e, depois de ver o meu amigo cair com um tiro na testa ao lado do carro, percebi que talvez eu tivesse chegado ao fim da linha.

Todos nós sabemos que o fim provável para um traficante de drogas é a prisão ou a morte, mas eu não estava convencida de que minha hora tinha chegado. Eu ainda tinha algumas contas a acertar, e ir parar num túmulo certamente me impediria de resolver aquilo que guardei por anos, principalmente depois de Ibiza...

Os caminhões com o carregamento estavam estacionados ao lado do galpão, e eu só pensava o quanto era importante chegar com aquela carga ao Rio de Janeiro.

Respirei fundo. Os tiros cessaram por um instante, tempo suficiente para que eu saísse de baixo do carro com os braços erguidos. Eu podia ouvir os gritos: "Perdeu, patricinha", "Você já era, melhor desistir antes que morra!" A razão mandava eu me entregar, mas, com rancor e mágoa, eu olhava fixamente para os faróis inquisidores das viaturas apontados para mim. Ainda não era hora.

Eu suava frio. Tinha acabado de escapar de uma tentativa de estupro, estava fora do meu país e prestes a ser presa em uma missão suicida... mas não tive escolha, eu precisava fazer isso por ele... e por mim também.

Olhei para o lado. Estirado no chão de terra batida, meu amigo me encarava com olhos frios e sem vida. Como ele era especial... e como foi fundamental para que eu estivesse ali, embaixo daquela lata velha, ainda em segurança. Ele só queria dar uma vida melhor para a sua família e agora estava lá, morto. O corpo provavelmente seria jogado em uma vala qualquer.

Tudo aquilo era demais para a minha cabeça. Bateu vontade de jogar a porra toda para o alto e sair atirando em quantos corruptos eu pudesse até finalmente ser abatida. Mas é claro que isso não seria nada inteligente. Se fizesse isso, eu jogaria no lixo tudo o que tinha vivido até aquele momento. E eu não sou de desistir facilmente.

Ali, entre a prisão e a morte, fechei os olhos e pude ver a minha vida inteira passar como um filme.

CAPÍTULO 1

BÚZIOS, RIO DE JANEIRO

Nós tínhamos uma casa em Búzios e todo Carnaval íamos para lá. Papai havia herdado o terreno do pai dele; depois que o vovô morreu, ele decidiu construir o que chamava de "refúgio da família Mazzarelli". Quando eu era criança, até gostava de ir para lá, mas, agora, já adulta, achava meio chato passar o Carnaval com a família reunida. A vovó ainda estava firme e forte do alto dos seus 94 anos. Matriarca da família, a nonna Gioconda sempre ditava as regras, e ai de quem acordasse depois das 7 da manhã!

Quando criança, eu me aventurava pelas dunas de Arraial do Cabo, a cidade vizinha, com Túlio, meu irmão. Guardo boas recordações daquele tempo em que podíamos andar livremente pelas ruas, ir de bicicleta de uma cidade à outra e aprontar longe dos olhares exigentes do papai. Era longe para ir de bike, ficávamos exaustos, mas adorávamos encarar a viagem só pra ficar longe de Vicenzo, o "Carcamano Ranzinza". Era assim que chamávamos o papai naquela época e ainda hoje o chamamos. Bons tempos...

Como Túlio estava em Boston concluindo um doutorado, padeci na mansão com Vicenzo, mamãe e a vovó, que sempre falava os mais pesados palavrões quando papai não estava por perto e ficava enlouquecida ao ver o Thiago Lacerda na novela — que depois de *Terra Nostra* virou um *sex symbol*. Ela sempre se emocionava quando via essa novela. Acho que lembrava de suas origens... Nunca entendi alguém que gostasse de se torturar tanto quanto dona Gioconda.

Mas, como Búzios fervia no Carnaval, eu sempre dava meu jeito de fugir daquela reunião em família e cair na rua. Meus amigos do Rio vinham para a cidade, que tinha ótimas baladas, e aquele Carnaval não foi diferente.

Encontrei os populares Jorginho e Filipe na Rua das Pedras, o *point* da cidade. Eles eram os mais descolados, bagunceiros e também os mais velhos da minha turma do curso de medicina da UFRJ. E certamente eram os que conseguiam os melhores baseados da vida. Fumamos um do bom e nos divertimos muito naquela noite.

Os gringos entulhavam as ruas e lojinhas da cidade, mas a gente sempre conseguia fugir do tumulto, para curtir a nossa onda na praia, olhando o mar e as estrelas e falando as maiores abobrinhas.

No dia seguinte, fomos curtir a praia de novo. Estava lotada, sem espaço, mas a gente estava lá, como se não morasse no Recreio, que tem as praias mais iradas do Rio, e lá ficamos o dia todo. Eles eram ótimas companhias. Eu estava chapada e nem me liguei de usar protetor solar. No fim do dia, não aguentava colocar a bolsa no ombro de tanto que estava ardendo. Não deu outra: ganhei o apelido de "camarão", não apenas por ficar super vermelha devido ao exagero no sol, mas também por uma associação com o camarão do *skunk*, ou seja, a flor do *skunk* que eu adorava fumar.

CAPÍTULO 2

UM NOVO AMIGO

O telefone do Jorginho tocou, e a gente tentou segurar a onda. Era um amigo deles do Rio dizendo que estava indo, mas só prestei atenção quando ele disse que estava com o camarão. Caímos todos na gargalhada, e o cara disse que estava chegando com uma boa pra gente. Logo me interessei e corri pra casa, para me arrumar. Achei que ele estava trazendo alguma droga diferente, alguma variedade de maconha, *purple haze* ou outra dessas boas — e raras — de Amsterdã ou da Califórnia... Doce ilusão.

Naquele dia papai estava mais chato do que de costume. Ele me perturbou o juízo com suas máximas "estamos em família" ou "você não para em casa". Para os meus ouvidos, era meio hipócrita, mas... *Va bene*.

Vovó tentava colocar panos quentes enquanto babava pelo Matteo da novela, dizendo:

— Deixa a menina se divertir, Vicenzo. — Depois, baixinho, ela dizia pra mim: — *Dannato figlio di puttana!* — Eu olhava para ela, que imediatamente continuava: — Só eu posso chamar ele assim, afinal, a puta dessa história sou eu!

Nós ríamos sempre e tentávamos evitar que o papai, o homem puritano, ouvisse as besteiras e palavrões.

Decidi ficar em casa e fazer a vontade do *big boss*. Papai era do tipo que não gostava de ser contrariado. Me besuntei de hidratante para amenizar o ardor do sol e fiquei na minha, pensando no que o tal amigo estaria trazendo pra gente, e fui dormir. O bom de fumar camarão é isso: depois da onda, o sono é profundo.

No dia seguinte, saí sem tomar café e fui ao encontro deles numa pousada. Estava curiosa para saber qual era a tal boa que o amigo estava trazendo do Rio, mas os encontrei preocupados, pois ele ainda não tinha chegado. O trânsito para a Região dos Lagos era infernal naquela época do ano, mas realmente já era para ele ter chegado. Propus fumarmos um baseado para relaxar, e logo em seguida ele chegou, me olhando com desconfiança. Acho que pensou que Camarão fosse outro cara, e então os meninos explicaram que eu era "como se fosse homem", sem insinuar que eu fosse lésbica. Nada contra elas, mas o que eles queriam dizer é que eu era fechamento.

Enquanto eles discutiam e explicavam a minha presença no meio dos homens, eu observava o tal amigo. Alto, corpo atlético e bonito, o tipo de homem com quem eu certamente ficaria. Ele estava afoito para contar o que tinha acontecido e, depois de relaxar um pouco com a minha presença, abriu o jogo: ele tinha sido parado numa blitz quando chegava em Búzios — aquelas que os policiais fazem em datas festivas só para tirar dinheiro do povo — mas a questão é que o carro era roubado, ele não tinha carteira de motorista e ainda tinha alguns gramas de *skunk* no bolso, ou seja, todo errado. Nesse momento, meus pensamentos conflitavam entre querer saber como ele havia saído daquilo e onde eu tinha me metido.

Essa crise de moralismo durou menos de 10 segundos, e eu já estava mais interessada em saber como ele tinha se livrado dos policiais, pois o cara era safo. Contou que se entregou, dizendo que não tinha carteira de motorista e que estava com drogas. Mas fez tudo isso planejando desviar as atenções do roubo do carro. As palavras dele soaram como música para aqueles policiais corruptos, que estavam justamente esperando pegar alguém e garantir um bom arrego para curtir o Carnaval. Eu ouvia a história, fascinada pela cara de pau dele.

Ele seguiu contando que negociou, disse que estava levando o dinheiro que tinha para a mãe e morreu em 300 reais. Ninguém resiste ao apelo de um filho dedicado, não é? E, para minha surpresa, os policiais ainda deixaram ele sair com o *skunk*. Ele terminou de contar a história rindo do feito, e eu, louca para ser amiga daquele homão da porra.

Percebi que ele ainda não estava à vontade na minha frente. Talvez por eu ser mulher, talvez por ter acabado de me conhecer. Mas o fato é que ele já tinha conquistado a minha admiração. Então, quis saber por que meu apelido era Camarão. Nós quatro rimos daquilo, e eu finalmente pude me apresentar.

CAPÍTULO 3

NINA MAZZARELLI

Me descrever não caberia no resumo de um capítulo, e de fato, não tenho uma descrição precisa. Sou fruto de tudo que compartilho como confissão neste livro. Em minha defesa, reconheço que cometi muitos erros, mas, no fundo, quero acreditar que tenho uma boa índole.

Para começar, não é possível falar de mim sem explicar um pouco sobre a história da minha família e como chegamos até aqui.

Nasci em uma família de classe média alta, no Rio de Janeiro. Meu avô, italiano, migrou para o Brasil trazendo consigo uma receita que o deixou milionário: sabia produzir o que se tornou um dos melhores vinhos do Brasil.

Com vinícolas no sul do país, administrou o negócio com mãos de ferro e enviou os filhos para pontos estratégicos: tio Marco foi para o norte e se radicou em Manaus, cuidando da distribuição dos vinhos para as regiões Norte e Nordeste; como papai não quis morar em São Paulo, foi para o Rio de Janeiro, para cuidar da distribuição nas regiões Sudeste e Centro-oeste.

Vovô acompanhava os negócios da família no sul, mas papai não tinha juízo. Como a maioria dos jovens àquela época, ele queria saber de festas, drogas, praia e mulheres. E ele tinha muito dinheiro disponível, então acabou negligenciando os negócios e quase levou a distribuidora à falência.

Vovô então decidiu mandar minha avó para o Rio, mas também não deu certo. Eram os anos 1970, a tropicália fervia — certa vez, na praia, papai chegou a dividir um sanduba natureba com Caê e Gil —, e a ditadura estava no auge, mas a maconha rolava solta pelas praias, e Ipanema ficou pequena para Vicenzo e a família Mazzarelli. Ouvi a nonna contando que, certa vez, papai chegou em casa pelado, dizendo que o mal que o acometera tinha sido o "tal de *mandrix*".

Enfim, tentando tirar meu pai do mau caminho, eles compraram uma chácara em um lugar remoto, um bairro que tinha acabado de nascer, chamado Recreio dos Bandeirantes. E, depois de conhecer a mamãe, também descendente de italianos, ele começou a recolocar a vida nos trilhos. Até hoje acho que esse casamento foi arranjado na Itália, mas nunca consegui tirar essa informação deles.

Túlio veio primeiro, para a alegria de papai. Alguns anos depois, eu nasci. Apesar da enorme vontade de ter dois varões, papai passou a vida tentando se conformar com a realidade: era também pai de uma menina, embora nunca tivesse desejado isso. Mamãe teve complicações no parto, e, como morávamos em um lugar com poucos recursos, acabei nascendo em casa. E comigo veio a notícia de que ela não poderia mais ter filhos.

Sempre achei que esse era o real motivo de papai querer fazer de mim o menino que não havia tido, já que Túlio logo cedo demonstrou seus interesses homossexuais, quando papai o pegou fazendo meinha com o filho do caseiro. Tempos depois, o rapaz morreu afogado misteriosamente em um dos muitos canais do bairro, e a família dele decidiu voltar para o Nordeste. Mistérios da vida...

Mas papai nunca quis ser vinicultor. Gioconda, como boa nonna italiana, assumiu os negócios quando meu avô morreu e os conduziu até não ter mais forças para se deslocar para o sul ou ficar sem alguém da família por perto. Papai e tio Marco fecharam um excelente negócio com um francês, desses que depois de velho decide gastar o que ganha em euro aqui, onde o dinheiro vale quatro vezes mais. Além da venda milionária, eles mantiveram uma parte do terreno onde ficava o casarão e a adega com os primeiros tonéis do vinho produzido pelo vovô, uma exigência da minha avó. Segundo ela, o vovô dizia que aqueles tonéis eram o bem mais valioso da família Mazzarelli.

Normalmente nos revezávamos entre a mansão de Búzios e a fazenda Mazzarelli nas férias, mas hoje quem cuida da fazenda são os funcionários da vinícola. Faz parte do tal acordo de compra e venda que papai e tio Marco assinaram quando passaram o negócio para o francês.

Tio Marco sempre foi jogador compulsivo e não via a hora de colocar as mãos na herança; por outro lado, papai queria se livrar daquilo que o tinha atormentado durante a vida inteira. Ele administrava os investimentos da venda da vinícola, bancava os estudos do Túlio fora do Brasil — certamente para não conviver com o filho gay — e me mimava como podia, embora tenha tentado fazer de mim o que nunca havia conseguido com Túlio.

Vicenzo jamais admitiu aos filhos o seu passado inglório, imerso em drogas, armas e loucuras, mas a gente sempre soube.

Sabíamos inclusive que isso não tinha sido só zoeira da juventude, mas falaremos disso mais tarde.

Ele se tornou o Carcamano Ranzinza e vive esse personagem desde então.

CAPÍTULO 4

A OPORTUNIDADE FAZ O LADRÃO

Aquele Carnaval foi inesquecível... Depois de apertar mais uns baseados, o tal amigo finalmente se sentiu mais à vontade para contar o que tinha planejado. Como escrevi antes, não era uma droga boa que ele trazia. O que ele queria mesmo era aproveitar que a cidade estava cheia, que vários riquinhos alugavam mansões para curtir as baladas naquela época e roubar tudo o que tivesse de valor nas casas vazias.

Ri quando ouvi aquilo, porque não podia acreditar que ele estivesse falando sério. Levando na brincadeira, debochei da situação, dizendo que, se fôssemos assaltar casas, deveríamos pelo menos ter uma arma.

Ele olhou no fundo dos meus olhos, provavelmente muito puto pelo deboche. Nós nos encaramos por alguns segundos, e ele então tirou a arma da cintura. Olhei para ele novamente, mas ele já tinha desviado o olhar. Acho que esperava de mim uma reação de repulsa, mas tudo o que eu sentia naquele momento era admiração por aquele cara, cujo nome eu sequer sabia.

Obviamente, ele não me incluiu no plano e, como percebeu meu deboche sobre a arma, foi arrogante e disse que eu nem deveria me meter, já que não participaria do assalto. Me senti desafiada, e começamos a discutir. Enfrentei ele de igual para igual, já que ser forte sempre foi uma das premissas do Carcamano. Ele me ensinou desde cedo a nunca abaixar a cabeça para quem quer que fosse.

Depois, apesar de duvidar de mim, o amigo aceitou que eu fosse. Acho que ele queria me assustar ou intimidar, sei lá. Só sei que eu tinha conquistado o direito de participar daquele assalto, o que me deixou ansiosa. Ele era o cara e tinha o faro muito apurado, e foi aí que percebi que não era a primeira vez que ele fazia aquilo.

Ele escolheu uma casa com jovens ricos e de fácil acesso. Rondamos a propriedade umas três vezes durante o dia e a noite, quando os playboys estavam na balada. Durante o trajeto, ele reclamou com os meus amigos. Disse que eu iria atrapalhar e falava como se eu não estivesse ali, naturalmente para me intimidar, mas eu estava cagando solenemente para ele.

Chegamos à casa, que, como esperado, estava vazia. Ele nos orientou, dizendo que nunca se deve entrar pela porta da frente. Pulamos o muro e fomos à procura da porta dos fundos.

Quando nos aproximamos da porta da casa, ouvimos um barulho, e eu gelei. Será que tinha alguém na casa? Já imaginei o Carcamano indo até a delegacia para me soltar e como ele falaria na minha cabeça, já que, alguns anos antes, tinha se tornado o baluarte da moral e dos bons costumes. Típico de quem quer esconder o passado, mas *va bene*...

Os meninos também ficaram nervosos, mas logo entendemos o que estava rolando. Um casal estava transando no banheiro da casa do caseiro, e o nosso novo amigo, muito esperto, foi sorrateiramente até a porta e travou a maçaneta com um banco.

Eles não sairiam dali tão cedo e também estavam muito ocupados para perceber que estavam sendo assaltados.

À porta da casa principal, os meninos tentavam encontrar alguma brecha, e o amigo já tinha sacado do bolso o seu "kit ladrão", com grampos, chaves e outros objetos para arrombar a porta. Antes que ele continuasse, segurei firme na maçaneta e girei.

A porta abriu imediatamente. Às vezes, o óbvio funciona. Os três ficaram olhando para mim com cara de idiota, e eu me senti maravilhosa. Naquele instante, pensei que o amigo poderia reconhecer que me levar talvez não tivesse sido má ideia, afinal, poupei a todos um tempo precioso.

Entramos na casa, e as instruções que ele nos deu foram pegar tudo o que tivesse valor e fosse leve. Corri para a suíte e me deparei com um perfume feminino cheio da Versace. Embora pudesse comprar um se eu insistisse muito para o papai, aquele ali estava lá para mim. Peguei ele, e os meninos riram, mas no fim acabaram levando os perfumes masculinos também.

Era um assalto, sim, mas com eles parecia uma brincadeira, porque faziam graça de tudo. Pegamos o máximo de coisas que podíamos carregar e fomos embora.

Chegamos à pousada sem fôlego. Eu estava em êxtase, afinal, tínhamos trazido muitas coisas, mas o amigo não estava satisfeito e começou a planejar o próximo assalto. Como eu já tinha vivido emoções demais para um dia, peguei minhas coisas para sair, mas, antes, perguntei o nome do sujeito, e ele me respondeu:

— Eu me chamo Roll.

CAPÍTULO 5

ROLL

Acordei me sentindo uma criminosa de sucesso. Tinha um perfume da Versace, um colar novo e algumas notas de 100 reais. Gostei daquele sentimento e queria fazer de novo, mas naquela tarde eu não poderia fugir de papai e seu churrasco, que ele tinha aprendido a fazer com o nonno, durante sua infância e adolescência no sul.

Vovó passou a tarde falando da vida na vinícola, que sentia falta, que gostaria de voltar lá antes de morrer, e todos nós ficamos mexidos. Realmente, a hora dela já estava chegando...

Assim que o churrasco acabou e papai dormiu depois de não sei quantas doses de uísque, fui para a pousada dos meninos, mas eles não estavam mais por lá. Descobri que tinham ido para o outro lado da cidade, e lá fui eu atrás. Estava impressionada com aquele grupo e, principalmente, com o Roll. Tinha sonhado com ele naquela noite e sabia que ele tinha mexido comigo, mas não o encontrei. Jorginho e Filipe me disseram que ele estava na pousada, com duas mulheres, no quarto ao lado. Lembro que fiquei muito decepcionada, porque achei que estávamos criando uma conexão... Enfim, fazer o quê? Ninguém é perfeito. O cara gostava de *ménage*, e, naquele momento, me contentei com a amizade dele, ansiosa para cometermos o próximo delito.

Ficamos esperando o Roll se divertir com as duas garotas, para podermos organizar nossa próxima aventura. Depois de algumas horas, não me aguentei e bati na porta do quarto.

Uma loira sorridente abriu a porta. Logo atrás avistamos Roll apoiado no colo de uma morena mexendo no celular. Para mim elas tinham uma cara de baixa renda, sabe? Consegui identificar pelas roupas e pelo jeito que falavam.

Olhei para a cama bagunçada, os sutiãs e as calcinhas espalhados ao redor, garrafas e copos de bebida pelos móveis... Ele tinha gastado todo o lucro do dia anterior naquela festinha infame. Mas eu não tinha nada a ver com aquilo, certo?

Eu já me sentia parte daquela quadrilha e, com um tom autoritário, disse:

— Coé, Roll, bota ritmo. Já é 5 da tarde.

Ele olhou para mim da forma mais serena possível e finalizou com a propriedade do chefe da quadrilha:

— Eu sou o controle, Camarão!

Algum tempo depois, estávamos todos no carro. Eu não estava feliz com a presença das meninas, mas ia fazer o quê?

Rodamos alguns minutos até achar a casa perfeita. Ficamos em uma lanchonete próxima, espiando o pessoal que estava na casa, os carros importados na garagem, champanhe rolando na piscina... As companheiras do Roll certamente queriam estar do outro lado. Elas eram daquele tipo de menina que quer apenas diversão gratuita. Eu, porém, não tinha dúvidas do lado em que preferia estar.

CAPÍTULO 6

ECSTASY

Decidimos andar pela cidade. Búzios era linda em qualquer época, apesar do Carnaval. Eu também adorava o clima pacato dali durante o resto do ano, quando a gente conseguia relembrar que aquela era uma cidade de interior.

Rodamos um pouco e avistamos um bloquinho. A criançada estava animada: muito confete, serpentina e mães enlouquecidas que gritavam em vários idiomas, e a gente ali, no meio da bagunça, esperando a hora de agir. Jorginho, então, tirou do bolso alguns comprimidos estranhos, que tinham uma borboleta desenhada. Aqueles meninos sempre me surpreendiam... Com a propriedade de um químico, ele nos explicou:

— Essas são as famosas balas, com 120 mg de MD, importadas de Amsterdã especialmente para vocês, meus amigos sem mente!

Nós nos olhamos e caímos na gargalhada. Cada um pegou uma, e, uns 20 minutos depois, estávamos fazendo declarações profundas de amizade uns aos outros. Nos conhecíamos há pouco tempo — íamos começar o terceiro período da faculdade —, mas, naquele momento, parecíamos irmãos. De repente viramos os melhores dançarinos do bloco, apesar de fazermos passos de música eletrônica no meio do bloco de Carnaval.

Eu estava eufórica e feliz. Me sentia a rainha do mundo, e certamente isso se refletia no meu semblante chapado. Aquelas balas proporcionavam momentos divertidos...

Meu olhar cruzou com o de Roll, que estava atrás de mim com as namoradas. Eu achava que elas eram ridículas e bregas, mas ele se sentia um sultão no seu harém e também me olhava mais que o normal. Na hora, achei que pudesse ser viagem da bala, mas depois entendi o que estava acontecendo.

Ele ficou na dele, e eu curti minha onda com meus amigos loucos de bala no bloquinho de Búzios.

CAPÍTULO 7

BUNKER M

Meu primeiro contato com as drogas foi ainda na infância. Não como usuária, é claro, mas como observadora das últimas atividades ilícitas de papai e seus clientes. Nos anos 70, ele era o rei da Zona Sul. Dominava todos os contatos e caminhos para viabilizar os melhores "remédios para alegria", como diziam os poetas em suas músicas no início da década seguinte. Ao ser deslocado para o remoto e ermo Recreio dos Bandeirantes, ele se adaptou à nova realidade e encontrou outro negócio com muito potencial: o tráfico de armas.

Nos anos 80, com a decadência da ditadura e o aumento do tráfico de drogas, que concentrava suas operações nas comunidades carentes, papai percebeu que a concorrência com as drogas tinha aumentado muito e já não proporcionava mais a adrenalina da juventude. A verdade é que papai nunca foi muito chegado às drogas e, quando mudou de ramo, passou a odiá-las. Aos poucos, repassou seus clientes, garantiu alguma lucratividade com suas bases já consolidadas na pista e criou um bunker no terreno do Recreio, para armazenar os produtos de seu novo negócio. Ele chamava o local de Bunker M.

O esconderijo era um dos mais modernos à época. Contava com infraestrutura para que a família permanecesse lá, caso necessário, por até um mês. Além do depósito de armas, que era enorme, tinha um apartamento completo e um túnel que o ligava diretamente ao quiosque comprado por papai na praia, além de saídas que davam em pelo menos outros dois terrenos baldios que ele também tinha comprado. Tudo isso para garantir a segurança da operação, de seus clientes e da sua família. Um pescador da região cuidava do quiosque e era pago para fazer vista grossa tanto para os negócios ilícitos quanto para as orgias que os jovens faziam na praia, que era distante dos olhares caretas da sociedade carioca. Papai era visionário.

Isso durou até eu completar 10 anos. Nessa época, vovô já tinha partido, a nonna estava à frente da vinícola no sul e tinha se rendido à terceirização, para garantir que os vinhos fossem distribuídos na região. Como papai já tinha dois filhos e estava casado, a nonna resolveu fingir que não via o que estava acontecendo, como uma boa galinha que protege seus pintinhos debaixo das asas, e atribuiu à mamãe a tarefa de administrar aquela situação incontrolável.

Assim como o bairro tinha crescido rápido, papai também se organizou para manter seus clientes. Mamãe sempre viveu fingindo que nada acontecia e, como Túlio, não queria chegar perto de papai. Eu acabei virando "o filho que ele não teve", como ouvi uma vez ele dizer para a mamãe, aos berros.

Eu o acompanhava ao bunker, no enorme terreno que tínhamos à beira do mar, e, por lá, corria entre as pernas de papai enquanto ele organizava os produtos de seu novo negócio: recebia, embalava, montava e desmontava as armas e preparava tudo para os compradores, disfarçados de motoqueiros de um clube de moto da zona norte da cidade.

Por vezes, depois de fechar um bom negócio, papai caminhava com os amigos até a praia, eles fumavam um baseado, e eu gostava do cheiro. Lembro como se fosse hoje que, sempre que ele ia para a praia com a galera, eu queria ir junto, pois sabia que teria aquele cheirinho e que, na volta, eu dormiria bem melhor. Nessa época os negócios já se restringiam às armas, e ele já tinha mudado de personagem. Não era mais a favor das drogas e era contra o porte e comercialização de armas — claro, porque isso acabaria com a sua lucratividade. Mais uma vez, aprendi com papai como se adaptar para sobreviver. Hipócrita, sim; sem dinheiro, nunca.

Eu sabia que não podia falar sobre aquele assunto com ninguém, e ele tinha feito em mim um trabalho exemplar. Eu era a garotinha do papai e, ao mesmo tempo, o acompanhava, aprendia com ele e percebia que, na vida, precisamos sempre de alguns personagens para sobreviver.

Lamento que o último personagem de Vicenzo tenha afastado tanto ele de mim, mas *va bene*...

Meu aniversário de 10 anos me marcou, porque, depois que fomos surpreendidos pela polícia, em casa, no dia da minha festinha, mamãe deu um ultimato ao papai. Túlio era mais velho, mas, como tinha medo do Carcamano, talvez nunca tenha sabido dessa história.

CAPÍTULO 8

A CASA DO DJ

Algumas horas depois do efeito do ecstasy, nossa euforia estava mais controlada, e voltamos para a pousada dos meninos. Papai não parava de me ligar, e eu precisava dar alguma satisfação. As namoradas do Roll me ajudaram, e inventei que estava com umas amigas. Uma delas falou alto, para que papai ouvisse, e ele ficou mais tranquilo, acreditando que eu estava com amigas da faculdade.

Era tarde, não dava para ir para casa me arrumar, então peguei umas roupas emprestadas com as meninas e me maquiei. Nesse meio-tempo, pude conhecer melhor as duas, que até então não tinham me agradado em nada, mas aquele momento com elas me fez desconstruir o preconceito, e pude saber mais sobre o Roll.

Elas falavam dele com muito orgulho. Eram apaixonadinhas por ele... na verdade, eram apaixonadas pelo que ele tinha: falavam do carro, da moto e dos cordões que usavam no pescoço. Enquanto eu ouvia elas falarem, pensava que tudo aquilo que ele ostentava era fruto de roubos e carregava comigo a certeza de que eu só teria aquilo que eu mesma pudesse conseguir — certamente mais um dos muitos ensinamentos de papai. Eu sabia que, se o Filipe estivesse dirigindo um carro como o do Roll, elas ficariam interessadas nele, embora ele fosse magrelo, curvado e cheio de espinhas.

Assim que terminamos de nos arrumar, as meninas foram para a Rua das Pedras, e nós partimos para a nossa missão.

A casa estava vazia. Subimos pelos moldes dos aparelhos de ar-condicionado e conseguimos entrar pela janela do segundo andar, já no quarto principal. Corri para o closet e vi duas bolsas de grife. Agarrei as duas com pressa. Os meninos não faziam ideia do valor daquelas preciosidades e pegaram todos os relógios e joias. Encontramos muitos dólares, e, quando nos demos conta, Roll vinha em nossa direção com um frasco de lança-perfume.

— Como esse cara tem isso aqui, e eu não?

Percebemos que a casa era de um DJ que ia tocar na boate mais famosa de Búzios naquela noite. Pegamos tudo rápido e fomos para a pousada. No caminho, Roll continuou a história do lança-perfume, e entendi que ele também vendia aquilo.

Chegamos à pousada, e eu estava tão feliz por ter uma Prada e uma Gucci que mal podia me conter. Elas eram lindas. Expliquei para os meninos o valor daquelas peças, e, quando as garotas chegaram, também amaram minhas bolsas. Roll prometeu uma para elas no próximo roubo, e eu o matei mil vezes em pensamento.

CAPÍTULO 9

ASSALTO À MÃO ARMADA

No dia seguinte, fomos a uma praia onde só dava para chegar de barco e alugamos um exclusivo pra gente. Era nosso momento de lazer, mas o faro de Roll não parava: ele avistou um gringo com um Rolex e uma pulseira de ouro grossa. Ele queria aquelas peças, mas os meninos não estavam a fim de ação.

Passamos o dia lá, e, quando o gringo pegou a trilha para sair da praia, Roll levantou e foi atrás. Eu percebi, demorei alguns instantes e, não sei se por instinto ou para impressionar, fui atrás dele.

Entramos na trilha. O gringo estava a alguns metros na nossa frente, e Roll segurou minha mão quando outro casal passou, para fingirmos ser um casal também. Lembro que controlei meu suspiro... Aquele cara me tirava do sério.

Quando só estávamos os três na trilha, ele agarrou o braço do gringo, mas o cara era forte e reagiu. Na briga, a arma do Roll caiu. Fiquei olhando os dois homens se batendo e consegui pegar a arma. Como eu tinha habilidade com pistolas — na hora só agradeci pelas aulas de tiro que papai tinha me dado na praia do Recreio —, engatilhei e apontei para o gringo.

Eles ouviram o barulho, e o gringo cedeu. Ele percebeu no meu olhar que eu não hesitaria em atirar. Acho que foi ali que o Roll começou a me conhecer de verdade.

Roll fez o cara desmaiar depois de me fitar por alguns segundos. Corremos para o barco, onde Jorginho e Filipe já estavam nos esperando para voltar. Não falamos nada durante todo o percurso, e fui direto para a minha casa.

Eu só me sentia segura perto do Carcamano. Mesmo com toda a empolgação do momento, eu sabia que aquilo seria um dos maiores pesos na minha consciência pelo resto da vida, não só pelos erros de um assalto super amador, mas também pelo entendimento do quão covarde é subtrair algo de alguém. Meu carma veio em seguida, acreditem.

Entrei em casa apressada, e papai se colocou à minha frente. Eu não disse nada, e ele apenas me olhou nos olhos e estendeu a mão, como sempre fazia quando percebia que algo estava diferente. Ele sempre foi o cara, o meu porto seguro, e, apesar de seu personagem ter criado uma barreira entre a gente, ela não era tão intransponível a ponto de impedi-lo de perceber que alguma coisa estava acontecendo. Sorri e fui para o meu quarto.

Meu celular não parava de apitar. Eram mensagens do Jorginho e do Filipe. Eles perguntavam se eu estava bem, onde eu estava, queriam me ver e coisas do tipo. Eu não quis responder e fiquei na sala, assistindo filme com a minha família. A nonna acariciava a minha cabeça, papai degustava um uísque caríssimo enquanto contava suas piadas repetidas, e mamãe gargalhava das mesmas coisas que escutava há anos. O amor tem dessas coisas, e eu sabia o quanto mamãe tinha aguentado para que eles pudessem chegar até aquele momento.

Peguei no sono, e eles me deixaram ali. Batia uma brisa fresca na sala, que tinha largas portas de cor turquesa que davam para o amplo quintal. Papai gostava de manter as portas abertas, e assim elas ficaram enquanto eu dormia.

Acordei de madrugada com um barulho. Levantei com cautela, procurando ao redor. Ninguém de casa estava no térreo. Instantes depois, ouvi outro barulho. Tentei identificar de onde vinha o chamado e caminhei até a cozinha, onde peguei uma faca. Novamente, fizeram barulho, mas dessa vez consegui identificar.

Caminhei devagar até a bela porta turquesa e finalmente pude ver a cabeça do Roll no muro. Nesse momento, meu coração disparou. Olhei no relógio da sala, que marcava 4 da manhã. Larguei a faca e corri em direção ao portão. Em instantes, estava de pijama, na rua, de frente para o homem que estava bagunçando a minha vida. Não pude perder a piada:

— Veio assaltar a minha casa?

— Vim ver como você está. Você sumiu. Parece maluca.

Roll estava sendo muito corajoso. Se meu pai estivesse acordado e o pegasse no meu muro, o mataria. Quer dizer, não sei se conseguiria matar, já que meu pai não enxergava mais tão bem, mas com certeza atiraria nele.

Minha casa era próxima a uma praia, e fui andando com ele para lá, mesmo de pijama. Nós nos sentamos na areia, ele apertou um baseado, e vimos o dia nascer ali, em silêncio. Eu só pensava que finalmente tinha despertado algum interesse nele, afinal, ele atravessou a cidade, de madrugada, para saber de mim... Mas me contive e não dei bandeira. Talvez fosse isso que o atraía: eu não me submetia a ele e o tratava como igual.

Voltei para casa antes de a nonna levantar. Tomei café com a minha família. Papai gostava de mesa farta. Ele se sentava à cabeceira, minha mãe, de frente para mim, e minha avó, ao meu lado. Um dos momentos de que eu mais gostava na minha casa era o café da manhã, mesmo com papai sempre emburrado com as notícias.

Eu fazia graça disso. Não entendia por que a primeira coisa que ele queria sentir no dia era revolta. Sempre pensei que ele deveria deixar para ler o jornal e se aborrecer no fim do dia, mas papai sempre foi muito sistemático: ele gostava de ler o jornal à mesa do café e era o último a sair de lá. Ficava mais de uma hora lendo e resmungando. Não é à toa o apelido de Carcamano Ranzinza.

Era segunda-feira. A cidade ainda estava a todo vapor, mas eu iria embora no dia seguinte. Papai queria evitar o trânsito da Quarta-Feira de Cinzas.

Tudo parecia um sonho. Desde que eu tinha conhecido o Roll, aqueles não pareciam dias reais. Será que ele tinha ido à minha casa no dia anterior mesmo ou aquilo foi só um sonho?

Papai segurava o jornal e resmungava como sempre, mas abaixou as páginas e olhou pra mim por cima dos óculos. Mamãe e a nonna combinavam o cardápio do último almoço de Carnaval, e eu só pensava em Roll.

Olhei para os meus pés ainda sujos de areia e percebi que tinha sido real. Ri com o canto da boca, feliz e animada com tudo o que estava acontecendo. Quando voltei meu olhar para a mesa, percebi que papai tinha voltado o dele para as páginas que sempre o tiravam do sério. Ele era muito observador, e acho que, àquela altura, já sabia que tinha homem na jogada.

CAPÍTULO 10

APAIXONADA, MAS NEM TANTO

Naquele dia caprichei na produção. Embora não quisesse estar interessada naquele cara, que, por coincidência ou destino, tinha um nome que em inglês significava "rolo", eu não tinha controle sobre os meus sentimentos. Mesmo me esforçando para não deixar isso tão aparente, assim que entrei no quarto dos meninos, eles já falaram do meu cheiro e do meu cabelo arrumado. *Merda, dei bandeira!*, pensei, já prendendo os fios em um coque. Disse a eles que estava daquele jeito por causa de uma foto em família. Desculpa péssima, admito. Mas foi o melhor que consegui pensar naquele momento.

O tempo foi passando, e o Roll não aparecia. Eu tinha uma boa desculpa para bater na porta dele. Precisava devolver as roupas que as meninas tinham me emprestado, afinal, era meu último dia em Búzios.

Uma das meninas abriu a porta com cara de sono. Entreguei a sacola, agradeci e ouvi Roll me chamando lá de dentro. Achei aquilo ofensivo, afinal, a menina estava sem roupa, e ele me chamando para entrar? Não poderia ser com boas intenções...

Corri dali e não encontrei mais o Roll naquela viagem.

CAPÍTULO 11

O PRIMEIRO PRESENTE

Papai acabou cedendo aos apelos da nonna, e só voltamos na Quarta-Feira de Cinzas, pela manhã. Nesse dia, o centro do Rio estava deprimente. As ruas estavam sujas, ainda podíamos ver alguns bêbados por lá, uns poucos blocos de Carnaval tentavam acreditar que a folia não tinha terminado, e, à tarde, a Praça Onze ficou em festa com a nova campeã do Carnaval carioca. E eu estava abatida, tentando digerir o que tinha acontecido naquela viagem.

Uma semana depois, meu telefone piscou com uma mensagem de um número desconhecido: "Camarão?". Eu ri, porque sabia que era o Roll. Respondi que sim, e começamos a conversar. Ele queria me encontrar para fumar, e eu também queria encontrá-lo, então combinamos um passeio. Marcamos o encontro em um shopping na Barra. De início, não entendi, porque o convite era pra fumar um baseado, então, onde fumaríamos? No estacionamento?

Desligamos e fiquei animada. Eu não tinha dado meu número para ele, ou seja, o Roll estava interessado, e eu, por mais que quisesse me enganar, já estava apaixonada.

Enfim, lá fui eu, cheia de expectativas. Quando vi aquele homem alto, moreno e atlético vindo na minha direção, pirei. Ele me abraçou tão forte que quase tive um orgasmo.

Roll pegou na minha mão e me levou para a parte de cima do shopping. Aquele lugar, aonde certamente só os funcionários tinham acesso, nos proporcionou uma vista privilegiada do bairro. Acendemos o baseado, ficamos apreciando o pôr do sol e relembrando as coisas que tínhamos feito no Carnaval.

Enquanto fumávamos, ele tirou um cordão do bolso com um pingente que tinha um N. Quando vi aquilo, gelei. Ele tinha me chamado para um lugar inusitado e trazia um presente? E não era qualquer presente, era um cordão grosso de ouro, e o pingente estava cravejado de brilhantes. Me senti uma rainha, mas ele tirou sarro com a minha cara:

— Gostou? Mandei fazer pra mim.

Tentei disfarçar, mas devo ter deixado que ele percebesse minha frustração. Imediatamente continuei a conversa:

— Então seu nome é Nicholas? Natan? Nuno?

Ele gargalhou e esticou a mão, me oferecendo o cordão.

— Meu nome é Rubens. É óbvio que ele é seu.

Acho que fiquei sem fôlego naquela hora. Aquele presente poderia significar muito. Olhei para o Roll, ainda extasiada com o peso do cordão, e então ele acabou com a graça:

— É a sua parte do assalto ao gringo.

Era só a minha comissão pelo assalto. Mas achei fofo ele mandar fazer o cordão com o pingente. Aquilo, sim, era um presente, e um presente bem caro. Minha comissão não pagaria aquela joia, *va bene*?

Eu me sentia feliz com o reconhecimento. O presente era mais do que eu merecia e mais do que eu esperava. Aliás, eu não tinha a menor pretensão de receber por aquele assalto. Mas o que me deixou ainda mais feliz naquele dia foi quando ele me contou seus planos. Ele ia trazer garrafas de lança-perfume da Argentina para vender aqui, no Brasil — acho que realmente tinha ficado bolado ao perceber que o DJ tinha lança-perfume, e ele, não. Disse que já tinha feito isso algumas vezes, mas que o sócio havia saído da jogada, e ele teria que ir sozinho negociar com os caras de lá. O problema era que ele não falava espanhol e não sabia o que fazer.

Nesse momento, mais uma vez, o Carcamano Ranzinza me veio à mente, pois ele sempre falava, entre uma encomenda e outra em seu bunker, que eu deveria falar o máximo de línguas que pudesse aprender, que deveria estar sempre preparada para me virar em qualquer lugar do planeta e que essa história de "falando inglês você se comunica em qualquer lugar do mundo" servia apenas para os fracos. Mais uma vez, entendi a importância de saber quando e como vestir o próximo personagem. Ter a capacidade de se passar por nativo poderia ser essencial, dependendo da necessidade. O italiano eu aprendi em casa, com papai, mamãe e os nonnos; inglês, francês e espanhol, na escola. Túlio e eu praticávamos sempre entre nós e com eles. Lá em casa, todos falavam vários idiomas.

Como eu queria muito ficar perto dele, me ofereci para ir e ajudar, afinal, sempre quis visitar o zoológico de Luján. Nunca tinha ido porque mamãe sempre foi contra prender animais, e até entendo. Mas eu queria visitar o zoológico e pronto.

Ele abriu um sorriso e gostou da ideia. A nossa loucura era tão parecida... Tínhamos estabelecido uma conexão depois do Carnaval, e isso era excitante.

A conversa terminou, e ainda éramos amigos. Não nos beijamos nem nada. Descemos e seguimos cada um para a sua casa. No caminho, fiquei ainda mais feliz por ter conquistado a confiança dele.

Depois de cometer assaltos, agora eu estava disposta a entrar no esquema internacional de tráfico de drogas por paixão? Por loucura? Ou instinto incontrolável de rebeldia e autoafirmação? Sei lá, mas, naquele momento, a única coisa que importava era que eu ia viajar com o homem que eu tinha aprendido a admirar e finalmente ia conhecer o zoológico de Buenos Aires.

O cordão que ele tinha me dado era muito grande para eu usar. Eu não morava em comunidade, então usá-lo onde eu vivia era algo malvisto. Como eu explicaria aquele presente para Vicenzo? Mas eu o carregava na bolsa. Gostava de olhar pra ele, me lembrava do Rubens — preferia chamá-lo assim, agora que sabia seu nome.

Eu queria esquecer que ele era o Roll, mesmo sem termos envolvimento romântico. Chamá-lo pelo nome o tornava real, retirava ele daquele imaginário de loucuras. Acho que foi ali que decidi não esconder mais o que eu sentia pelo Rubens.

CAPÍTULO 12

MELHORES AMIGAS

Minhas amigas tinham passado o Carnaval em Cancún com os namorados e acabavam de voltar. Combinamos um encontro. Eu queria saber das aventuras no México, afinal, às vezes elas eram até mais animadas do que eu. E eu queria contar sobre as minhas aventuras em Búzios.

Clara era uma loura esvoaçante, muito chique e refinada. Parecia uma modelo da Victoria's Secret. Filha de fazendeiros, migrou para o Rio depois da morte da mãe, vítima de câncer. Era animada e divertida e administrava a própria loja de roupas em um shopping, na Barra. Tínhamos nos conhecido ainda na escola e desde então firmamos nossa relação de melhores amigas. Quando éramos pequenas fizemos um pacto de amizade, misturando nosso sangue depois de furarmos os dedos com a pontinha de uma agulha. Ela namorava o Breno, um ótimo advogado e muito bonito.

Fernanda era a nossa musa *fitness*, ou, como a chamávamos à época, "marombeira". Filha de um cirurgião plástico fodão, namorava o Régis, médico que tinha se especializado em Nova Iorque. Nos conhecemos na adolescência, quando ela veio transferida de outra escola. No início, a Clara sentia muito ciúmes dela, mas isso logo passou, e montamos nosso trio imbatível.

Fazíamos sucesso no bairro, mesmo as duas sendo comprometidas. Estávamos nos comentários dos meninos, e eu sabia, porque andava com eles. O foco não estava só em sermos bonitas, mas em sermos bem resolvidas, independentes, alegres... Posso dizer que nossa energia contagiava.

Fomos a um restaurante bonitinho numa das maiores avenidas da Barra, a Olegário, e fofocamos a tarde inteira. Só de estarmos juntas já era motivo para boas gargalhadas, ainda mais depois de me contarem da onda que tiveram com alucinógenos, em Cancún. Fernanda chorava de rir ao se lembrar de como Clara dançava como uma gazela no cio, e essa expressão virou motivo de piada eterna — a Clara nunca foi vulgar, foi uma expressão criada por causa da situação, e só nós três entendíamos.

Ouvi a história delas empolgadamente, mas fiquei com receio de contar sobre Rubens e os assaltos que tínhamos feito. Nunca me preocupei muito com o que os outros pensavam sobre mim, mas, nesse caso, eu estaria confessando alguns crimes para as minhas melhores amigas. Eu não queria envolvê-las nisso ou preocupá-las. E, de certo modo, eu me sentia envergonhada pelos meus atos; não achava certo o que tínhamos feito. No fundo, meu objetivo nunca tinha sido o lucro, mas isso não diminuía o prejuízo que causamos àquelas pessoas. Apesar de eu ser do tipo que pensava "ah, foda-se!", não quis me expor ou não tive coragem para isso. Elas eram parte da vida do meu lado mais normal, e eu queria manter aquela normalidade.

Acabei omitindo a história e contei apenas sobre o Carnaval em família na mansão de Búzios.

CAPÍTULO 13

RAVE NO CAIS DO PORTO

No fim de semana seguinte, fomos a uma grande rave no cais do porto, que parou o Rio de Janeiro. Os melhore DJs iam tocar, e os camarotes estavam disputadíssimos. Como a nossa galera tinha influência no meio, quase todos os meus amigos estavam nesses camarotes.

Eu estava com as minhas amigas e seus namorados e avistei o Jorginho e o Filipe do outro lado. Fui andando, para fazer uma surpresa, e de longe percebi uma conversa entre os meninos e o Rubens. Os meninos estavam colocando pilha de que ele estava apaixonado por mim, e ele foi enfático em dizer que não, que eu era quase um menino e não fazia o perfil dele, porque não tinha cara de safada nem parecia ser carinhosa.

Fiquei ali, parada, por uns instantes, pensando se me aproximaria ou não, mas nesse tempo eles me viram e me chamaram. Modéstia à parte, eu estava linda naquele dia, com um vestido preto de tecido leve que, apesar de desenhar bem as minhas curvas, estava longe de ser vulgar. Acompanhei o olhar do Rubens me mapeando fixamente. Ele parecia me analisar, para ter certeza de que era eu mesma, afinal, ele conhecia o meu lado moleque, mas ainda não tinha reparado o quanto eu poderia ser atraente, ou melhor, até então não quis dar o braço a torcer.

A primeira coisa que ele perguntou quando me aproximei foi sobre o cordão, e eu disse que era bruto demais pra mim, que eu gostava de coisas delicadas, como diamantes. Ele arregalou os olhos, e continuei dizendo que diamantes são rígidos, mas delicados. Acho que ele entendeu a metáfora.

Ficamos nos olhando por alguns segundos sem falar nada, e foi tempo suficiente para que uma louca agarrasse o Rubens e o beijasse. Mesmo beijando a moça, os olhos dele continuavam em mim, até que me afastei e voltei para o lado das minhas amigas.

Meus olhos encheram de lágrimas... A sensibilidade que elas tinham comigo era enorme, e, apesar de eu conseguir disfarçar bem os meus sentimentos, logo elas perceberam que alguma coisa tinha acontecido.

Finalmente fiz um resumo da minha paixão platônica por Rubens. Me detive apenas aos fatos não criminosos, claro, mas enfatizei seu modo libidinoso de levar a vida, o tipo de mulher com quem ele se relacionava e como tinha me julgado como alguém nada atraente. Não foi de se espantar que elas tenham passado a odiar ele logo de cara.

— O que você viu nesse cara? — perguntou a Clarinha, chocada, e era nítido que a Fernanda pensava a mesma coisa.

Essa era uma pergunta que eu não podia responder. O que eu tinha visto nele? Sagacidade, autoconfiança, dinamismo, instinto de liderança, além daqueles braços torneados... Ele era um tesão!

Elas ficaram me encarando, esperando uma resposta, mas decidi espantar aquele momento de fossa e curtir a nossa festa. Tentei não pensar no Rubens, mas percebi que ele me procurava com o olhar. Até mandou mensagem perguntando onde eu estava. Até que, por fim, me viu do outro lado do camarote. Ficou que nem um idiota acenando pra mim, mas não me movi. Fiquei magoada de verdade. Então, ele veio ao meu encontro.

Ele não entendia o que estava errado, e eu também não queria dizer, então ficou por isso. Até ali éramos amigos; eu não podia demonstrar chateação, nem pelo que ele tinha dito — que eu não correspondia ao que ele esperava de uma mulher — e menos ainda por ele estar beijando outra.

Rubens ficou no nosso camarote e se apresentou para os namorados das minhas amigas. Foi bastante simpático e persuasivo. Sabia chegar em qualquer lugar e ser aceito.

CAPÍTULO 14

BAILE FUNK NA FAVELA

Depois de algum tempo, Rubens não se conteve e se aproximou, me convidando para sair da festa e ir para outro lugar. Estávamos na festa mais badalada do dia, então aonde ele queria ir? Perguntou se eu queria emoção, e não resisti: fiz que sim com a cabeça.

Deixei minhas amigas e saí com ele. Quando chegamos ao estacionamento, descobri que nosso veículo era uma moto. Eu não costumava andar de moto, morria de medo, mas ele insistiu. Subi na garupa, sem capacete, e fomos em direção a uma comunidade.

Eu já podia escutar o funk de longe e cheguei lá gelada. Nunca tinha ido a um baile de favela. Fomos andando em direção aos amigos dele, e eu observava o local com curiosidade, medo e certa repulsa. Eu não pertencia àquele lugar, e ele sabia.

Os amigos dele me olharam com curiosidade e deboche. Uns ostentavam grossos cordões no pescoço, pulseiras e anéis de ouro, além do copo descartável de cerveja em uma mão e um fuzil na outra. Outros falavam nos rádios, provavelmente acompanhando o movimento das bocas de fumo. Tentei não demonstrar qualquer desconforto e, modéstia à parte, mando bem em disfarçar emoções.

As meninas dançavam até o chão, perdendo a linha para a nata da sociedade criminal. Naquele cercado chamado de camarote, só estavam os mais poderosos da favela. Elas me encaravam com curiosidade e inveja, mas de algum modo com admiração também. Já os homens me olhavam, mas discretamente. Eles não podiam demonstrar qualquer tipo de interesse, afinal, talvez eu fosse mulher de algum chefe, e o mandamento da Bíblia de "não cobiçar a mulher do próximo" era levado bem a sério, caso contrário, o homem certamente terminaria no micro-ondas.[1]

Rubens, ou melhor, o Roll pegou uma arma e perguntou se eu sabia atirar. Ele tinha me visto engatilhar a arma em Búzios e, no fundo, tinha certeza de que eu sabia exatamente como usar aquela arma.

Subimos em outra moto, uma de corrida. Era a melhor da categoria, e eu sabia que era roubada. Fomos para o alto da favela, onde podíamos ver a cidade toda, linda e iluminada. Ele colocou a pistola na minha mão e disse para eu fazer o que sabia.

Olhei pra ele com tesão, tirei o cartucho e conferi se as balas estavam no pente. Era uma Glock linda; ele lembrou que não tinha trava. Eu ri, porque isso era bem óbvio pra mim, e, mais uma vez, lembrei de papai e das suas aulas de tiro. Mirei em um pedaço de madeira que estava a uns metros de distância, no lixo, e, assim como fazia na infância, durante as aulas, fui certeira e derrubei o alvo com um único tiro. Ele pegou a arma da minha

x — x — x — x

1 "Terminar no micro-ondas" significa ser queimado vivo dentro de uma pilha de pneus.

mão e, me comendo com os olhos, descarregou o pente, atirando para o alto. Sentamos ali e admiramos a favela, enquanto ele apertava um baseado pra gente.

Já estava amanhecendo quando descemos. Ele entregou a arma e pegou a moto limpa para sairmos da favela. No caminho até a minha casa, deixei o vento bater no meu rosto enquanto olhava o mar da Praia da Reserva, quase intocada no meio da cidade grande. Ele me deixou em casa, e apenas nos olhamos na hora de nos despedir. Não dissemos nada; não precisava. A gente já começava a se entender pelo olhar, mesmo sem ter trocado um beijo sequer.

Acho que tínhamos medo da proximidade que estávamos experimentando. Ele nunca admitiu, mas tinha medo de mim. E eu certamente tinha medo de me perder naqueles braços fortes, mas, principalmente, de me envolver com alguém tão libertino.

CAPÍTULO 15

O PRIMEIRO BEIJO

Depois da aventura na favela, Rubens e eu passamos uns dias sem conversar. Nunca mandei a primeira mensagem, era sempre ele quem mandava. Como ele não tinha me chamado, fiquei agoniada, mas meu orgulho não me deixava procurá-lo.

As aulas voltaram, mas eu não aguentava mais a faculdade nem meu pai me perturbando. Quando a nonna veio para o Rio depois da venda da vinícola, papai desocupou um dos apartamentos no prédio que ele tinha construído onde antes era a chácara, para que ela ficasse perto da gente. Me mudei pra lá, montei meu quarto na casa dela. Era mais leve. Eu conseguia fumar meu baseado em paz, na varanda, e ela não me perturbava.

Era aniversário da Fernandinha. Ela e a Clara não se conformavam com o fato de eu querer largar a faculdade e sempre tentavam me dar bons conselhos... elas se preocupavam de verdade comigo. Nós crescemos juntas, mas elas não conseguiam me entender. Confesso que, àquela altura, nem eu mesma me entendia mais. Elas estavam me dando um baita sermão, e eu, ouvindo, apesar disso não mudar em nada o que eu sentia.

O pessoal estava reunido na cobertura do namorado da Fernandinha: apartamento esplêndido, de frente para a Praia do Pepê. Meu celular então vibrou e me livrou daquela conversa.

— Preciso de você!

— O que houve, Rubens?

— Manda o endereço e me encontra na rua.

Fiquei na rua, pensando no que estava acontecendo... Ele tinha sumido por dias e agora estava apressado para me encontrar?

Um táxi parou, e vi que Rubens teve dificuldade para pegar o dinheiro. Parecia ter sangue nas mãos.

Quando ele saiu, percebi que era sangue mesmo. Me explicou que, durante um assalto, rolou uma perseguição. O policial tinha atirado nele, e o tiro pegou de raspão no dedo indicador. Ele precisava ir para um hospital, mas não podia chegar lá falando que tinha levado um tiro. Eu até poderia tentar fazer a sutura, mas estava tão nervosa que não conseguiria. Por sorte, o namorado da Fernandinha era médico, então subi para o apartamento, com Rubens.

A Fernanda ficou histérica. Disse que eu estava envolvendo o namorado dela em um crime, me xingava... ela era assim. Eu sabia que ia passar, e aos poucos ela se acalmou, enquanto o namorado dava pontos no dedo do Rubens. Depois de tudo feito, ele e eu fomos embora do aniversário. Àquela hora minha avó já estava dormindo, e ela não acordaria mesmo que a gente desse uma festa.

Enquanto eu fazia sanduíches de presunto, Rubens tirava sarro dos enfeites da nonna. Ele era a rebeldia em pessoa, o que me atraía, e eu me identificava com ele. Gostava da sua coragem e sentia que precisava cuidar dele.

Naquele dia eu soube que ele via em mim um porto seguro. Ele poderia ter chamado qualquer pessoa, mas mandou mensagem pra mim, e eu me senti importante.

Fomos para o meu quarto, e arrumei uma cama para ele no chão. Ele disse que só esperaria clarear para ir embora, então nos sentamos na cama feita no chão, e eu comecei a apertar um baseado. Pela primeira vez ele acariciou o meu cabelo, e fiquei arrepiada, mas fingi não sentir. A mão dele foi escorregando para o meu pescoço, e eu podia sentir os seus dedos quentes na nuca. Eu olhava fixamente para a maconha que estava desfazendo, mas ele virou o meu rosto e me beijou.

Nós nos beijamos durante algum tempo; acho que não queríamos parar porque não sabíamos como agir depois disso.

Ficamos calados por uns segundos, e continuei apertando o baseado. Perguntei por que ele tinha feito aquilo.

— Você queria — disse ele, me devorando com os olhos.

Ri, e fomos fumar na varanda, mas nem conseguimos. Nos beijávamos calorosamente e vimos o dia clarear. Ele precisava ir, porque minha avó acordava cedo, mas não conseguíamos parar.

A porta da varanda abriu, e a nonna apareceu.

— *Che uomo bellissimo!*

— Nonna!

Rubens ficou olhando para a gente sem entender nada.

— Ela disse que você é um homem muito bonito.

Ele ficou sem graça, agradeceu e foi embora. Fiquei conversando com a nonna enquanto tomávamos café. Ela era muito especial; sempre que eu saía de casa, pedia a benção, e ela respondia:

— *Dio te benedica.*[2]

Acordei às 2 da tarde com uma mensagem dele me chamando de princesa.

As coisas mudariam entre nós a partir dali.

[2] "Deus te abençoe", em italiano.

CAPÍTULO 16

MI BUENOS AIRES QUERIDA

Algumas semanas se passaram desde o nosso primeiro beijo. Agora ele não era mais o Roll, era o Rubens, meu namorado. Todos os nossos amigos já sabiam da nossa relação, e até as meninas passaram a gostar dele, afinal, ele tinha uma excelente *playlist* e sempre colocava músicas ótimas nas nossas reuniões. Nessa época, a Clara ficou solteira e sempre saía com a gente. Viramos um trio: Clara, Rubens e eu. Mas tudo com muito respeito, é bom deixar claro, já que ele adorava *ménage*, mas eu nunca curti.

Finalmente chegou o dia de irmos a Buenos Aires negociar a compra das caixas de lança-perfume. Eles valiam muito por aqui, mas não chegavam mais com a mesma frequência, e, como Rubens sempre havia sido um ótimo vendedor, queria insistir na comercialização do produto. Sabia que teria saída e poderia faturar uma grana alta. Ele conhecia o contato em Buenos Aires, mas nunca tinha trabalhado com o cara sozinho.

Desembarcamos na capital, num dia frio. Eu sempre fui apaixonada por Buenos Aires. A cidade tem um jeito europeu, apesar de todos os problemas sociais e políticos. Nós nos hospedamos perto da mais famosa avenida da cidade, e levei o Rubens para conhecer cada cantinho que eu adorava. Apesar de estarmos a trabalho, me senti em lua de mel com ele e finalmente pude realizar o meu sonho de conhecer o zoológico.

Eu parecia pinto no lixo de tão feliz. Segurei filhotes de leão nos braços e beijei um urso do triplo do meu tamanho na boca. Isso não era permitido no zoológico, apenas o treinador podia fazer o truque, que consistia em colocar um pedaço de marmelo na boca para o urso vir pegar. Mas eu queria tanto, e o Rubens não media esforços para me agradar, então convenceu o treinador a me deixar realizar o truque com um incentivo em dólares, e o treinador fechou a grade para visita. Ficamos nós três lá, com os ursos, e eu coloquei o marmelo na boca para o urso pegar. Rubens registrou tudo em fotos. Ao lado dele eu me sentia imbatível e superpoderosa.

Passamos quase um mês na Argentina. Logo nos primeiros contatos, fiz a mediação e me senti importante. O Quique, parceiro comercial de Rubens, era um cara fechado, de semblante preocupado, que relutou em conversar sobre os negócios comigo, afinal, além de não me conhecer, ele tinha um cargo alto na empresa que fabricava o lança-perfume e sabia que, embora não fosse ilegal no seu país, estava negociando o produto para um país que o proibia, e aquele ato se configurava como tráfico de drogas.

Enquanto eu estava ali, no grande escritório em Puerto Madero, de frente para o canal, eu só pensava em conduzir as negociações para que o Rubens fizesse o melhor negócio. Tráfico internacional de drogas? Risco de ser presa? Nada disso importava. Eu queria que o Rubens continuasse a me olhar com admiração e tivesse certeza de que eu era a parceira ideal para seus negócios ilícitos.

Rubens ajudava no contato com alguns negócios por lá — acabei dando umas aulas básicas de espanhol para ele — enquanto eu gastava dinheiro fazendo compras pelas ruas de Buenos Aires. Estava vivendo um sonho: Rubens me dava tudo que o dinheiro podia comprar.

Um dia, ele me pediu ajuda para buscar o carregamento. O depósito ficava em San Isidro, a alguns quilômetros de Buenos Aires. O lugar era muito bonitinho. Ficava na região metropolitana da capital, mas parecia uma cidadezinha do interior.

Chegamos ao depósito já ao anoitecer. Era enorme e tinha milhares de caixas de frascos de lança-perfume, uma verdadeira fortuna protegida por um idoso acima de qualquer suspeita. Passamos a senha combinada anteriormente para o senhor que estava sentado na calçada. Era o Quique. Ele abriu os portões, e entramos com o carro alugado.

Rubens e Quique carregaram o carro, fizeram o acerto do pagamento, e, no fim, Quique se despediu de mim, dizendo que tinha sido a primeira vez que havia negociado com uma mulher e que gostou muito da forma como chegamos a um acordo vantajoso para ambos. Rubens ficou olhando o argentino falar sem entender muito e, na volta, quis saber do que tanto falávamos, porque eu parecia feliz. Senti que ele estava com ciúmes e apenas respondi a verdade. Ele sabia, mas eu tinha que reafirmar a minha importância como parceira nos negócios.

Chegamos ao hotel com trinta caixas de lança-perfume, cada uma com doze garrafas do produto. Tínhamos que levar para o Brasil e por isso voltaríamos de ônibus. Rubens colocou tudo na bagagem dele, porque, se alguma coisa desse errado, ele assumiria a responsabilidade e diria que eu não sabia sobre a mercadoria.

Voltamos para o Brasil de ônibus, no dia seguinte. Me despedi de Buenos Aires ansiosa para ver aquela carga ser vendida o mais rápido possível.

A viagem foi muito tranquila, apesar da tensão do contrabando — confesso que sempre gostei da adrenalina do perigo. Seguimos como um casal normal que estava voltando das férias.

Quando chegamos, algumas garrafas tinham quebrado. Vacilamos. Devíamos ter embalado melhor, mas, mesmo assim, muitas ainda estavam inteiras. O cheiro impregnou a mala, o bagageiro do ônibus e tudo por onde passava, até o táxi que pegamos para voltar para a casa do Rubens. Foi um desastre, mas tivemos um belo lucro no final: ele vendeu as garrafas restantes numa favela onde tinha amigos. Lucro garantido, sucesso no primeiro contrabando internacional.

Naquele momento, desisti da faculdade. E isso me causaria grandes problemas com Vicenzo no futuro.

CAPÍTULO 17

PEDIDO DE CASAMENTO

Depois de algum tempo importando o lança-perfume, já não nos arriscávamos trazendo o material. Tínhamos pessoas para trazer pra gente, conhecidas no meio como mulas. Mas que fique bem claro que nunca coagimos ninguém: pagávamos bem pelo serviço, e, se a mula fosse presa — o que inevitavelmente acontecia quando não tínhamos arrego suficiente —, a família recebia um agrado, afinal, eram pais e mães de família que se arriscavam naquele negócio todos os dias e que dele dependiam para sobreviver.

Um negócio só se sustenta se conseguirmos garantir a fidelidade de quem trabalha para nós, e isso só se conquista com ética profissional, recompensa por merecimento e, claro, algumas garantias. Tenho certeza de que nossos funcionários amavam trabalhar pra gente. De início, Rubens não gostou muito, mas impus o meu jeito de trabalhar. Funcionários felizes trazem mais lucro. Mais um dos ensinamentos que aprendi com papai.

Com isso tínhamos mais tempo para aproveitar os prazeres que todo aquele dinheiro nos dava. Nossa vida financeira estava ótima, e nossa relação, melhor ainda. Ele era meu cúmplice não apenas no tráfico; era meu cúmplice na vida. Nos entendíamos pelo olhar, parecia que, a cada dia que passava, nos amávamos mais, e estávamos aproveitando muito a vida: durante o dia passeávamos de jet ski, à noite íamos para restaurantes caros e baladas. E ele só tinha olhos pra mim. A Clara até brincava com o jeito que ele me olhava, um olhar obsessivo. A essa altura eu passava mais tempo com Rubens do que em casa com a nonna.

Acordei numa terça-feira ensolarada com uma ligação de Rubens logo pela manhã. Ele surgiu com a ideia de irmos passar uns dias em Búzios, onde tínhamos nos conhecido. Todo dia era como se fosse final de semana; ele controlava tudo pelo celular, então não fazia diferença estar no Rio ou em Búzios.

Claro que topei e pulei da cama para arrumar as minhas malas. Estar em Búzios com ele como meu namorado seria incrível. Tínhamos vivido tantas aventuras lá há menos de um ano e amadurecemos muito nesse tempo. Agora éramos um casal bem-sucedido, feliz e cheio de planos.

A vista do nosso quarto era incrível. Podíamos ver aquela imensidão azul do mar deitados da nossa cama. Fomos recebidos com flores e champanhe e um cartão que dizia: "Espero que tenham uma experiência esplêndida no nosso hotel". De fato teríamos. Ele estourou a champanhe, acendemos um baseado, ligamos o som, e nossa festa começou ali, antes mesmo do almoço.

Fomos almoçar na Rua das Pedras e, no caminho, passamos de carro pelas casas que tínhamos furtado naquele Carnaval. Falávamos sem parar, relembrando de tudo que tinha nos levado até ali: a loucura na qual nos conhecemos e como éramos gratos por termos nos encontrado. Rubens acreditava que eu era a sorte dele, a estabilidade, e ele tinha virado meu porto seguro. Parecia que já nos conhecíamos há anos, daquele tipo: "Vamos pedir aquele arroz que você gosta?" ou "Você não vai gostar porque tem tal coisa."

Nosso dia foi maravilhoso. Depois do almoço ficamos na praia até o pôr do sol e depois vimos a Lua nascer no alto de uma montanha... era como uma cena de filme.

Chegamos ao hotel já bêbados e cansados, pegamos no sono sem nem sentir e acordamos logo cedo, porque não tínhamos fechado as cortinas.

— Que planos tem pra hoje? — perguntei ainda na cama.

— Vamos dominar o mundo! — respondeu ele, fazendo menção ao diálogo do desenho *Pinky e o Cérebro*.

Rubens pulou da cama e começou a se arrumar. Quando eu ia fazer o mesmo para acompanhá-lo, ele pediu que eu continuasse deitada. Disse que ia pedir o café da manhã no quarto, mas que antes queria resolver umas coisas. Eu estava com preguiça demais para questionar, então ele fechou a cortina como se já soubesse que isso me faria adormecer de novo. E realmente foi o que aconteceu.

Acordei tarde, e o Rubens não tinha voltado ainda. Não vi nenhum café da manhã pra mim, e ficar com fome me deixava estressada. Nem pensei em ligar para o serviço de quarto; liguei logo pra ele.

— São 2 da tarde! Onde você está? Estou com fome!

— Calma, eu me atrasei. Pede alguma coisa pra comer aí.

— Onde você está?

Eu já estava perdendo a paciência. Ele enrolou e não me disse, apenas afirmou que estava voltando.

Rubens não era de esconder nada. Alguma coisa estava rolando, eu podia sentir, só não entendia por que ele não me falava.

Quando Rubens chegou, eu já estava terminando a sobremesa, bem chateada por ele ter me deixado sozinha, sem a menor explicação.

— Calma, Nina! Você confia em mim?

— Confio. — Eu estava puta, mas respondi mesmo assim.

— Então se arruma. Prometo que seu dia vai ser foda!

Para minha surpresa, ele tinha alugado uma lancha. Fomos navegando até uma praia deserta, ancoramos e ficamos por ali, mergulhando até o sol começar a cair. A noite chegou, e continuamos a navegar, até que a tripulação começou a servir o jantar, o que me deixou impressionada. Eu não imaginava que poderiam arrumar um jantar tão lindo ali, e tudo tinha sido planejado com muito carinho. Eles pararam a lancha em uma fenda entre pedras que cortavam o vento, e assim poderíamos comer sem nos preocupar com guardanapos voando. A noite estava muito agradável, a Lua enorme iluminava o oceano, e aquela paz imensa por estar ali, longe do mundo e junto do cara que eu amava, não tinha preço.

— Huuuum... Lagosta? Você está muito chique, Rubens. Nem parece aquele menino que me levou pra assaltar.

— Você merece. Aliás, merece mais do que isso!

Enquanto falava com um dos tripulantes, que estava vestido de garçom, Rubens se aproximou com duas caixas em cima de uma bandeja de prata. Ele olhou pra mim, e eu pude perceber a felicidade em seus olhos. De imediato não percebi o que estava prestes a acontecer e estava curiosa para saber o que tinha nas caixas. Ele então abriu uma delas, e o brilho que vinha de dentro ofuscou minha visão: era um solitário, e, com ele, veio o pedido.

— Aceita casar comigo?

Por instantes, tudo o que tínhamos passado até aquele momento veio à minha mente, como um filme. Era tudo o que eu tinha sonhado ouvir. Era com ele que eu queria passar o resto dos meus dias. Ele era o melhor parceiro na cama, na vida, nas aventuras e nos crimes. Respirei fundo, olhei em seus olhos e respondi:

— Sim, claro que sim!

Assim que respondi, fogos de artifício cruzaram o ar: outro marinheiro soltava da proa do barco uma chuva de fogos que tomou o céu. Foi tão mágico aquele momento que eu não conseguia nem falar, apenas olhava para o Rubens com a certeza de que ele era o homem da minha vida.

Ele me puxou, me beijou apaixonadamente e em seguida se jogou no mar sob a luz do luar. Não me contive e me joguei também. A água estava fria, mas não me importei. Os beijos dele me aqueceram enquanto eu repetia baixinho em seu ouvido seguidas vezes: "Eu te amo."

Acordei no dia seguinte achando que tudo aquilo tinha sido um sonho. Era perfeito demais para ser verdade, mas, quando olhei para o meu dedo e vi meu solitário, tive certeza que era real. Eu estava vivendo um sonho. Rubens percebeu que eu estava olhando para a minha nova joia e disse:

— Se identificou, não é, Nina? Forte e delicado. — Ele havia lembrado do que eu tinha falado para ele naquela rave, no cais do porto, e rimos muito.

Dessa vez tinha um café da manhã pronto no quarto, com um cartão escrito: "Nunca mais te deixo com fome."

Ele era realmente surpreendente, incrível, genial... nossa, faltavam adjetivos para descrevê-lo; eu teria que criar novos para tudo que ele fazia despertar em mim. Ele se atentava aos mínimos detalhes. Tinha feito um pedido de casamento, e eu não poderia imaginar algo mais exclusivo.

Em Búzios nós nos conhecemos e depois ficamos noivos. Será que iríamos nos casar lá? Era o que passava pela minha cabeça, porque o próximo passo seria o casamento. Enquanto voltávamos para o Rio, eu pensava naquilo e ficava ansiosa. Pensava no que papai diria sobre esse casamento. Ele não aprovaria, afinal, quem era o Rubens? Com que ele trabalhava? Ele já ficaria frustrado quando soubesse que eu tinha largado a faculdade; imagina se em seguida eu fosse me casar com alguém que não tivesse um vínculo social com a nossa família? Seria o fim para Vicenzo.

Rubens era impulsivo; era possível que, em poucos dias, dissesse que já queria se casar e preparasse uma surpresa com um padre à espera. Ele era capaz de tudo e estava animado com a nossa relação. E eu tinha medo disso, mas não queria tocar nesse assunto ainda; já era muita informação pra mim aquele noivado inesperado. Mesmo eu estando feliz de uma forma imensurável, precisava ser realista, afinal, o mundo não era apenas Rubens e eu. Tinha a minha família, e esse casamento não seria fácil, apesar de que a mamãe e a nonna ficariam felizes em poder organizar a festa.

Achei melhor não contar pra ninguém sobre nosso noivado ainda. Estávamos felizes, volta e meia íamos para a Argentina negociar com Quique, que acabou virando nosso amigo e melhor contato para os lança-perfumes. E, mesmo que eu não soubesse disso naquela época, a amizade de Quique foi fundamental para o meu futuro.

CAPÍTULO 18

LA MORTE DI NONNA

Os negócios iam bem, obrigada, e meu relacionamento com Rubens também: éramos mais parceiros do que nunca. Mas, na minha família, as coisas começaram a ficar complicadas.

Apesar de morar com a vovó, papai continuava no meu pé. Ele achava que eu ainda estava estudando, e, para a vovó, eu disse que tinha mudado o horário da faculdade. Mas eu não conseguiria levar essa mentira à frente por muito mais tempo.

Em um dia de inverno, eu me preparava para mais um encontro com Rubens quando ouvi um barulho na cozinha. Corri apressada e encontrei a nonna caída no chão, com a testa sangrando e cebolas espalhadas por todo lado. Seus olhos estavam abertos, mas vazios, distantes. Ajoelhei, segurei a cabeça dela e tentei acordá-la, enquanto ligava para o papai e para o serviço público de emergência.

Depois de contatar todo mundo, voltei minha atenção para ela. Vovó estava inerte. Eu tentava falar com ela, chamar a sua atenção, mas nada fez com que ela se animasse. Alguns minutos depois, papai entrou no apartamento como um furacão. Ajoelhou-se ao meu lado e me ajudou a segurar a vovó. Em instantes, ela finalmente pareceu voltar a si. Esticou sua frágil mão para papai, que a segurou imediatamente. Com a outra, puxou a minha e a colocou sobre a dele. Ela suspirou, e eu gelei. Olhei para o meu pai, que parecia anestesiado. Vovó então suspirou novamente e disse:

— Eu sempre fiz o que pude para que estivéssemos juntos até o fim. Amem-se acima de tudo. Acima de todos. — Ali, no chão gelado da cozinha, olhei para o semblante pálido da vovó e depois para o papai, que tentava segurar a emoção. Então, a vovó finalizou: — *"La reputazione è un'imposizione tremendamente falsa e inutile, spesso raccolta senza mérito e persa senza una vera ragione."*[1]

Ela amava Shakespeare e principalmente as tragédias dele que se passavam na Itália. Mas aquela citação era uma direta para o papai, e eu sei que ele entendeu. Ela criticou o personagem que ele encarnou em sua versão "chefe de família, empresário bem-sucedido e homem de moral inabalável". Eu não pude disfarçar meu contentamento com as palavras da nonna. Era tudo o que eu queria dizer a Vicenzo.

Assim, depois de alfinetar o papai e dar o seu recado, a vovó alternou seu olhar entre nós dois e partiu, serena.

Ela sabia que de fato tinha feito tudo para que a família estivesse unida; até mesmo fingiu que os problemas não aconteciam e por vezes passou a mão na cabeça de todos nós. Tolerou os filhos viciados, cada um com seu vício ilícito em partes opostas do país, quando deveriam perpetuar o negócio que ela tinha criado com o nonno. Enfrentou um marido austero, mas que tinha lhe

1 "A reputação é uma imposição tremendamente falsa e inútil, muitas vezes angariada sem mérito e perdida sem um real motivo." Citação de *Otelo, o mouro de Veneza*, de William Shakespeare.

dado tudo desde que vieram fugidos da Itália durante a Segunda Guerra Mundial. Já no fim da vida, segurou enquanto pôde as rédeas dos negócios e chorou por noites a fio quando os filhos decidiram se livrar do maior bem que eles tinham conquistado ao migrarem desesperadamente para esta terra chamada Brasil. E, no momento de sua morte, ainda teve forças para deixar um último recado.

Papai e eu ficamos estáticos. Ele olhou para mim e retirou sua mão de baixo da minha. Levantou-se rapidamente e correu para o telefone. Então fechei os olhos da vovó e chorei baixinho ao lado do corpo dela estirado no chão da cozinha.

Tio Marco veio de Manaus para o enterro. Túlio pausou o doutorado para se despedir da vovó. Ela tinha sido fundamental para ele, principalmente durante sua adolescência conturbada com papai. A família não era tão grande, e estávamos reunidos. Pena que por um motivo tão triste.

Papai mal falou com Túlio. Mamãe tentava acolher a mim e a ele, que parecia transtornado. Eu podia perceber os olhares de tio Marco para a cena, certamente desaprovando a postura afetada de Túlio durante o velório.

Após o cortejo fúnebre, senti um cheiro característico. Apurei meu olfato e tive certeza: era maconha. Mas tinha alguma coisa diferente. Era maconha da boa. Fui em direção ao cheiro e vi tio Marco segurando um baseado enorme. Eu sabia que ele fumava, mas nunca contei que eu fumava também, até porque não nos víamos muito. Mas, ao contrário de papai, ele tinha a mente aberta e me estendeu a mão com o baseado. Fumei com ele, afinal, já era uma mulher feita, responsável pelos meus atos. Não tínhamos muito assunto naquele momento, mas ele quis ser legal e deixou um pouco daquela maconha solta e verde-clara pra mim. Parecia *skunk*, mas não vinha da Europa. Segundo meu tio, aquela espécie era da Colômbia.

Sempre reservado, tio Marco mal falou conosco durante o velório e, depois de me passar a maconha, alugou papai durante horas, certamente interessado no dinheiro que ganharia com o que tinha restado da herança. Depois disso, partiu de volta a Manaus.

Chegamos ao apartamento de papai ainda arrasados. Mamãe foi passar um café, enquanto eu matava a saudade do meu irmão, que eu não via há tempos. Túlio estava mais velho e, como vivia há muito tempo longe da gente, até se esforçava para não dar pinta por causa do papai, mas não conseguia. Eu percebia o sofrimento dele em querer parecer mais másculo. De certa forma, eu tinha pena dele, por ter sofrido muito com o papai a vida toda.

Ele me contou sobre seus romances, sobre o trabalho e o doutorado. Contei a ele sobre Rubens, e, claro, ele não gostou nada de saber que eu tinha largado a faculdade e estava me envolvendo com um homem de caráter duvidoso. Por fim, estávamos rindo das nossas histórias de infância, de quantas vezes fugimos do Carcamano e da nonna, que sempre nos defendia e amenizava nossas aventuras diante do papai. Papai, por sua vez, nos observava de longe, imaginando sobre o que conversávamos. Infelizmente, seu personagem o tinha afastado de nós e estava prestes a me afastar ainda mais, por um bom tempo.

Antes de terminarmos os nossos cafés, papai me comunicou que eu deveria desocupar o apartamento, porque ele iria alugá-lo novamente. Lembro que Túlio olhou para mamãe, que, submissa aos desmandos de papai, apenas abaixou a cabeça. Eu não era mulher de me render, principalmente porque ele mesmo tinha me ensinado a ser exatamente assim. Começamos uma briga horrível e dissemos muitas coisas, certamente em desalinho com as últimas palavras da nonna Gioconda.

Túlio tentou interceder, mas papai começou um discurso previsível e homofóbico que fez meu irmão encolher como se ainda fosse aquele menino tímido e oprimido pelo pai. Isso me deixou ainda mais revoltada. Puxei meu irmão, e fomos para a casa da vovó. Lá passamos a tarde relembrando o passado, choramos juntos, rimos bastante... Ele fumou comigo a maconha que tio Marco tinha me dado e, no fim do dia, embarcou de volta a Boston. E eu precisava reorganizar a minha vida.

Terminei de arrumar minhas coisas e falei com o Rubens. A hora de morarmos juntos tinha chegado.

CAPÍTULO 19

BOTE

Rubens alugou um apartamento maior pra gente, com vista para o mar. A Clarinha e a Fê nos ajudaram com a mudança e a nova decoração, porque elas tinham um extremo bom gosto, e a nossa casa ficou linda e aconchegante. Não éramos casados oficialmente, nem no papel nem na igreja, mas nos considerávamos como tal, e morar juntos só enfatizou isso.

No início, minha convivência com ele era ótima. Estávamos literalmente brincando de casinha. Não contei para os meus pais, e eles também não demostraram preocupação em saber onde eu estava morando. Creio que papai esperava que eu implorasse pela ajuda dele em algum momento.

Àquela altura, Rubens tinha três celulares: um pessoal e dois de trabalho. Passava o dia no telefone, e eu, cuidando da casa — uma vida normal, não fosse a natureza do trabalho. Volta e meia ele fechava os negócios dentro de casa mesmo. Recebíamos vendedores e compradores, tínhamos mercadoria, e aquilo sempre me deixava apreensiva. Brigávamos sempre por isso, mas eu nunca consegui que fosse diferente.

Até que, um dia, um dos nossos clientes pagou uma dívida em mercadoria: ecstasy. Isso é normal no nosso mercado, porque material também pode virar moeda de troca. Como trabalhamos com mercadorias de alto valor, é melhor pegar material do que ficar com o prejuízo. Vendemos essas balas para um menino que, quando foi revendê-los a um terceiro que nem conhecíamos, foi pego pela polícia. E o cara levou os policiais até a nossa casa. Lembra quando eu disse que nosso carma chegaria? Agora era nossa vez de ter algo subtraído covardemente.

O rapaz tinha se tornado o famoso X9. Nesse caso, ele fez isso por não ter tido maturidade de assumir o crime sozinho e também porque os policiais sabem ser bastante convincentes e persuasivos quando pegam um jovem. Normalmente dizem que o apreendido pode até ficar solto se entregar alguém maior, e é claro que isso seduz gente inexperiente. Na favela, X9 morre, mas nós ainda não queríamos esse carma para as nossas vidas.

O interfone tocou, ele se identificou como o amigo, e, quando abrimos a porta, os policiais vieram por trás. Eles estavam sem farda e não se identificaram. Aquilo parecia um assalto e não deixava de ser. Entraram na nossa casa depois do horário permitido pela Constituição, às 10 da noite, e não estavam fardados, ou seja, aquilo era mais que uma emboscada. Eu estava preparando o jantar, com uma travessa de *gnocchi* no forno — receita da nonna.

Rubens e eu nos sentamos lentamente no sofá. Eles entraram, observando tudo. Por sorte não tinha flagrante na sala, mas, se procurassem direitinho na casa, estaríamos mais encrencados. Por fim, o líder deles começou a negociação:

— Vocês perderam. Os dois vão ser presos.

Olhei para o Rubens, e ele se manteve sério. Sabíamos que, pelo tom da conversa, eles queriam dinheiro. Se fossem nos prender, já estaríamos algemados. Rubens, então, levantou devagar, e outro policial sacou a arma.

— Calma. Vamos conversar — disse Rubens. Ele se aproximou do líder e continuou: — Amigo, são 22:00. O prédio tem câmeras. Se for levar isso a frente, vamos ser soltos na audiência de custódia, e nossos advogados vão fazer o possível para complicar a vida de vocês.

Os policiais se olharam surpresos, perceberam que não éramos desinformados como a maioria dos traficantes. Mas a gente era da pista e nunca cairia fácil em ameaças infundadas.

Depois de alguns minutos de muita conversa, pedi permissão para ver meu *gnocchi* no forno, e eles finalmente fecharam um valor. Como papai sempre me disse: "Todo mundo tem um preço, basta descobrir qual."

Quando ouvi o valor, quase deixei a travessa cair. Não tínhamos 50 mil reais em casa. Rubens pediu um tempo e foi até uma favela buscar o dinheiro emprestado com amigos. E eu fiquei lá, com aqueles bandidos que se diziam policiais, sentindo muito ódio do cara que os levou até a minha casa. Ele me olhava desesperado, porque já devia saber o que normalmente acontece com gente como ele.

O tempo que Rubens ficou fora pareceu uma eternidade. Os policiais comentaram sobre o cheiro da minha comida — afinal, a nonna cozinhava muito bem, e eu tinha seguido a receita à risca —, mas eu não ia ceder meu jantar para aquela gangue.

Finalmente Rubens chegou com o dinheiro, fez o pagamento, e eles foram embora, levando o otário que tinha nos entregado. Nem sei o que aconteceu com ele depois, mas não tentamos nos vingar. Entendemos aquilo como aprendizado. Jantamos calados, pensando que teríamos que procurar outro lugar para morar. Nossa casa agora era território conhecido daqueles bandidos, e eles voltariam para pegar mais dinheiro. No dia seguinte, começamos a procurar outro imóvel. Tivemos que nos afastar do bairro e tínhamos pouco dinheiro e uma dívida enorme.

CAPÍTULO 20

O CONTO DO LEÃO E DA HIENA

Olhos de cor laranja por trás do matagal se misturavam com a cor das plantas queimadas pelo calor intenso do Sol. Olhos firmes, focados: alimento para si e para a sua alcateia. Eram conhecidos como os reis da selva, mas ser rei nesse caso não lhes oferecia regalia alguma. A aparência, que atraía muitos admiradores, nem sempre criava condições favoráveis em suas vidas. A fome e o calor os assolavam. Eles precisavam de uma presa.

Ao longe estava um grupo de búfalos. Eram fortes, e seus chifres poderiam matar um leão, mas o medo de morrer de fome era maior do que o de ser atingido por um chifre. Eles precisavam comer, e um búfalo seria a salvação.

Passaram horas estudando uma estratégia, analisando o grupo de búfalos e esperando o momento certo. Um simples descuido seria a hora do ataque da alcateia faminta.

Muita poeira subiu quando as leoas partiram para o ataque a um búfalo que havia ficado para trás. Elas precisavam ser mais rápidas que os olhos da manada, que voltaria se percebesse que um dos seus estava em perigo, e um simples ferimento poderia ser fatal e acabar com a operação das felinas. Mas elas foram certeiras: agarraram o búfalo com suas enormes garras e, com força poderosa, jogaram-no ao chão. Uma delas deu a mordida final, imobilizando e acabando com o sofrimento do bicho.

Cansadas pela luta, carregaram o corpo do búfalo pela longa planície. O Sol começava a descer, e os leões estavam felizes, sabendo que aquela presa os manteria alimentados por um bom período. Mas outros olhos brilhantes os observavam. Eles já conheciam o perigo, que tinha as mandíbulas mais fortes da selva, capazes de quebrar ossos.

As hienas não caçam. Em bando, elas roubam as caças dos outros. Preferem pegar a presa já mastigada, já que gostam de carne podre. Elas sabiam que os leões não se arriscariam em uma disputa, afinal, elas tinham vantagem numérica. E, depois de dias tentando fazer uma caçada bem-sucedida, os leões haviam ficado exaustos; não conseguiriam comer nem a metade da caça. Seria melhor deixá-la para as hienas do que arriscar perder suas vidas e a de seus filhotes.

As hienas são espertas e acompanham os passos dos leões. Elas riem alto, e o som macabro das risadas ecoa pelas savanas. Na selva existem os leões, que caçam os búfalos; e as hienas, que esperam um descuido para roubar a presa.

Assim acontece na selva de pedra, como as cidades costumam ser chamadas. Existe a polícia, que em grande parte quer prender os bandidos, mas entre eles existem os boteiros, que por vezes nem são policiais de verdade. De qualquer forma, a intenção não é prender. Eles querem roubar. Vivem especulando para chegar aos bandidos antes das autoridades e assim pegar parte do dinheiro dos infratores ou apreender a mercadoria para revender por um preço inferior.

CAPÍTULO 21

PILOTO DE FUGA

Piloto de fuga", mas o título deste capítulo também poderia ser "Altos e Baixos". Havia muito ganho, mas também muitos gastos; quanto mais ganhávamos, mais gastávamos. Claro que tivemos perdas de mercadoria no caminho. Éramos jovens e imaturos para lidar com os prejuízos sem falir. E a falência veio.

Nós gastávamos muito com a nossa vida pessoal, aluguel e tudo o mais. Perdemos um carregamento de lança-perfume, e o bote nos deixou mal das pernas. As coisas estavam fora de controle, e precisávamos de mais dinheiro. Ofereci vender o meu cordão, mas Rubens quase me bateu quando eu disse aquilo. Encarou como ofensa. E nessa altura você deve estar pensando "'vai trabalhar, vagabundo". Sim, certamente, se fôssemos pessoas mais racionais, teríamos ido atrás de atividades lícitas para desenrolar nossa vida. Mas, meu amigo, nenhum trabalho tradicional pagaria nossas dívidas naquela altura, e sendo sincera, queríamos manter o padrão. Errados, estávamos, sempre fomos, mas de uma coisa eu posso falar com certeza: é difícil sair do ilícito. Quanto mais nos enrolávamos, mais idiotices fomos capazes de fazer. Depois de pensar um pouco, chamou os parceiros de sempre: Jorginho e Filipe. Eles conversaram durante algumas horas lá em casa, enquanto fumávamos um baseado. Aqueles meninos sempre praticavam assaltos, e os mais comuns eram as saidinhas de banco. E foi essa a solução que Rubens encontrou para levantar a grana, mas aquilo não me agradou.

— Não posso compactuar com isso!

— Relaxa, Nina. Vai dar tudo certo.

— Não é assim que vamos resolver a situação.

A solução de Rubens era assaltar, e eu repudiava essa ideia. Sabia que isso nos traria mais carmas. Esse era o Rubens, e eu entendia cada vez mais que essa era uma de nossas diferenças. Eu nunca fui a favor de subtrair nada de ninguém. Me sentia no papel das hienas e não queria estar desse lado.

Rubens me empurrou e não me ouviu, voltando para o plano com os rapazes. O esquema deles era o seguinte: o Jorginho ficaria dentro do banco, observando quem sacava uma boa quantia de dinheiro; Filipe ficaria armado para render a vítima; e o Rubens seria o piloto de fuga.

No dia marcado, o Filipe não pôde ir e foi substituído por outro amigo que também estava passando por dificuldades. Por causa disso, o cara sugeriu fazer mais de uma saidinha. Apesar de não gostar da ideia, Rubens topou, porque também estava precisando do dinheiro para investir em uma quantidade maior de lança-perfume, quitar a dívida que tinha feito para não ser preso e aumentar nossa renda em casa.

Eles já tinham feito duas saidinhas de banco bem-sucedidas naquele dia. Rubens foi para casa, deixou o dinheiro que tinha conseguido e voltou para a rua, para fazer mais uma. Mal falou comigo, e eu estava apreensiva.

O substituto do Filipe, o Erick, era muito ambicioso. Ele reparou em um senhor que tinha sacado 18 mil reais, mas o homem foi direto para o estacionamento subterrâneo do banco, e eles não conseguiram abordá-lo na porta. Então, foram atrás do carro do cara. Rubens foi pilotando a moto com o novo integrante na garupa, e Jorginho os seguiu em outra moto.

Eles abordaram o homem e anunciaram o assalto, mas algum policial à paisana percebeu o ato e atirou na direção das motos. Dois tiros acertaram o Erick, e o sangue voou no Rubens. Na hora, ele pensou que também tinha sido atingido, porque, quanto tomou o tiro no dedo, não sentiu nada.

Rubens acelerou a moto, cortando o trânsito, mas o Erick não estava mais se aguentando na garupa e pediu para ele parar. Eles roubaram um carro para carregar o amigo ferido, mas a polícia já tinha sido informada e estava na via, procurando por eles. O carro não tinha insulfilme nos vidros, e eles seriam descobertos rapidamente. Erick era um homem forte, tinha cara de mau e estava ensanguentado. Rubens estava sem camisa e tinha respingos de sangue pelo corpo.

Eles estavam nervosos, mas Rubens era esperto e notou que à frente deles tinha uma van de alguma operadora de TV com os vidros escuros. Ele desceu do carro e, mesmo sem arma, convenceu o motorista a colocar o Erick ensanguentado no banco de trás e levá-lo para o hospital. Carregou o amigo para dentro do veículo e o deixou lá, para ser levado. A arma do assalto estava com o Erick, para a sorte de Rubens. Apesar de tudo, ele não era homem de abandonar um parceiro em apuros.

Ainda desnorteado, Rubens deixou o carro roubado no meio da rua, o que logo chamou atenção dos guardas, porque isso parou o trânsito. Ele correu em direção à favela onde iria se esconder até que conseguisse voltar pra casa, mas não contava com um imprevisto. Um guarda com ar de super-herói deu dois tiros em sua direção, e ele foi obrigado a se render, porque estava desarmado. Foi algemado a uma grade, na rua, na frente de todos, e ali ficou por algum tempo, sendo observado por quem quer que passasse naquela área movimentada, no horário de pico.

Quando os policiais chegaram, não queriam prendê-lo. Queriam dinheiro. Rubens ofereceu a moto que estava estacionada perto, mas já haviam anunciado no rádio da polícia que a moto estava lá e que ela tinha sido usada para a fuga de dois assaltos naquele dia. Como a perseguição causou muito alarde, os policiais não poderiam liberar ele ali, então o levaram para a delegacia.

O inspetor, que também era corrupto e percebeu que o Rubens poderia render bons lucros, negociou a sua soltura, mas não podia liberá-lo naquele momento. O caso tinha virado assunto na cidade e na delegacia. O delegado-geral estava presente, e a vítima que teve o carro roubado também. Mas o inspetor convenceu Rubens que, quando todos fossem embora, ia dar um jeito de diminuir as acusações, mas, para isso, precisava de 10 mil reais.

Foi quando Rubens me ligou. Sua voz parecia apreensiva, e eu já sabia que não estava tudo bem quando ele disse para eu ficar calma. Era quase um "não está tudo bem, mas fique calma". Ele me pediu para levar 10 mil reais até a delegacia, mas foi enfático em dizer que eu esperasse duas horas para ir e não sair de casa antes. Apesar de muito nervosa, obedeci. Esperei o tempo necessário e peguei um táxi em direção à delegacia, com os 10 mil dentro de uma mochila. Aquele dinheiro era quase todo o lucro do dia, e todo o esforço estava prestes a ser perdido.

Cheguei à delegacia transtornada e de longe avistei meu noivo sujo de sangue, sentado do outro lado do vidro. Eu sabia que ele tinha saído para realizar o assalto com o Jorginho e o Erick, mas eles não estavam lá. Muitas coisas passaram pela minha cabeça, pensei até que eles poderiam ter morrido. Era a única desculpa que eu aceitaria para que não estivessem ali também.

Ele me viu e apontou para um policial. Fez um sinal positivo, e entendi que era para entregar o dinheiro para aquele policial. Achei que em seguida ele seria liberado, mas o policial explicou que ele ficaria lá, que eu tinha que chamar um advogado.

— Mas como? Eu trouxe o dinheiro, e ainda assim ele vai ficar preso?

O policial olhou em volta, me chamou de canto e disse baixinho:

— Melhor você calar a sua boca e fazer o que eu tô mandando.

Olhei desesperada para o Rubens, que apenas concordou com a cabeça. Eu não entendia o que estava acontecendo, mas me segurei para não discutir mais. Entreguei a mochila e liguei para o advogado.

Ele deve ter demorado mais de uma hora para chegar, e eu estava lá, na delegacia, olhando para o meu homem naquela situação humilhante. Sentia muita revolta e não sabia do paradeiro dos meninos, mas pelo menos o Rubens estava vivo.

O advogado chegou, fez a intermediação dos recados entre nós e me explicou que aquele dinheiro era para diminuir as acusações. Rubens teria que ficar alguns dias preso, mas as acusações seriam leves, porque o inspetor transformaria o roubo em constrangimento ilegal, já que Rubens não tinha roubado a propriedade para si, apenas pegou e abandonou o carro metros à frente. Se o crime não fosse caracterizado como roubo, a pena seria mais leve.

Mesmo assim, fiquei um mês sem ver o Rubens.

CAPÍTULO 22

CASA VAZIA

A casa ficou vazia sem o Rubens, e eu fiquei perdida, não sabia o que fazer. Estava muito puta com o Jorginho, que meteu o pé quando a chapa esquentou e nem apareceu lá em casa durante esse tempo. Eu queria fazer alguma coisa, gritar na porta da delegacia, denunciar os corruptos... Não tinha ninguém certo ali, nem os que pediam propina, nem o Rubens, e nem eu. Mas a verdade era que eu não podia fazer nada além de esperar.

A Clarinha passou uns dias comigo, me dando apoio moral. Por mais que ela também gostasse do Rubens e o tivesse como um amigo, vivia me dizendo que eu deveria terminar, porque ele nunca mudaria, e as coisas só piorariam com o tempo. Naqueles últimos meses já tínhamos tomado um golpe, agora ele tinha sido preso roubando... Ela dizia que esse não era meu mundo, mas eu não conseguia me imaginar fora dele.

Depois de um mês que pareceu uma eternidade, Rubens tocou a campainha. Eu mal conseguia conter minha emoção quando abri a porta e pulei nos braços dele, tanto que ele nem conseguiu cumprimentar a Clarinha. Fomos direto transar no nosso quarto.

Passamos uma semana matando a saudade, mas Rubens estava inquieto. Ele não parecia abalado nem traumatizado, pelo contrário, queria continuar... Mas não queria mais os assaltos. O risco era muito grande, a grana não compensava, e já era a segunda vez que ele quase tinha morrido. Já estava se articulando para voltar com tudo para o tráfico de drogas. Apesar de tudo, ainda era mais seguro do que as saidinhas de banco.

Os pais do Rubens souberam da prisão e, naquele momento, romperam relações com o filho. Eles não conseguiam entender como o filho deles, que sempre teve tudo, tinha se envolvido com assaltos a ponto de ser preso, algemado na frente de todos... mas isso é algo que ninguém nunca vai entender. O poder, a ambição, a adrenalina, o risco e o prazer são coisas que não se pode mensurar. Alguns ficam satisfeitos com o que têm, outros precisam se colocar à prova o tempo todo. Acho que esse sempre foi o caso do Rubens... e o meu também.

Os jornais à época tentaram publicar fotos dele algemado às grades da rua, mas o pai fez o que foi possível para evitar e conseguiu. Deu a ele uma última oportunidade de sair daquela vida e se tornar um cidadão de bem. Rubens o mandou à merda na minha frente. O casal me olhou, e eles sabiam que eu não era qualquer uma. Eu vi nos olhos deles o descontentamento. E, a partir daquele dia, Rubens só tinha a mim, assim como eu a ele.

Papai, apesar do seu passado sombrio, já estava em seu personagem de homem sério e honesto há muitos anos e tinha cortado relações comigo desde a morte da nonna. Mas nós ainda nos reencontraríamos outras vezes...

CAPÍTULO 23

A ONDA É O LANÇA

Estávamos mais na merda do que nunca. Perdemos todo o dinheiro e tínhamos uma dívida enorme. Não tínhamos dinheiro suficiente para comprar os lança-perfumes, e Quique estava irredutível: não queria nos deixar pagar a prazo. Mas o desfecho do último encontro com os pais fez com que Rubens se sentisse afrontado pela vida, e isso o fortaleceu. Rapidamente conseguiu um comprador que ia dar o dinheiro antecipado para que ele trouxesse a mercadoria. Com o lucro também antecipado, ele conseguiu trazer um carregamento maior do que a encomenda do cliente. Agora estava mais seguro do que nunca, afinal, poderia recomeçar.

Todo mundo que curtia festas queria um frasquinho. Alguns queriam vários, tanto nas festas dos ricos quanto nos bailes de comunidade. O lança-perfume era a droga do momento, e Rubens já tinha feito o canal para trazer essas drogas para o Brasil. A gente sempre ria quando lembrava que, na Argentina, o lança era usado como desodorizante de banheiro. Enquanto contávamos o faturamento, a gente só pensava nos banheiros argentinos. Quanto desperdício de dinheiro...

Rubens sempre dizia que, nesse negócio, quem faz o seu sucesso não é a venda, e, sim, a compra. Quem compra mais barato sai na frente, e ele era esse cara, o que tinha os melhores preços, por isso vendia as maiores quantidades, e seus melhores clientes eram as comunidades.

Em pouco tempo nós nos restabelecemos. Pagamos todas as dívidas e tínhamos dinheiro sobrando. Ele comprou um carro pra mim e, quando ia entregar os lança-perfumes na favela, eu dirigia em um carro na frente, conferindo o caminho, para garantir que não tivesse polícia. Se tivesse, eu conseguia avisá-lo pelo telefone para seguir em outra direção.

Formávamos uma boa equipe, e eu me sentia mais segura de trabalhar com ele. Era melhor do que deixar que algum daqueles tapados o colocasse em risco. Da forma que fazíamos funcionava muito bem; não estávamos mais recebendo ninguém na nossa casa, encontrávamos as mulas num hotel e levávamos os lança-perfumes de uma única vez para os compradores. A nossa vida estava ótima, mas, como parecia que ele não gostava de ficar numa boa, começou a me desrespeitar como mulher.

Uma noite ele saiu sozinho, disse que ia encontrar o Jorginho e não voltou pra casa. Eu liguei, mandei mensagens para ele e para o Jorginho, e ninguém me respondeu. Passei a noite em claro e fiquei muito preocupada, afinal, ele poderia ter sido preso ou algo pior. Logo cedo ele chegou com aparência de quem tinha bebido e disse que acabou pegando no sono na casa do Jorginho. Não acreditei, mas tentei passar por cima disso, já que éramos um time e nos amávamos. Mas, assim como aquela noite, outras vieram...

CAPÍTULO 24

PRIMEIRA SEPARAÇÃO

Apesar de não termos desentendimentos, nosso casamento não era mais como antes. Rubens já não era mais carinhoso comigo, e eu percebia isso nos pequenos detalhes. Não existiam mais elogios, nem abraços nem beijos... Os únicos momentos em que eu o via sorrindo era quando ele estava concentrado nas conversas no celular. O mundo virtual tinha se tornado muito mais atraente para o Rubens. Eu não podia provar que alguma coisa estava errada, mas a desconfiança me dominava. Esperei ele adormecer, destravei o celular dele, e foi quando percebi que ele tinha voltado a ser o Roll.

Vi inúmeras mensagens dele demonstrando interesse por outras mulheres. Eu o acordei aos berros, peguei um copo que estava perto de mim com café ainda quente e joguei nele; ele, furioso, me empurrou. Bati com a cabeça na quina da mesa e fiquei um tempo tonta, tentando me recuperar da pancada. Quando dei por mim, ele estava saindo de casa, e fui atrás, agredindo-o. Eu estava fora de mim e não podia acreditar que, depois de tudo que tínhamos passado juntos, ele me deixaria assim.

Enfim me recompus, afinal, eu não podia mudar quem ele era nem forçá-lo a me respeitar. A única coisa que eu poderia fazer era deixá-lo partir, não apenas naquele momento, mas para sempre. Nossa história tinha que terminar, porque eu não conseguiria passar por cima daquilo, e o conteúdo das conversas que li deixavam claro que ele não gostava mais de mim.

Minha situação era totalmente desfavorável, afinal, o apartamento em que morávamos era dele; então, quem saiu fui eu. Arrumei minhas coisas — tínhamos muitas malas, já que as mulas entregavam os lança-perfumes nelas, e não vendíamos o material com a mala, o que me salvou na hora de arrumar tudo.

Saí com nove malas grandes. Não queria nem podia voltar para a casa dos meus pais, então fui para a casa da Clarinha, mas também não poderia ficar lá por muito tempo.

Precisava de dinheiro, então abri minha caixa de joias. Tinha algumas opções de peças que eu poderia vender para me manter por um tempo. A primeira que vendi foi o cordão que Rubens tinha me dado. Eu estava com raiva e não queria nada que me lembrasse dele, como se aquilo fosse me fazer esquecê-lo para sempre. Por mais estranho que isso pudesse parecer, vender o cordão me fez pensar mais nele.

Enfim, com o dinheiro, consegui alugar um conjugado em um prédio conhecido como Aurélio, por causa do dicionário, o "pai de todos" ou "pai dos tolos". Mesmo localizado em um bairro nobre, tinha um preço acessível, e a maioria dos apartamentos não demandava burocracias para serem alugados. Justamente por isso, lá residia todo tipo de gente: traficantes, prostitutas e pessoas como eu, perdidas.

Eu estava sozinha, sem dinheiro e triste por ter terminado nossa relação daquela forma. Eu achava que éramos uma equipe, mas parecia que ele estava jogando para o outro time. Eu não ia ficar me lamentando, mesmo depois de ter feito tanta merda para impressionar aquele cara, agora eu ia correr sozinha.

E, assim, comecei a construir o meu império.

CAPÍTULO 25

SOZINHA NOS NEGÓCIOS

Eu estava sozinha, mas uma coisa o Rubens tinha me ensinado: como ganhar dinheiro. Ele fazia jus a uma das frases do meu pai: "Não existe dinheiro no mundo que não dê para ganhar."

O que eu queria era entrar no jogo da ilicitude, e não seria fácil. Por ser mulher e não ter nenhum nome masculino me precedendo, as únicas figuras femininas de quem tinha conhecimento nessa área (através de histórias) assumiam o posto ocupado por um marido. Não era o meu caso. Eu não queria assumir o posto de Rubens, nem ter qualquer ligação com os negócios dele ou do meu pai.

Ingressar em um mercado dominado por testosterona exigiria muito da minha sagacidade. Teria vantagens, é claro, mas as desvantagens também pesavam. Uma delas seria conseguir o respeito deles, e isso seria um dos meus maiores desafios. Porém, faz parte da minha personalidade me atrair por desafios.

Não havia espaço para erro. Se eu de fato entrasse, seria para ganhar, mesmo sabendo que muita gente não iria gostar de me ver na área, especialmente meu pai e o Rubens. Homens, em geral, não gostam de ver mulheres conquistando espaço no mercado deles, e no crime não seria diferente. Isso não me intimidaria; ao contrário, eu estava bem motivada a conquistar meu lugar.

Me via em um tabuleiro de xadrez, eu era a dama com meta de virar rainha, e viraria. Agora, eu precisava organizar meus planos para que tudo funcionasse. A melhor maneira de ganhar dinheiro, em qualquer ramo, é entrar no cotidiano das pessoas.

Enquanto apertava um baseado, percebi o óbvio. A resposta estava ali, nas minhas mãos: a maconha. Todo mundo que eu conhecia fumava maconha, e muita. Fumar maconha era motivo pra tudo: comer, relaxar, encontrar os amigos... Existem várias qualidades de maconha.

Logo, tio Marcos veio à minha mente. Ele tinha a fonte, um baseado top. Não era *skunk* nem nenhuma espécie de maconha famosa que vinha da Europa ou dos Estados Unidos, mas passava despercebida como se fosse. Segundo ele, tinha um preço bem acessível. Resolvi então que estava na hora de fazer uma visitinha ao meu tio.

Eu nunca tinha ido a Manaus, mas já tinha ouvido muito sobre: o clima, as comidas e a ilegalidade que rolava solta. Mamãe nunca quis que tivéssemos muita proximidade com Tio Marcos; ela temia a má influência dele. Hipocrisia, já que o pai dos filhos dela era farinha do mesmo saco, mas *va bene*... Enfim, chegou a hora de conhecer Manaus e me aproximar do titio.

CAPÍTULO 26

PARIS DOS TRÓPICOS

Cheguei em Manaus, e chovia muito, mas isso era comum por lá, e por isso nem me espantei tanto. Já li sobre isso e sei que chove tanto por causa da floresta, que gera muita umidade, quanto por outros fatores que, sinceramente, não importam pra nós aqui.

Fui direto para a casa de tio Marco. Ele vivia em um casarão charmoso no centro da cidade, próximo à Praça São Sebastião e ao Porto de Manaus, que era considerado o maior porto flutuante do mundo e ficava à margem esquerda do Rio Negro. O porto era a principal entrada para o estado do Amazonas e recebia os produtos destinados ao Polo Industrial de Manaus, os turistas em seus grandes transatlânticos e, é claro, as drogas vindas dos países fronteiriços da América do Sul.

Quando cheguei, tio Marco ficou surpreso. Eu nunca tinha ido até lá e não avisei que iria, então acho que ele sabia que boa coisa não devia ser. Imediatamente me convidou para entrar no casarão. Era lindamente conservado; eu me senti voltando a 1907, data da construção do imóvel e da inauguração do porto da cidade.

Tio Marco então ordenou que suas empregadas me recebessem e preparassem um dos quartos de hóspedes pra mim. Ele, assim como papai, valorizava a família, embora fosse sempre distante e, no fundo, eu nunca compreendesse muito bem o motivo do afastamento.

As empregadas fizeram um típico almoço divino, e, no fim, nos sentamos na varanda centenária e ficamos observando a chuva da tarde cair sobre a cidade, enquanto degustávamos um licor de camu-camu.

— Por aqui chamam essa fruta de caçari ou araçá-d'água. Ela tem o maior teor de vitamina C no mundo, umas trinta vezes mais que a laranja. — Eu ouvia, mas continuei olhando o horizonte. Ele pousou a taça de licor na mesinha ao seu lado e novamente falou: — Sei que você não saiu do Rio de Janeiro para descobrir a quantidade de vitamina C do camu-camu. O que está acontecendo?

— Você está sozinho em casa, tio?

— Se quer saber sobre minhas namoradas, no momento não tem nenhuma perdida em nenhum dos quartos desse casarão.

Nós nos olhamos e rimos alto. Eu sabia que tio Marco tinha muitas namoradas, mas nenhuma delas fazia o tipo que a família gostaria de conhecer.

Como tínhamos certa intimidade, fui direto ao assunto: eu queria aquele baseado verde-claro, com aparência de *skunk* e barato.

— Não acredito. Você veio até aqui pra isso?

Ele riu, tirou cerca de 100 gramas da gaveta da mesinha e me deu, falando que meu problema estava resolvido por uns meses.

— Se eu estivesse pensando só no meu consumo, até poderia estar. Mas não é isso que eu quero. Quero abastecer a minha cidade com ela.

O tio Marco gargalhou. Ele, ao contrário de papai, era gordinho, tinha um bigode penteado, e, quando ria muito, seu pescoço sumia. Serviu para a gente mais uma dose do licor e disse que eu estava completamente louca e que nunca me ajudaria a tocar um negócio desses. Mas, quando falei sobre o potencial econômico e o quanto poderíamos ganhar, vi seus olhos brilharem. Meu tio era viciado em jogo, e eu nem entendia direito como ele conseguia manter o padrão em que vivia, já que jogava tanto. Ali percebi o quanto de dinheiro o nonno tinha deixado para ele e para o Carcamano.

— Me conta o seu plano em detalhes.

Enquanto a chuva caía, contei a ele tudo o que eu já tinha planejado. Apresentei minha logística pronta, e ele finalmente entendeu que eu não era mais uma criança. Eu tinha me tornado uma mulher, e não qualquer uma. Eu era uma mulher de negócios.

CAPÍTULO 27

A COLÔMBIA

Como eu já previa, tio Marco topou, mas estabeleceu uma condição que eu também sugeriria se ele não tivesse comentado primeiro: meu pai nunca poderia saber desse negócio.

— Hoje vamos ao cassino clandestino que frequento toda noite. Lá vou te apresentar a uma pessoa que vai ser de grande valia para esse negócio.

Brindamos com o restante do licor, e fui me preparar para a grande noite.

Algumas horas depois, o motorista do tio Marco nos avisou que o carro estava à nossa espera. Me arrumei como se fosse uma espiã pronta para mais uma ação. Eu estava deslumbrante com a minha bolsa rosa da Victor Hugo. Sempre gostei de rosa e ainda mantinha meus gostos como qualquer garota normal. Quando tio Marco me viu, ficou animado. Ele sempre andava alinhado e muito elegante, portanto, eu estava à altura dele para acompanhá-lo em sua noite de diversão — e, claro, de negócios.

O veículo rodou por alguns minutos e parou em frente a um terreno ao lado de um casarão caindo aos pedaços. Na frente do terreno, tinha uma placa que indicava o estacionamento.

Descemos do carro e entramos por uma porta no muro, que dava numa escada de madeira trabalhada, certamente do século XIX.

Descemos apressadamente, e, ao chegar ao fim, um segurança pediu a senha da noite. Tio Marco imediatamente respondeu:

— Guilhotina.

A porta se abriu e revelou outro corredor, que era todo de tijolinhos antigos com luminárias centenárias. Atravessamos o corredor tão rápido quanto descemos as escadas. Mais uma escada igual à primeira para subirmos, e, por fim, estávamos no interior do casarão. Mas, para a minha surpresa, o local tinha sido todo reformado. No que parecia ser um porão, várias mesas de roletas, máquinas caça-níquel espalhadas pelos cantos e um bar imenso. O lugar já estava cheio de pessoas apostando, e tio Marco foi recebido por um segurança, que nos conduziu pelo salão em direção a outra sala. Enquanto eu atravessava o lugar, fiquei pensando em quantos escravizados tinham vivido ali, já que, na época da escravidão, o porão era o lugar onde eles dormiam. Outro segurança abriu a porta.

Na nova sala, nós nos deparamos com um homem idoso, cercado por duas mulheres que pareciam indígenas; outros dois homens estavam posicionados ao lado dele, com ares de segurança. Estávamos na frente do responsável pelo tráfico internacional de drogas no Amazonas.

O homem olhou para nós dois por alguns instantes e fez um sinal com a cabeça. As mulheres deixaram a sala, assim como os seguranças. Estávamos apenas nós três ali, quando ele se inclinou sobre a mesa, acendeu um charuto cubano e esticou a caixa para o tio Marco. Antes que ele pudesse pegar o charuto, eu me adiantei e puxei um. Olhei dentro dos olhos dele; queria que percebesse que eu era tão forte quanto ele. O homem riu de canto e, com um gesto, nos convidou para sentar.

— Então vocês têm uma proposta pra mim?

Tio Marco tentou falar, mas eu o interrompi, afinal, o plano era meu, e eu queria me impor já no início, para deixar as coisas bem claras entre nós.

— O plano é levar essa maconha que vem da Colômbia para o Rio de Janeiro. Vocês já fazem isso com a cocaína, por que não com essa maconha?

O homem deu uma baforada no charuto e olhou para tio Marco, que balançou a cabeça positivamente. Acho que ele buscava em tio Marco aprovação para continuar a conversa.

— Sua intenção é audaciosa. Teria que ter compradores para esse material — disse ele, pousando o charuto no grande cinzeiro à sua frente.

— Com todo o respeito, essa parte é um problema meu.

Mais uma vez o homem me olhou com atenção e rapidamente se levantou da mesa.

— Então, você precisa pelo menos entender um pouco sobre a rota desse produto antes de fecharmos um acordo comercial. Me acompanhe.

Ele então apertou um botão abaixo da luminária, e a enorme pintura que ornamentava a parede da sala, retratando uma execução por decapitação, abriu-se, revelando uma passagem secreta. Seguimos por um corredor, e, enquanto andávamos, o homem começou a contar a história do quadro:

— Passamos por uma pintura que ilustra a decapitação de Maria Antonieta. A morte dela marcou a Revolução Francesa: declarou o fim do sistema de feudos e dos privilégios da nobreza.

— Além de traficante é professor de história? — perguntei sem paciência.

Tio Marco me olhou assustado, mas o homem não se abalou e continuou:

— A monarca gostava de jogos e ganhou do marido, o Rei Luís XVI, um cassino particular no Palácio de Versalhes. Dizem que, na inauguração, ela jogou por 36 horas seguidas.

— Fascinante! — debochei.

— A questão não é a história, mas o que ela representa.

— Se quer me dizer que ter a representação da decapitação da rainha da França como um quadro do seu escritório é uma mensagem subliminar, sinto te informar que é mais que óbvio, afinal, na imagem, o carrasco da rainha segura a cabeça da monarca e a exibe em praça pública. Você costuma fazer isso com seus desafetos ou devedores, é esse o recado que quer me passar?

Nesse momento, percebi que tio Marco ficou pálido como um fantasma. O homem continuou:

— Não deixo mensagens subliminares. Quando retornarmos ao meu escritório, peço que repare atentamente na pintura e aconselho a conhecer melhor seu possível sócio antes de propor qualquer negócio. Bem, aqui estamos.

O traficante abriu uma porta, e era ali que a mágica acontecia. Vimos mais de vinte pessoas trabalhando em diversas frentes. Alguns contabilizavam o ganho do cassino e organizavam o dinheiro em sacos de lixo. Ao mesmo tempo, um grande cercado de vidro protegia o laboratório, onde outras pessoas trabalhavam no preparo da cocaína. Tinha também uma área enorme, como um galpão, onde outras pessoas pesavam e embalavam as drogas. E, logo à frente, uma parede revelava um mapa detalhado das rotas fluviais e hidrovias por onde as drogas entravam no Brasil até chegar a Manaus.

Um homem se aproximou de nós com um cigarro no canto da boca, e ele me olhava como quem devora um prato de comida após um longo período de fome.

— Esse é Tebaldo, meu braço direito.

— Muito prazer, senhorita.

Enquanto ele falava comigo, pude observar bem o sujeito. Devia ter algo em torno de 1,90m, forte, musculoso e careca. Quando sorriu, percebi que todos os dentes eram de ouro. Ele ostentava vários anéis também de ouro, mas um se destacava mais: o que tinha uma letra T gravada. Além disso, estava armado na cintura. Não era bonito nem feio... era assustador. Por fim, respondi:

— A recíproca não é verdadeira.

Os homens se olharam espantados, e Tebaldo ficou confuso, até que riu, naturalmente por não ter entendido o que eu tinha dito.

Continuamos a observar o lugar. Eu já tinha pesquisado sobre as rotas de entrada de drogas no Brasil pelo Rio Solimões, que seguia da tríplice fronteira — Brasil, Colômbia e Peru — para Manaus, mas nunca tinha ouvido falar da rota do Rio Japurá.

— Você deve estar surpresa. Essa rota foi criada pela minha equipe e é explorada há mais de dez anos, mas ninguém nunca se aproximou dela. Eu não tenho nenhum envolvimento com facção criminosa. Meu negócio é exclusivo, e ninguém nunca se atreveu a mexer comigo. Antiguidade é posto.

Eu ouvia o homem falar, observando cada detalhe do mapa. Ele continuou:

— O trajeto começa na cidade de Cauca, na Colômbia, um dos maiores polos de produção de drogas, por causa do cultivo e clima propícios. De lá, a maior parte das drogas são transportadas pelo Rio Caquetá até o Rio Japurá. Na verdade, é o mesmo rio, mas os nomes mudam quando passamos a fronteira dos países. Então, desce de barco, passando pelas cidades de Maraã, Coari, Codajás e Anamã até chegar aqui, onde distribuímos para a Europa.

Ele continuou a mostrar a rota, que na verdade eram três. A organização dele usava os rios Japurá, Içá e o Negro, que ligam o Brasil à Colômbia e à Venezuela.

— Mas a rota pelo Rio Negro já não é conhecida? — perguntei, mostrando algum conhecimento sobre o assunto.

— O rio se conecta com o Japurá pelos furos[1], então aproveitamos a cheia para usar esse desvio e chegar aqui em segurança.

Enquanto conversávamos, dois funcionários entraram carregando um homem que parecia desesperado. Já machucado, caminhava com dificuldade. Um dos funcionários disse algo no ouvido de Tebaldo, que imediatamente correu na direção do homem. Pude ver que, só de Tebaldo ter se aproximado, o homem se mijou de medo e desmaiou.

— Leva esse saco de merda pro chiqueiro. Vou cuidar disso agora ou não me chamo Tebaldo — disse ele. Tio Marco se encolheu de medo, mas caguei pra ele. Tebaldo sorriu e deixou o lugar.

— Peço desculpas. Ele é impulsivo — disse o chefe.

— Ele é repulsivo, você quis dizer — eu disse, ainda perdida em meus planos e projetos. Estava maravilhada com a organização daquele grupo. Depois de estudarmos as rotas, voltamos ao escritório, para fecharmos o negócio.

Eu não tinha dinheiro para comprar uma quantidade significativa para a operação e o risco valerem a pena, mas, com o

[1] Canais naturais que aparecem principalmente durante a época de cheia dos rios amazônicos.

meu tio de referência, o homem me deixou levar 10 kg do produto e pagar o valor em quinze dias. Por ter pegado o material para pagar depois, não tive como negociar o valor, mas ainda era mais baixo que o preço das plantas vindas da Europa. Firmei uma dívida de 70 mil reais com o mandachuva e tive certeza de que, com a mercadoria chegando ao Rio de Janeiro, conseguiria fazer aquele valor no prazo, mesmo que ainda não tivesse pensado em como levaria tudo aquilo pra lá.

Tio Marco agradeceu ao homem, e, quando estávamos saindo, finalmente eu quis saber o nome dele. Ele novamente me olhou por alguns instantes, riu de forma contida e respondeu, apontando para o quadro:

— Sou conhecido como Carrasco.

Foi então que percebi: o carrasco que balançava a cabeça de Maria Antonieta para a cidade em praça pública na pintura não era Henri Sanson, como a história da morte da rainha contava. A pintura retratava o homem à minha frente, que ria, certo de que tinha feito a piada do ano e passado o recado para todos aqueles que quisessem fazer negócios com ele. Agora eu devia 70 mil reais, mas não tinha tempo para ter medo. Tinha comigo uma certeza de que eu chegaria em segurança, algo difícil de explicar.

Depois da reunião, voltamos ao cassino, porque tio Marco já estava impaciente para jogar. Compramos algumas fichas, e percebi que os seguranças nos observavam, mas me mantive firme no meu propósito: aquela personagem que eu tinha vestido para negociar com o Carrasco deveria se sustentar até irmos embora. Enquanto apostava no sete, meu número da sorte, eu só conseguia pensar que, se o Rubens não fosse tão idiota, ele poderia estar ali comigo, investindo em um negócio promissor.

Quando tio Marco pediu o carro para irmos embora, pude observar o caminhão de lixo encostando na parte de trás do casarão. Os garis recolheram os sacos que eu tinha visto na sala secreta. Era uma forma segura de retirar o dinheiro e as drogas para a distribuição. E ainda pude perceber que um deles era Tebaldo, que levava a cabeça do homem que tinha se mijado mais cedo fincada em uma lança.

— Deixa a cabeça na Praça da Saudade[2]. Quero que a cidade toda entenda de uma vez por todas que quem manda aqui é o Carrasco.

Tio Marco fechou os olhos de medo e ordenou que o motorista saísse logo do estacionamento. Achei a reação engraçada.

O Carrasco passou a ser o meu contato para as drogas, e essa parceria durou um tempo, até que nossos caminhos se tornaram opostos. Mas isso é assunto pra depois...

No dia seguinte, eu precisava organizar a logística para levar a droga para o Rio de Janeiro em segurança. Me sentei na varanda do casarão de tio Marco e fiquei observando o movimento intenso do rio. Como sempre, estava lotado de lanchas, *wakeboards* e jet skis, além do movimento natural do porto. Eu precisava encontrar um meio de levar aquela droga toda comigo para o Rio logo; tinha que fazer dinheiro rápido, afinal, agora estava sozinha.

Manaus sempre forneceu cocaína e armas para o Rio; esse era o maior negócio deles. Eu estava pegando o início da transição para a colômbia, então aquele material não era visado. Ninguém dava nada por ele. Enquanto pensava sobre como levar a droga, fazia as contas e estimava o lucro: 1 metro — ou seja, 1 kg — de *skunk* no Rio valia cerca de 50 mil reais e vinha da

[2] A Praça 5 de Setembro, também conhecida como Praça da Saudade, fica no centro histórico de Manaus e é uma das praças mais antigas da cidade.

Califórnia ou da Europa. Se eu pegasse esse quilo de *skunk*, demoraria muito tempo para vender o grama, porque não tinha na minha lista de contatos pessoas que comprassem em pequena quantidade, o que era chamado de corre de picado. Se eu vendesse o *skunk* em quantidade, conseguiria adicionar no máximo 10 mil reais ao valor de compra, ou seja, meu lucro seria de 10 mil reais. Mas a minha mercadoria não era *skunk*, era colômbia, e, àquela época, as pessoas não sabiam diferenciar um do outro. A semelhança era inquestionável, e o quilo da colômbia tinha me custado 7 mil reais. A diferença era absurda, logo, meu lucro seria altíssimo. Era a mercadoria perfeita.

Depois de pensar a tarde inteira, tive que convencer tio Marco de que eu teria que levar a droga para o Rio. Achei melhor arriscar sozinha, para aumentar os meus lucros.

— Como você vai levar isso tudo até o Rio? Pensou em preparar um equipamento[3] decente?

— Vou na cara e na coragem. Vai dar certo.

— Você é louca, menina.

— Espero te mandar o resultado da loucura em notas de cem.

Nós dois rimos, e tio Marco pareceu salivar quando falei em dinheiro. A sensação que eu tinha era que ele pensava em uma boa pasta da nonna toda vez que falávamos de grana. No fim, a verdade era uma só: apesar de preocupado, tio Marco realmente queria o dinheiro que ia ganhar com aquilo tudo.

3 São chamadas de equipamento as malas prontas para passar pelo raio-X dos aeroportos sem revelar seu conteúdo.

CAPÍTULO 28

MANAUS–RIO DE JANEIRO

Eu não tinha ideia de como montar um equipamento para esconder meu material naquela mala. Eram dez placas, cada uma com 1 kg; elas vinham embaladas a vácuo, e, por conta disso, o cheiro não ficava evidente. O que eu sabia era que normalmente a fiscalização em voos nacionais era tranquila; muitas pessoas faziam essa rota com mercadorias ilegais, e dessa vez eu teria que contar com a sorte e a proteção de Deus. Sempre tive essa mistura meio louca de fé com sorte, e até então essa combinação não tinha me decepcionado.

Não tinha opções, e, àquela altura, não era viável pra mim contratar alguém que fizesse o trajeto. Por mais que o meu tio tivesse me dado essa ideia, nem cogitei. Sentia mais segurança com meu material comigo, porque, se entregasse a mercadoria para outra pessoa levar e acontecesse o pior, eu não me perdoaria. Não podia perder aquele carregamento, e como meu pai sempre dizia: “Se quer algo bem-feito, faça você mesma.”

Arrumei as dez placas dentro de uma mala grande e, por cima, coloquei um edredom. Duvido que ele fosse esconder algo, mas, enfim, foi o que fiz naquele momento. Joguei minhas roupas ali também, e fé. Muita fé de que tudo daria certo.

O motorista do tio Marco me levou ao Aeroporto Eduardo Gomes, e eu tentava não pensar sobre o que carregava. Despachei a mala tranquilamente e, com o semblante mais sereno possível, me sentei na área de embarque para esperar o voo. Achei melhor pegar um livro, porque ficar no celular poderia parecer suspeito, então me concentrei na história. Isso me ajudou a controlar os meus pensamentos sobre o que eu estava fazendo.

O voo atrasou, o que me deixou um pouco angustiada, mas nada que me abalasse profundamente. Àquela altura eu não tinha consciência total do risco que estava correndo, e essa certa inocência me ajudou a manter a tranquilidade. Embarquei sem problemas e, quando o avião decolou, me senti muito aliviada. Peguei na bolsa o terço que minha avó tinha me dado antes de morrer. Era meu amuleto da sorte, sempre estava comigo, e agradeci por até ali ter dado tudo certo.

Tive a impressão de que a viagem de volta estava demorando mais do que a de ida. Eu tinha ficado ansiosa na ida, mas na volta estava ainda mais. Tudo parecia demorar mais que o normal, até o tempo de espera pela mala na esteira. O aeroporto do Rio tinha um ar mais sinistro do que o de Manaus, e eu queria sair logo de lá. E saí plena, com minha mala, em direção à minha casa.

No mesmo dia vendi 5 kg por 15 mil cada, ou seja, faturei um total de 75 mil. No dia seguinte já tinha o dinheiro para quitar a minha dívida com o Carrasco e dar um agrado ao meu tio. E foi exatamente o que fiz: enviei o dinheiro através de depósitos em contas-laranja que ele tinha me passado. Fiz sete depósitos de 9 mil reais e um de 7 mil, totalizando os 70 mil.

Os depósitos deveriam ser feitos em valores inferiores a 10 mil, para que ele não tivesse que justificar a movimentação. E os outros 5 mil mandei para o meu tio, com o recado de que tinha quitado minha dívida.

Tio Marco ficou perplexo, e imagino que o Carrasco mais ainda. Nos dias seguintes, tio Marco mandou várias mensagens dizendo que nosso amigo insistia em repetir o jogo comigo — sabia que era um jeito discreto de dizer que o Carrasco queria fazer mais negócios, e eu também queria.

Demorei uma semana para vender os 5 kg restantes, já que não tinha pressa e podia negociar preços melhores. Lucrei em torno de 100 mil nessa operação.

CAPÍTULO 29

PRESENTE DOURADO

Os 100 mil que lucrei eram o começo, mas ainda não resolviam a minha vida. A ganância — não apenas financeira, mas de provar para mim mesma que eu era capaz de mover o mundo sozinha e mostrar para o papai e para o Rubens que tinha vencido sem eles — era o que me motivava. Eles tinham que saber que eu era foda.

Voltei a Manaus, mas dessa vez tinha elaborado um plano de volta — quando não temos experiência em algo, pegamos o caminho mais difícil, e isso pode levar a descobertas inovadoras ou a um erro fatal. Mas arriscar era algo que me estimulava, então resolvi fazer isso em uma viagem mais demorada, mais cara, mas, em compensação, mais segura. Bom, era o que eu pensava à época. Pensava também que colocar outra pessoa para levar meu material era mais arriscado do que eu mesma levar.

Dessa vez eu precisava de mais colômbia. Com a primeira venda concluída tão rapidamente, eu me sentia segura para fazer uma dívida maior, já que estava com a volta elaborada para o Rio. Dessa vez Carrasco deixou comigo 15 kg no consignado. Preferi não pagar nada à vista, até porque, se algo acontecesse comigo, seria bom ter algum dinheiro guardado — nessa vida, dinheiro é sinônimo de segurança.

Nesse segundo encontro, o Carrasco já estava bem mais à vontade comigo. Ficou entusiasmado com o nosso primeiro negócio, já que paguei o valor em menos de 48 horas, bem antes do prazo de quinze dias que ele tinha me dado. Ele via futuro na nossa parceria, e isso me deixava ainda mais confiante. Eu tinha um grande fornecedor que acreditava no meu trabalho, e isso não se paga em notas, isso se conquista, e eu tinha conquistado.

Na saída, percebi que Tebaldo organizava as armas em uma mesa. Uma delas fez meus olhos brilharem, e ele percebeu:

— Gostou dessa? — começou ele. — É uma... — Eu o interrompi e passei a mão na pistola FNX 45 dourada que ele tinha acabado de montar.

— Não precisa me ensinar nada sobre armas. Conheço todas. Essa é uma semiautomática desenvolvida como pistola de combate pelos Estados Unidos, e a estrutura de polímero quadriculada tem eixo de baixo furo para redução de recolhimento de feltro e controle de aprimoramento do atirador e tem um ângulo de aderência que dá um ponto de mira natural como poucas. — Encaixei o pente, engatilhei, observei bem a arma e tirei o pente enquanto falava. Tebaldo estava de queixo caído. — E tem mais: o cano de aço inoxidável tem focinho rosqueado para aceitar supressores de som, como esse aqui. — Peguei um silenciador e encaixei no cano. Tebaldo continuava surpreso com o meu conhecimento.

— Achei que eu conhecia armas, mas tô vendo que não sei nada.

— Só falei bonito. O resumo é que essa arma é boa pra caralho!

— É sua!

— Não brinca? Sério? Eu tava precisando mesmo de uma, porque vou viajar sozinha levando o carregamento, mas ia tentar comprar em outro lugar.

— É presente meu pra você.

— Não gosto disso. Faz o preço que eu pago.

Tebaldo se aproximou de mim, e já fiquei nervosa. Aquele homem era nojento, tinha aparência de sujo, e eu sabia que ele carregava muitas mortes nas costas.

— Aceita. Não faz desfeita de um presente como esse.

— Se não tem preço, não quero.

Coloquei a arma em cima da mesa e saí apressada. Fui direto para a casa do tio Marco, deixei minha carga no quarto e me preparei para a viagem.

— VOCÊ É LOUCA! — disse tio Marco ao ver a minha barriga de grávida.

Ele sempre me chamava de louca de um jeito engraçado, e dessa vez não foi diferente.

— Que nada, tio. Quem vai desconfiar dessa jovem linda e grávida que, sem dinheiro, vai de barco, e depois de ônibus, daqui para o Rio de Janeiro?

— Você vai levar uma semana pra chegar lá!

— Eu sei, tio. Mas enfrentar o aeroporto é mais perigoso que a estrada. E eu quero mais dinheiro! E sei que você também quer.

Meu tio me olhou de canto e se calou. É claro que ele queria mais dinheiro, mas estava fazendo o seu papel: tentando me alertar sobre os riscos de uma viagem tão longa, demorada e arriscada, principalmente porque eu ia sozinha.

Mas eu estava muito segura de mim. Me olhei no espelho e vi que a barriga tinha ficado perfeita. Consegui acomodar quase 3 kg de colômbia lá dentro, além dos outros que levava no meu equipamento. Eu ia viajar de barco até Belém, no Pará, e de lá pegaria um ônibus até o Rio.

— Por que você não vai pra Porto Velho e segue viagem de lá? Esse trajeto pelo Amazonas sempre tem assaltos... — insistiu tio Marco mais uma vez.

— Muito perto da fronteira com a Bolívia, tio. Mais fiscalização.

— Você é muito profissional, Nina.

— Me serve aí um pouco daquele licor pra reforçar a minha vitamina C. Eu tô grávida, tio.

Rimos bastante e tomamos uma dose. A verdade é que eu adorava aventuras, adrenalina, e, com a possibilidade de levar mais colômbia e ganhar mais dinheiro, nem pensei duas vezes. Mais cedo já tinha comprado um saco grande de tangerina, que eu ia chupando até Belém.

— E essas tangerinas?

— Tio, essa gravidez me deu um desejo louco de chupar tangerina, nem te conto...

— Você já está bêbada ou endoidou de vez?

— Elas ajudam a disfarçar o cheiro caso tenha alguma revista da Polícia Federal com cachorro durante a viagem. E comprei também uns sacos de café artesanal, que coloquei no equipamento, para ajudar a disfarçar o cheiro.

Tio Marco me olhava surpreso com a minha sagacidade e também orgulhoso, tenho certeza. Depois do licor, separei uns três livros, abasteci meu iPod com várias músicas e terminei de me arrumar. Antes de sair, tio Marco me parou mais uma vez e me entregou um pacote.

— O que é isso?

— Chegou pra você agora.

Abri o embrulho apressada e me deparei com a pistola dourada, o silenciador, duas caixas de munição... e um recado: "Para que você volte segura. Com admiração, T."

— Esse cara quer me comer, só pode.

— Ei! Ainda sou seu tio.

— Desculpa.

— O rapaz foi gentil, Nina.

— Gentil? Ele quer alguma coisa comigo.

— Aceita o presente. Ele pode ser muito útil.

— Na volta eu vou pagar essa arma de qualquer jeito.

Guardei a pistola, a munição e o silenciador e fui para o Porto de Manaus. Minha jornada arriscada estava só começando.

CAPÍTULO 30

A VIAGEM DE BARCO

Os barcos que faziam a viagem para Belém e outros destinos amazônicos eram antigos e viviam em reforma, mas a equipe da empresa me alocou em um dos mais confortáveis — se é que isso era possível naquelas condições, mas *va bene* —, afinal, minha gravidez estava avançada. Entrei com tudo sem o menor problema e até fiquei constrangida pela cordialidade de todos, já que eu nem estava grávida e ainda carregava, entre a barriga e o equipamento, 15 kg de colômbia.

O barco tinha capacidade para 856 pessoas, era feito de madeira, como a maioria deles, e transportava cargas e pessoas. Tinha três andares, sendo o primeiro para cargas, como carros, motos e sacas de castanha. No segundo andar tinha um amplo espaço para cerca de 300 redes, os banheiros e um refeitório; e no terceiro ficava a maioria das cabines, sala de controle, lanchonetes, área externa e chuveiros ao ar livre.

Tudo era muito simples na embarcação, e nos últimos dias eu já tinha me preparado psicologicamente para aquela aventura. Além dos riscos naturais de transportar tanta droga, eu ainda precisaria me virar para chegar inteira a Belém depois de uma viagem que não era nada simples. Os locais viajavam nas redes, umas coladas às outras, sem qualquer privacidade. À noite a área das redes ficava refrigerada, o que trazia o mínimo de conforto às pessoas que viajavam ali amontoadas. Os camarotes tinham mais privacidade, mas também não tinham banheiro e eram caros pelo que ofereciam.

Comprei passagem para uma suíte. Era o cômodo mais caro de todos, mas eu tinha um banheiro só pra mim, e a equipe ainda me colocou em uma com varandinha privada, ou seja: ia viajar na primeira classe daquela embarcação. A suíte tinha um beliche, um frigobar e travesseiro. Foi o máximo de conforto que consegui para enfrentar a viagem de cinco dias que viria pela frente. Além disso, eu poderia ficar com a minha mala comigo e segura, o que era o mais importante.

A viagem começou, e eu sabia que teria cinco longos dias a bordo daquele barco. O trajeto seria mais rápido, já que estávamos descendo o rio, ou seja, a favor da correnteza. Se fizesse o trecho de Belém para Manaus, a mesma viagem duraria um dia a mais. Coloquei uma cadeira na varandinha e fiquei observando um dos maiores rios do mundo abrindo passagem para a traficante mais esperta do Brasil. Minha autoestima e sentimento de poder estavam no topo, o que mais tarde descobri que era um grande equívoco, porque isso nos deixa sem a visão real dos fatos. A verdade é que nunca somos espertos demais em nada.

Ao longo do caminho, vi o encontro das águas entre o Rio Negro e o Solimões, que formavam o Rio Amazonas, e tudo ia muito bem. Na manhã do terceiro dia, paramos em Santarém, no Pará, onde as pessoas podiam descer se quisessem conhecer a cidade. Até pensei em fazer isso, porque já estava agoniada de ficar lá dentro, mas Santarém era uma cidade pequena, e, da mesma forma que eu tinha escolhido aquela rota por ser menos fiscalizada, bandidos também a escolhiam para praticar assaltos, e eu não podia correr o risco de perder a minha carga.

E eu estava certa. Durante a madrugada em que ficamos atracados na cidade, acordei assustada com os gritos que vinham dos corredores. Rapidamente me levantei, recoloquei a barriga falsa e escondi a mala no banheiro. Deixei apenas a bolsa comigo com algum dinheiro, caso eles chegassem até ali. Arrumando a bolsa, vi a pistola que Tebaldo tinha me dado e achei melhor ficar com ela; talvez fosse útil naquele momento. Coloquei o silenciador, escondi a arma nas costas e fiquei quieta. Não demorou, e ouvi vozes do lado de fora:

— Vai por aquelas cabines que eu verifico essas.

Os bandidos estavam arrombando as portas no chute. Eu já estava preparada para reagir quando forçaram a entrada na minha cabine. Em instantes, preparei minha personagem grávida, sozinha e insegura e achei mais seguro abrir a porta, porque, se a destruíssem, seria pior. Eu ainda tinha dois dias de viagem e como ia comer sem poder trancar a porta?

Para a minha surpresa, uma mulher surgiu diante de mim, com uma arma nas mãos.

— Pode levar a bolsa, moça — eu disse a ela de modo bem delicado, mostrando a fragilidade da minha personagem.

Ela continuou me encarando, percebeu o saco de tangerinas e riu. Fiquei sem reação, mas me contive.

— Acho que encontrei uma parceira de crime aqui.

Gelei. Como aquela mulher sabia sobre mim?

Ela entrou devagar na cabine e fechou a porta.

— Muito bem, onde tá a maconha?

Aquilo doeu nos meus ouvidos. Eu estava prestes a perder todo o meu carregamento.

CAPÍTULO 31

CIDA

Fiquei encarando aquela mulher e só conseguia pensar na minha mercadoria. Ela insistiu:

— Não nasci ontem, garota. Já fiz muito essa rota e usava as tangerinas pra disfarçar o cheiro, exatamente como você tá fazendo. Agora chega de cena e me diz onde tá a maconha.

Tentei insistir na personagem:

— Não sei do que você tá falando. Estou no final da gravidez e tenho desejo de chupar tangerina, qual é o problema? Já te dei a minha bolsa, pode levar o dinheiro, só sai logo daqui!

— Ah, não sabe?

A mulher guardou a arma, sacou uma faca e me puxou. Tentei manter a versão mulher grávida e indefesa e não revidei.

— Por favor, moça, eu não tenho mais nada. Leva o dinheiro. Não posso passar por esse trauma, meu filho pode nascer a qualquer momento!

— Você tem razão. Acho que já tá na hora desse bebê nascer!

Ela pegou a faca e enfiou na minha barriga. Naquele momento, voltei com tudo. Quanto mais ela enfiava a faca, mais eu voltava a ser a Nina. Segurei a mão daquela vaca e fiz umas das coisas mais inconsequentes: caí na porrada com ela.

A faca caiu embaixo da cama, e a gente se embolou naquela cabine minúscula. Minha carga começou a vazar da barriga e a se espalhar pelo assoalho da suíte.

— Tira essa barriga agora! — gritava ela enquanto estávamos brigando.

— Nem por um caralho!

Depois de muitos socos, consegui pegar a minha arma e apontei pra ela.

— Olha só, a moça não é uma simples mula!

— Sai daqui ou eu...

— Ou o quê, patricinha? Vai atirar em mim?

Os gritos nos corredores do barco aumentaram, e os bandidos começaram a falar entre si:

— Chega! Vamos embora!

— Cida! Onde tá a Cida?

Ela me olhou com deboche e disse:

— Eles vão vir atrás de mim, e aí vai ser pior. Como vamos resolver isso?

Tive que pensar por segundos. O que eu deveria fazer naquele momento?

— Vai procurar a Cida, estamos voltando pra lancha. A gente tem que vazar logo! — berrou alguém no corredor.

— E então, moça? Vai me deixar ir ou a gente vai ter um óbito aqui?

Olhei para a varandinha da minha cabine, que estava virada para a imensidão negra do rio.

— Fico com a segunda opção.

Disparei contra ela, que se apoiou na grade da varanda.

— Sua filha da puta! Destruiu o meu braço!

— O próximo vai ser na cara se não sair daqui agora.

— E você quer que eu saia nadando?

— Ou é isso ou eu acabo com você!

O som de um alto-falante ecoou pelo rio na madrugada:

— Vocês estão cercados. Se rendam!

A Cida ficou mais desesperada com a chegada da polícia do que comigo ali, apontando uma arma pra ela.

— É a polícia! Estamos todos fodidos!

Do lado de fora, os gritos diminuíram. A mulher ficou pálida diante de mim, e usei isso a meu favor. Eu estava com tanto ódio daquela vagabunda que não pensei duas vezes:

— Seus amigos te abandonaram. Então, o que vai ser? Já sei! Você vai servir de comida pras piranhas! — Caminhei na direção dela, que já estava acuada na varandinha. Continuei: — Pelo tiro que eu dei, você sabe que, se eu quisesse te matar, já teria matado. E então?

— Se eu pular no rio, vou morrer!

Engatilhei a arma novamente e apontei pra ela com firmeza. Claro que, se eu quisesse matá-la, já teria feito, mas eu não queria carregar o peso de nenhuma morte e tentaria evitar esse momento ao máximo.

A mulher se encolheu na grade da varanda. Percebi uma lágrima escorrer no rosto dela, e Cida, sem alternativa, se jogou no rio. Corri para a varanda e ainda consegui vê-la se debatendo, mas, como a correnteza estava forte, não demorou muito para que ela sumisse na escuridão.

Voltei rapidamente para dentro da suíte, afinal, a polícia tinha avisado que a embarcação estava cercada. Minha adrenalina deve ter ido a mil naqueles instantes. Tentei respirar fundo, porque minha vida ainda não estava resolvida. Agora eu tinha um problema maior pra resolver: a polícia ia entrar na embarcação, e eu precisava esconder a arma, consertar a barriga e disfarçar os hematomas daquela briga.

Rapidamente peguei a mala, troquei de roupa, dei um jeito de enfiar a arma e o silenciador dentro da barriga junto com a maconha e remendei tudo. Vesti um casaco para facilitar o disfarce. Peguei a faca da mulher e as roupas rasgadas, limpei o que caiu da maconha no chão e joguei tudo no rio. Em menos de 20 minutos eu estava pronta novamente e tentava me lembrar da morte da nonna para chorar e convencer os policiais de que tinha sido agredida durante o assalto.

Não demorou muito para que eles chegassem à minha cabine. Dei mais uma olhada geral em tudo e foi quando percebi que tinha sangue da Cida nas grades da varanda. Como eu não tinha visto aquilo?

CAPÍTULO 32

INTERROGATÓRIO

Tentei não me desesperar. Sem fazer barulho, fui ao banheiro, peguei uma toalha e limpei as manchas de sangue. O policial bateu novamente:

— Polícia!

— Um momento, por favor!

Me livrei da toalha e corri para abrir a porta. Claro que fiquei tensa, mas sabia exatamente o que fazer. Papai sempre me disse que, se você quer desviar a atenção de alguma coisa, deve dar mais peso a outras. Finalmente abri a porta aos prantos.

— A senhora está bem? — perguntou o policial.

— Foi horrível, moço. Uma mulher entrou aqui e nem o fato de eu estar grávida fez ela ter compaixão. Olha o que ela fez no meu rosto!

Eu já tinha visto antes no espelho que estava ficando com a cara vermelha dos murros que Cida tinha me dado. Àquela altura, já devia estar mais inchado.

— Esses bandidos não perdoam ninguém.

— Quase morri! Ela apontou uma faca pra mim só porque eu não tinha muito dinheiro.

— E você viu pra onde ela foi?

— Se jogou no rio quando vocês chegaram.

O policial passou um rádio para a equipe, informando da fuga da bandida. Eu continuava chorando muito e tinha certeza de que estava bem convincente.

— A senhora precisa de alguma coisa? Ela machucou a sua barriga?

— Só me acalmar, moço. Graças a Deus ela não me bateu na barriga, foi só no rosto mesmo. A dor vai passar, mas esse trauma talvez nunca passe.

O policial olhou pra mim mais uma vez e aproximou a mão da minha barriga. Nesse momento quase desmaiei.

— Antes de nascer esse bebê já tem é história pra contar.

— Pena que seja uma história triste, né?

— Preciso que a senhora me acompanhe para dar o seu depoimento e fazer o exame de corpo de delito.

De novo: como não pensei nisso? Tive que improvisar.

— Moço, estou a caminho de Belém pra ter o meu bebê. Tudo o que aconteceu já foi traumático demais... eu não gostaria de passar por isso...

— Mas é necessário, não temos o que fazer. Segundo o artigo 158 do Código de Processo Penal, quando a infração deixar vestígios, é imprescindível o exame de corpo de delito, direto ou indireto. E, no mais, a viagem vai ser suspensa até a gente terminar a investigação.

— Não, moço, eu preciso chegar em Belém!

Percebi que estava começando a perder a personagem e acho que o policial também.

— Tenta se acalmar. Me conta mais sobre o que aconteceu aqui.

Ele me pediu licença e entrou na suíte minúscula. Caminhei em direção à varanda, tentando ser ainda mais convincente.

— Eu já disse tudo, senhor. Ela entrou como um furacão, me ameaçou com uma faca, me bateu e, quando ouviu a chegada de vocês, se desesperou e pulou no rio.

— Ela estava ferida? — perguntou o policial, já abaixando para se aproximar do assoalho. Talvez eu tivesse deixado escapar alguma coisa.

Naquele momento, mais uma vez me lembrei de papai. Ele me dizia que, nos treinamentos militares para suportar interrogatórios que ele tinha feito nos Estados Unidos, sempre orientavam a se ater à verdade tanto quanto fosse humanamente possível e só alterar detalhes que devessem ser mantidos em segredo.

— Sim, acho que estava. Percebi quando apertei o braço dela pra tentar me soltar, e foi então que ela me bateu com muita força. Posso ter apertado a ferida.

Ele puxou a lanterna e iluminou o piso.

— Tem sangue aqui.

Mais uma vez eu tinha que agradecer ao papai. Dei a resposta certa.

— Estou vendo que não tem sangue dentro da suíte...

Merda! Esse cara não podia ficar me interrogando. O que eu ia dizer pra ele? "Claro que não tem sangue aí, porque, quando atirei, ela já estava na varanda"? Acho que não.

— Senhor, eu realmente não sei sobre isso. Tentei ficar de olhos fechados o tempo todo. O senhor pode imaginar esse trauma para uma mulher prestes a ter um bebê?

Tive uma crise de choro, e o policial abaixou a guarda. Era tudo o que eu precisava. Na sequência, o rádio dele tocou.

— Capturamos o grupo! — berrou outro policial no rádio.

— E a mulher que pulou da suíte seis? Acabo de descobrir que ela está ferida, não vai conseguir ir muito longe.

— Nada, senhor. Vamos enviar uma lancha para varrer as margens do rio.

O policial se levantou e caminhou em direção à porta.

— Preciso resolver isso agora. Vamos enviar um oficial amanhã, para levar as testemunhas para depor e fazer o exame.

Concordei com a cabeça, e ele cruzou a porta. Respirei fundo e segurei o braço dele.

— Espero que consiga prender essa mulher, para que ela não faça mal a mais ninguém — disse a ele, ainda chorosa. O policial sorriu e finalmente foi embora.

Respirei aliviada, mas eu ainda tinha um problema enorme pra resolver. Como eu iria a uma delegacia fazer exame de corpo de delito e prestar depoimento com toda aquela maconha acoplada em mim, uma arma e uma possível testemunha solta por aí?

CAPÍTULO 33

DEPOIMENTO

Assim que o policial deixou a suíte, olhei meu rosto no espelho. Até que não estava tão ruim; a mulher batia mal, para a minha sorte. Mas o que eu ia fazer?

Peguei meu celular, e, mais uma vez, Deus estava agindo a meu favor. Você pode até achar que misturar Deus com crime não tem nada a ver, mas a verdade é que sempre fui, até exageradamente, apegada à minha religião e não me importava de rezar e pedir proteção. E ela veio graças ao santo Google.

Pesquisando sobre o Código de Processo Penal, achei uma brecha que seria a minha salvação. O artigo 167 dizia: "Não sendo possível o exame de corpo de delito por haverem desaparecido os vestígios, a prova testemunhal poderá suprir-lhe a falta." Então eu precisava de testemunhas que pudessem confirmar o que tinha acontecido e me livrar das marcas no rosto. Mas vamos por partes: um problema de cada vez.

Fui ao corredor apressada e vi um casal de idosos que estava se recuperando do susto. Eles me olharam preocupados.

— Minha filha, você está bem? — perguntou a simpática senhora.

— Sim, graças a Deus. Aquela mulher invadiu a minha suíte, mas o bebê e eu estamos bem. Ela só me deu um tapa, mas isso vai passar.

— Nós ouvimos o barulho da sua suíte. Achei que ela tivesse te machucado muito — disse a senhora, emocionada.

— Ela ficou batendo nas coisas pra me assustar! Fiquei em pânico! — disse, tentando justificar a barulheira da briga.

— Que horror! — falou o marido, tentando me confortar.

— Só espero que isso não atrase tanto a nossa viagem. Eles disseram que vou ter que fazer exame de corpo de delito. Estou assustada. Nunca passei por isso.

— Sim, já que você foi agredida. Mas não se preocupe com isso, sou advogado, e podemos testemunhar o que aconteceu. Vamos tentar ficar o mínimo possível na delegacia.

— Só quero chegar em Belém a tempo de ter o meu bebê com a minha família.

Chorei para dar mais veracidade à minha dor, mas por dentro estava radiante. Era muita sorte que ele fosse advogado e tivesse se oferecido para fazer o que eu queria sem eu ter que pedir.

— Vai dar tudo certo, minha filha.

A esposa do homem me consolava, mas eu já estava satisfeita. O primeiro problema estava resolvido. Agora eu precisava cuidar do segundo. Entrei na suíte e só precisava me livrar da vermelhidão do rosto, mas algumas horas de gelo e uma boa maquiagem sumiriam com as marcas da agressão, e eu não precisaria passar pelo exame de corpo de delito.

A polícia até apareceu no dia seguinte, mas eles não tinham perito para fazer o exame, o que foi ótimo pra mim. Ganhei mais tempo para sumir com as marcas da porrada da bandida.

Tivemos que ficar mais um dia, porque outras pessoas precisavam fazer o exame. Enquanto isso, os outros passageiros deram seus depoimentos, e isso levou o primeiro dia inteiro.

Antes de irmos para a delegacia, já no segundo dia, me aproximei novamente dos meus vizinhos de viagem e pedi para ir com eles. Queria ter certeza de que poderia contar com o testemunho deles para fugir do exame, e mais uma vez Deus não me faltou. Fomos logo atendidos por causa da prioridade — deles pela idade e minha por estar grávida.

Quando já estávamos saindo da delegacia, ouvimos os policiais conversando entre si e olhando pra mim. Nesse momento, pensei que tinha rodado, que alguém tivesse descoberto o que eu estava fazendo, mas tentei manter a pose.

O policial que me encontrou na cabine no dia do assalto se aproximou de mim e começou a falar:

— Senhora, acabamos de receber uma denúncia anônima e queremos conversar contigo. Me acompanha, por favor?

Se eu tivesse comido alguma coisa naquela manhã, teria borrado as calças. Em segundos, revi tudo o que já tinha passado até ali, mas precisava me manter firme. Olhei para o policial e obedeci, mas confesso: estava morrendo de medo.

CAPÍTULO 34

O CORPO NO RIO

Apenas concordei com o policial e os acompanhei. O casal de idosos que estava comigo me olhou desconfiado.

— Sente-se, por favor.

— O que está acontecendo?

— Dois bandidos do grupo que assaltou a sua embarcação conseguiram fugir. Um homem identificado apenas como Dentinho e a mulher que se jogou no rio da sua cabine. — Pela introdução eu já me sentia aliviada. Ele continuou: — Os moradores de uma comunidade ribeirinha entraram em contato conosco dizendo que o corpo de uma mulher apareceu na praia deles nessa manhã.

— Que horror, senhor policial — eu disse, bem sonsa.

— Infelizmente preciso que você tente identificar esse corpo, já que achamos que pode ser a mulher que invadiu a sua cabine.

Ele puxou o celular, me mostrou a foto, e, para o meu alívio, era a Cida. No braço tinha o buraco do tiro que eu dei, mas não foi isso que a matou. Certamente ela tinha morrido afogada. Não me demorei olhando tanto, fiz charme, chorei em choque por ver um corpo e, por fim, confirmei.

— Os peritos acham que ela morreu afogada, mas quem atirou nessa mulher? Até agora nenhum passageiro disse que ouviu som de tiros no barco, não achamos o projétil, e todos os capturados negaram ter atirado durante o assalto. Talvez algum passageiro tenha tentado se defender, mas ninguém assumiu.

Ele estava tentando tirar mais alguma coisa de mim, eu tinha certeza. Só que ele não estava interrogando qualquer uma.

— Infelizmente não posso ajudar com isso, já que ela entrou na minha suíte ferida e de lá se jogou no rio.

— Claro, desculpe. Pode voltar ao barco. Vamos autorizar que a embarcação siga viagem.

Saí da sala de interrogatório aliviada. O casal que me ajudou já tinha voltado para a embarcação, e, algumas horas depois, seguimos viagem.

Quando o barco começou a navegar, bateu uma sensação muito ruim por, de certa forma, ter provocado a morte daquela mulher. Nunca gostei de violência, mas eu não tive opção. Ela ia me entregar se eu deixasse ela sair da suíte. Ela tinha tentado me matar quando enfiou aquela faca na minha barriga. Me convenci de que agi em legítima defesa e tentei não pensar mais naquilo. Na verdade, foi sorte minha aquele desfecho. Imagina se ela sobrevive? Podia me acusar do tiro e denunciar a carga. Foi melhor assim. Deus sempre sabe o que faz.

Conforme a viagem avançava, resolvi tirar a arma da barriga por precaução. Se nos deparássemos novamente com um assalto ou eu precisasse me defender, ela deveria estar à mão.

O barco continuou a deslizar sobre as águas do rio, e fiquei da minha varanda privativa observando as comunidades ribeirinhas, os vilarejos com casas de palafitas e o gado que margeava o rio.

No quarto dia de viagem, navegamos pela Ilha de Marajó, que na verdade era um arquipélago. Deixamos o Rio Amazonas e passamos a navegar por canais menores, o que nos aproximou ainda mais dos ribeirinhos. E aí percebi uma coisa inusitada: várias canoas começaram a vir ao nosso encontro, e nelas só tinha crianças de 4 ou 5 anos de idade. Fiquei curiosa, mas logo entendi o que estava acontecendo.

Existia naquela região uma tradição centenária: quando um barco passava por lá, as pessoas arremessavam roupas e biscoitos em sacolas plásticas para as crianças. Várias pessoas jogaram muitas coisas para elas, e percebi o quanto eu era privilegiada. Aquelas crianças se aventuravam pelos rios para conseguir um pouco de comida e roupas. Mais uma vez a pobreza desse país continental era esfregada na minha cara... Enfim, também fiz minha parte, e isso me fez muito bem.

No quinto dia navegando — o sétimo desde que tinha saído de Manaus —, cheguei a Belém. O nascer do sol tão brilhante que iluminava as águas do rio me encheu de esperança.

Eu ainda tinha dois dias de viagem até o Rio, mas, dessa vez, de ônibus, que só saía à noite. Então desembarquei no porto e fui para o Ver-o-Peso. Sei que nem poderia fazer isso, mas precisava comprar mais tangerinas e queria passear um pouco.

Inaugurado em 1625, o Ver-o-Peso é um dos mercados públicos mais antigos do Brasil. Patrimônio histórico desde 1977, o lugar ferve de gente que vende tudo o que você puder imaginar. Passei o dia ali, experimentando os sabores do Pará, esticando as pernas, me preparando para o restante da viagem e torcendo para que nada mais desse errado até que eu chegasse ao Rio de Janeiro.

Embarquei no ônibus e não despachei minha mala, afinal, onde já se viu deixar sua carga valiosa longe dos seus olhos?

CAPÍTULO 35

VIAJANDO DE ÔNIBUS

As estradas no interior do Brasil eram horríveis. Mas não eram horríveis como a gente via na televisão, não — eram piores. E perigosas. Aqueles dois dias que levei para chegar ao Rio me fizeram valorizar cada caminhoneiro desse país.

O fato é que, depois do primeiro dia de viagem, paramos para tomar banho e jantar. E essa parte era bem complicada pra mim: o banheiro era coletivo, então eu tinha que ter o maior cuidado para não deixar nada cair nem sair do lugar. Eu não poderia ter um imprevisto como o do trecho anterior, porque não tinha lugar de apoio. Eu estava em um ônibus, sem qualquer privacidade, sentada ao lado de uma idosa que só fazia dormir e chorar a viagem inteira. Eu até perguntei pra ela o que estava acontecendo, mas ela só disse que precisava ajudar o neto que estava desempregado no Rio. Enfim, eu também não quis dar corda, afinal, imagina viajar com uma pessoa do seu lado por dois dias falando sem parar?

Bom, depois de muito malabarismo, consegui tomar banho, me vesti novamente e jantei em paz. Quando entrei no ônibus, quase tropecei na bagagem da mulher que estava sentada ao meu lado, e mais uma vez ela chorava quieta.

— Senhora, não quero ser inconveniente, mas posso ajudar com alguma coisa?

— Ninguém pode me ajudar, ninguém!

Eu estava mexida com aquilo, mas também não podia insistir. Ela não queria ajuda. Paciência.

A viagem recomeçou, e peguei no sono. Acabei sonhando com o Rubens, que a gente estava junto de novo, numa casinha lindinha perto da praia. Acordei assustada, e até me deu saudade dele, apesar de tudo o que tinha acontecido.

Olhei o celular, e ainda era 3h30 da manhã. As tangerinas estavam cheirando forte no ônibus, mas não me importei. Ninguém reclamou também, afinal, eu estava grávida e era uma passageira das mais silenciosas. Só quem já passou dois dias dentro de um ônibus sabe como é viajar assim... Ouvíamos de tudo: crianças chorando, pessoas roncando, peidando, brigando, rindo alto, ouvindo música... Eu só queria chegar à minha casa em paz, com a minha carga, o mais rápido possível.

Aproveitando o balanço do ônibus, dormi novamente até que acordei com a luz de uma lanterna na minha cara. A senhora ao meu lado soluçava de chorar, e as pessoas do ônibus olhavam pra gente como se fôssemos criminosas.

— Senhoras, levantem-se por favor — pediu um policial para nós duas, e ajudei a idosa a se levantar. Ele falou com ela, que chorava como nunca. O policial olhou pra nós e passou um rádio para o colega. — Traz o Bruce.

Apesar de ainda sonolenta, entendi o que estava acontecendo: ele estava mandando trazerem o cachorro farejador. Agora eu estava realmente ferrada.

Outro policial entrou com o cão, que passou cheirando todas as bagagens pelo caminho até chegar ao nosso encontro. A mulher do meu lado só chorava. Fiquei em pé, tentando ampará-la enquanto o cão cheirava as nossas bagagens. O cachorro parecia meio confuso, cheirava a minha mala, a dela, depois a minha, a dela de novo... E eu estava quase me entregando, para acabar com aquele sofrimento, até que o cachorro parou de frente pra mim e pulou nos meus braços.

— Calma, totó — eu disse, sem graça, mas estava preocupada que o cachorro sentisse o cheiro da minha barriga.

— Não precisa se assustar, ele é muito carinhoso e adora mulheres grávidas. Quase derrubou a minha esposa esses dias... — falou o policial.

— Ah, entendi... — respondi, sem jeito. Por fim, o cachorro voltou para a sua investigação e puxou a bolsa da mulher para o corredor.

— Senhora, o que tem na sua bolsa? — A mulher só chorava. O policial repetiu a pergunta: — O que tem aqui?

— Policial, me desculpa. Meu neto está ameaçado de morte, e eu tive que trazer isso pro Rio, mas eu não sou bandida.

O policial abriu a mala da mulher e viu a maconha entocada dentro de latas de leite em pó.

— A senhora está presa por tráfico de drogas. Me acompanhe até o posto policial.

Olhei para ela e fiquei com pena. Todos dentro do ônibus acompanharam a saída dela com olhares incriminadores, e eu só conseguia pensar que ela era inocente. Era só uma mulher pobre e desesperada para ajudar o neto. Uma brasileira, sofredora, tentando fazer algo cuja gravidade ela nem sabia, por amor ao neto. Isso me cortou o coração.

— Desculpem o incômodo. Agora podem continuar a viagem. Bruce!

O policial chamou o cachorro que estava pendurado em mim de novo, e eu tentava me livrar dele. Ele chamou de novo, e nada do cachorro sair de cima de mim. O policial então voltou pelo ônibus, caminhando na minha direção. *Esse cara percebeu que o cachorro não só gosta de mulher grávida, como encontrou uma traficante fingindo estar grávida com 3 kg de colômbia dentro da barriga falsa*, pensei na hora.

Ele veio caminhando lentamente pelo corredor, e eu já estava desesperada.

— Bruce! Agora!

O cachorro me lambeu e correu de encontro a ele. Ele sorriu pra mim e desceu do ônibus. O motorista arrancou e seguiu pela estrada. E eu praticamente desmaiei na poltrona.

Fui até o Rio pensando em todos os sinais que Deus tinha me dado durante aquela viagem e cheguei a uma conclusão óbvia: eu precisava de uma mula pra fazer aquilo. Não podia me arriscar tanto.

CAPÍTULO 36

ESTRATÉGIA DE MERCADO

Quando cheguei ao Rio, já tinha 10 metros vendidos à vista, o que me fez quitar mais uma vez minha dívida com o Carrasco antes do prazo. Levei mais tempo para chegar à cidade do que com as vendas, mas, de qualquer forma, tinha certeza de que ele estava contente comigo.

No mês seguinte voltei a Manaus, mas dessa vez resolvi levar dinheiro vivo, além de fazer questão de pagar pela arma de Tebaldo. Eu sabia que, agora, com o pagamento à vista, poderia negociar um preço melhor. Já enxergava também que segurança era estar viva e livre, então precisava de uma mula, e isso tio Marco arrumou com facilidade.

Consegui chegar a um preço muito favorável com o Carrasco. Além de pagar à vista, também argumentei que outras pessoas já estavam comercializando colômbia no Rio, então eu teria que abaixar meu preço de revenda. Fechamos o valor de 4500 reais por metro, o que aumentou muito os meus lucros. Ao mesmo tempo, tio Marco estava radiante por ter mais dinheiro pra jogar, e eu me levantava aos poucos com o comércio da colômbia no Rio. Consegui estruturar com tio Marco uma operação simples, mas que me deixava mais segura.

Arranjamos umas moças para levar a droga de Manaus para o Rio, e então eu as encontrava em um hotel, recebia a encomenda, comercializava e voltava para Manaus com o dinheiro, para fazer os acertos necessários para a próxima negociação. A partir daquele momento, já não pegava mais nada fiado. Tinha capital de giro para investir e me manter segura. As mulas ganhavam 1000 reais por metro transportado. Cada uma levava 10 metros por viagem, totalizando um cachê de 10 mil reais. Era considerado um cachê muito bom para rota nacional, com o agravante de que eu não tinha equipamento adequado, então a droga vinha sem nenhuma proteção contra a fiscalização. Das dez operações que coloquei em andamento, apenas uma foi perdida, e a menina, presa. Arquei com a perda do material e os custos com o advogado, mas todas as outras operações fizeram com que essa perda não abalasse em nada meu capital. Eu tinha aperfeiçoado os métodos do que posso chamar de "minha empresa": analisava o mercado, considerando variáveis como oportunidades, fraquezas e ameaças, assim como faziam os grandes empresários.

As coisas estavam indo muito bem, e comprei minha primeira bolsa da Louis Vuitton na loja, com dinheiro vivo. Era uma sensação de contentamento enorme ver meu dinheiro sendo contado na máquina daquela loja. As notas me remetiam a todas as aventuras que me proporcionavam meus objetos de desejo, e agora eu não tinha mais limites.

A colômbia se popularizou rápido no Rio de Janeiro. Como em todos os mercados, a globalização fazia com que o acesso à informação chegasse a todos, e no tráfico não foi diferente. Por conta disso, minha concorrência aumentou substancialmente.

Enquanto colocava minha vida e meus negócios no prumo, ouvia histórias sobre o Rubens, que ele tinha voltado a ser o Roll e estava sempre rodeado de muitas mulheres, mas o que importava pra mim naquele momento era que o meu negócio com a colômbia seguia dando certo... claro que em proporção menor que os negócios dele com lança-perfume. Nessa época, ele estava em alta: seus negócios estavam alavancados, ele mandava vir caminhões com caixas e mais caixas da Argentina e era o responsável por abastecer duas grandes comunidades do Rio de Janeiro. Ele era o rei. Eu sentia falta dele, apesar de tudo. Mas estava feliz e realizada com o meu trabalho.

Até que, um dia, eu soube que ele tinha sido preso com vinte caixas de lança-perfume dentro do carro. Não tinha ninguém batendo o caminho pra ele. Antes, eu fazia isso, mas acredito que, na afobação, ele tenha resolvido fazer tudo sozinho; só que, nesse negócio, não existe tempo pra erro, e esse erro custou um ano da vida do Rubens.

E isso era só o começo do fim.

CAPÍTULO 37

OPERAÇÃO NOCAUTE

A saída do Rubens da prisão fez parte de uma investigação de cuja existência ele não suspeitava, claro. A polícia o deixou sair para poder pegar uma operação maior, e foi exatamente o que aconteceu: ele não sabia, mas seu telefone estava grampeado.

Ele era jovem, tinha muitos contatos, e o valor desses contatos era enorme; ele realmente tinha tudo nas mãos, e isso o cegou. Perdeu dois grandes carregamentos e inúmeros pequenos. Algumas pessoas que trabalhavam pra ele foram presas num período de oito meses, ou seja, estava tudo dando errado, e ele não sabia o motivo. Achou que era uma maré de azar e não queria parar de arriscar, porque precisava manter seu padrão de vida e o seu status.

Nessa época, ele começou a namorar outra moça chamada Angélica. Ela era uma jovem bonita, mas sem instrução. Os dois brigavam muito, e esse relacionamento conturbado tirou o foco do Rubens. Seu faro, antes apurado, foi sumindo. Um dia antes da operação que mudou a vida dele, um amigo avisou que, em um desses programas sensacionalistas, tinha visto que a Polícia Federal ia fazer uma grande operação contra o tráfico internacional de drogas. Ele riu, porque aquilo não seria pra ele... O Rubens não tinha noção da proporção que o negócio dele tinha atingido. Disse ao amigo que não era o Beira-Mar[1] para que uma megaoperação fosse dedicada a si. Mas ele estava errado.

No dia seguinte, às 6 da manhã, a Polícia Federal estava com um mandato na porta da casa onde ele morava... e na casa de mais de quarenta jovens de classe média alta que estavam envolvidos nessa operação. Estava na capa de todos os grandes jornais do país e sites de notícias, e eu não podia acreditar naquilo. Jorginho, Filipe e muitos outros conhecidos meus foram presos naquele dia.

A Operação Nocaute prendeu 51 pessoas, 42 só no Rio de Janeiro, e levou mais de um ano de investigações para realizar essas prisões. A Polícia Federal utilizou escutas telefônicas, policiais disfarçados e testemunhas. Foi um caso muito estudado, planejado, e não tinha defesa para eles. Todos foram condenados, porque não eram apenas os lança-perfumes. Outras pessoas estavam envolvidas com ecstasy, LSD, haxixe, cocaína... cada um era responsável por uma mercadoria, e outros eram responsáveis pela distribuição de cada droga. Aqueles jovens não faziam ideia da seriedade de seus crimes, e, pela repercussão do caso, o juiz foi severo com todos.

Rubens pegou a maior pena: mais de dez anos de reclusão em regime fechado.

-x—x—x

1 Luiz Fernando da Costa, mais conhecido como Fernandinho Beira-Mar, era um criminoso brasileiro, líder da organização criminosa Comando Vermelho. Foi considerado pelos órgãos federais como um dos maiores traficantes de armas e drogas da América Latina.

CAPÍTULO 38

PACTO ROMPIDO

Durante a maior parte dos anos que Rubens passou na cadeia, não tivemos contato. Ele teve várias namoradas, meninas que queriam conhecer bandidos e vão até hoje atrás deles em cadeias. As notícias que recebi vieram através de amigos.

Durante esses anos, meu negócio com o Carrasco também foi perdendo força, porque as pessoas já tinham descoberto o mesmo que eu. Muita gente já estava trazendo a colômbia para o Rio, e de maneira muito mais voraz e articulada. Por vezes vinham caminhões-cegonhas com 100 kg de colômbia. Era impossível competir com aquilo, e eu seguia a linha de que, quanto maior a operação, maiores os riscos. Eu não podia ser presa, e as notícias sobre a Operação Nocaute me deixaram apreensiva sobre ampliar meus negócios.

A sede por lucro não me cegava, porque meu auge com a colômbia já tinha passado. Tive a sorte de aproveitar o momento, fui uma das primeiras a trazer para o Rio, mas, àquela altura, várias pessoas já conheciam a origem do material. Eu precisava me conformar com o fato de que o mercado estava saturado e que competir nele poderia me trazer mais problemas do que lucros.

Com a facilidade de encontrar o material por aqui, fui me distanciando do Carrasco e passei a comprar no Rio mesmo. Tio Marco ficou desesperado, porque o Carrasco começou a questionar sobre os negócios, e eu teria que ir a Manaus para encerrar o nosso contrato.

Depois de tio Marco insistir muito, me rendi e fui a Manaus. Ele estava preocupado por dois motivos: se eu parasse, ele não ia mais receber a parte dele; e provavelmente estava devendo dinheiro para o Carrasco. Enfim, eu precisava encerrar o negócio, mas não queria deixar tio Marco em risco.

Depois de passar novamente pelos corredores subterrâneos do cassino, me deparei com o Carrasco. Assim como das outras vezes que nos encontramos, ele dispensou todos que estavam na sala.

— Finalmente apareceu, minha jovem.

— O que quer de mim?

— Desistiu da nossa sociedade?

— Nunca fui sua sócia, sempre fui cliente. Mas, com a chegada em massa da colômbia no Rio, o negócio perdeu o sentido.

Tio Marco me olhava desesperado, parecia que ia borrar as calças. O Carrasco me olhou de cima a baixo e continuou:

— Mas quem decide quando um acordo termina sou eu.

— Aqui pode ser, com as outras pessoas pode ser... mas, comigo, quem decide as coisas sou eu mesma. Achei que já tivesse percebido isso.

Nesse momento, Tebaldo colocou a mão na cintura, certamente buscando sua arma. Ele parecia menos valente que da última vez que nos encontramos. Enfim, eu estava em pânico por dentro, mas tinha vestido a personagem destemida e dela não poderia recuar, afinal, os homens sempre se intimidam diante de mulheres fortes.

O velho Carrasco olhou pra mim por um instante e disse:

— Admiro pessoas como você, mas saiba que, se não for minha aliada, certamente vai ser minha inimiga.

— Essa decisão cabe somente ao senhor.

Eu me levantei para sair, e tio Marco permaneceu inerte na cadeira. Olhei para ele sem entender, e o Carrasco insistiu:

— Só mais uma coisa. Vai quitar a dívida do seu tio?

Olhei para o tio Marco, que não sabia onde enfiar a cara.

— Depende... De quanto estamos falando?

— Mais de 1 milhão de reais, considerando o tempo, os juros e os constantes empréstimos pra jogar.

Olhei furiosa para tio Marco, que apenas abaixou a cabeça.

— Não tenho esse dinheiro.

— Então continue trabalhando comigo.

— Sobre isso já encerrei a nossa conversa.

Virei de costas para sair e ouvi o tiro disparado. Me lancei ao chão e rapidamente saquei minha arma. Apesar de não gostar de usá-la, aprendi desde cedo com o Carcamano que ela era a melhor companheira para imprevistos. Foi quando finalmente percebi tio Marco caído ao lado, com as mãos na barriga, sangrando demais.

— Se não paga a dívida, morre.

Tebaldo observava a cena com algum receio. Tentou sacar a arma, mas ela caiu no chão. Nesse momento, relembrei todas as aulas de tiro com papai e apontei a arma para a cabeça do velho Carrasco, que apenas sorriu.

— Sabe que, se fizer isso, não vai sair viva daqui.

— Hoje quem não sai vivo daqui é você!

Atirei contra o ombro do velho, que caiu imediatamente. Me aproximei dele, engatilhei a arma e lhe disse, parafraseando

Maria Antonieta — a quem pesquisei a fundo antes do último encontro que teria com o Carrasco:

— Garanto que o que vem a seguir é a minha intenção![2]

O Carrasco riu ao ouvir a frase, e atirei novamente, matando-o na hora. Corri para acudir tio Marco, que agonizava. Tebaldo estava abaixado sob a mesa e não tinha reagido. Puxei meu tio para a saída antes que mais homens aparecessem.

Quando já estava prestes a subir a escada, finalmente Tebaldo engatilhou a arma na nossa direção. Paramos ao ouvir o som da arma. Tio Marco olhou pra mim com pesar e disse:

— Sai daqui agora e não volta mais pra Manaus!

E, assim, tio Marco se jogou na frente do tiro disparado por Tebaldo, que finalmente o matou.

— Não precisava ser assim! A gente é parecido! — disse Tebaldo com sinceridade. — Me apaixonei assim que botei o olho em você.

Ele tinha ficado sem reação durante a discussão porque não queria me ferir. Estava apaixonado. Seria cômico, se não fosse trágico.

— Só lamento por você!

Ainda vestida com a minha personagem destemida, atirei em Tebaldo com a mesma pistola FNX 45 dourada que ele tinha me vendido tempos antes. Acertei o rosto dele e corri, acreditando que tinha matado um dos maiores traficantes que o Amazonas já conheceu.

—×—×—×

2 Maria Antonieta, a caminho do cadafalso, teria pisado no pé de seu carrasco e a ele dito: "perdoe-me, senhor, não tive a intenção".

CAPÍTULO 39

A QUEDA DO CASSINO

Saí da sala do Carrasco apressada e tentei manter a calma. As paredes do lugar eram antigas, portanto, muito espessas, e acho que tinham isolamento acústico — o que faria sentido, já que o local era usado para refinar coca e preparar os carregamentos, além de servir como matadouro para o asqueroso Tebaldo eliminar os rivais e devedores. Aparentemente ninguém tinha ouvido os tiros, então caminhei pelo salão, onde as mesas de roletas e máquinas caça-níquel estavam lotadas, fazendo seus sons característicos. No caminho, percebi as câmeras instaladas no salão, assim como os dois seguranças que faziam a ronda.

Quando passei pelo bar, vi que o barman olhou pra mim e fez sinal para os seguranças que estavam circulando pelo salão. Um deles estava à porta por onde eu tinha passado instantes antes e entrou. Ali pensei que tudo estava acabado: tinha pelo menos uns cinco seguranças contra mim. Continuei tentando manter a calma, para não provocar uma chacina. Muitos idosos estavam jogando e se divertindo — eles não faziam ideia do que ia começar em alguns segundos.

O segurança apertou o fone no ouvido, certamente para escutar o parceiro que lhe contava da morte do Carrasco e do Tebaldo.

O barman apontou uma arma na minha direção e disparou. Foi o suficiente para gerar o caos no cassino. Me defendi atrás de uma máquina caça-níquel e mirei no enorme lustre que ornamentava o salão de jogos. Com o tiro, aquela obra de arte do século XIX se espatifou no chão, bloqueando a passagem deles. Os clientes começaram a correr em direção à saída, mas os tiros não paravam.

— Saiam daqui agora! — gritei e encarei os homens. Além dos dois seguranças, eu ainda teria que enfrentar o barman e mais os seguranças que viriam assim que conseguissem passar pelo mar de gente que se amontoava para sair do lugar.

— Você não vai sair viva daqui, garota!

— Isso é o que nós vamos ver!

Rolei de uma máquina para outra, e eles descarregaram as armas na minha direção, mas nenhum tiro me acertou. Pelo espelho das paredes laterais do cassino, vi quando um dos seguranças se aproximava pela esquerda, e outro, pela direita. Dei um tiro no joelho de cada um, e os homens caíram ao meu lado. Aproveitei e acertei as câmeras. Quem estivesse fora não conseguiria enxergar nada ali.

Enquanto isso, o barman e os outros seguranças continuavam atirando, e as pessoas gritavam enlouquecidas. Consegui pegar as armas dos homens feridos e, para que não tivesse risco de sofrer um ataque surpresa, coloquei os dois pra dormir — santas aulas de Krav Magá que papai me deu no terreno do Recreio.

— São menos dois, então quero saber: vão continuar me enfrentando ou vão se render?

A resposta veio em bala. Rolei novamente em direção à saída, onde agora já tinha menos gente. Tentei perceber pelos espelhos do local a posição dos homens e, sem hesitar, levantei e fui atirando com as duas armas em direção ao bar onde os homens estavam. O primeiro caiu com um tiro no ombro; o segundo, com um tiro na perna; e, por fim, estávamos o barman e eu, frente a frente.

— Vai largar a arma ou quer continuar com esse joguinho?

Olhei para as calças do homem, que a essa altura já estava todo mijado. Ele jogou a arma longe e se encolheu atrás do balcão.

— Frouxo!

Com a correria das pessoas e os barulhos dos tiros, os seguranças que estavam do lado de fora entraram para ajudar. Como eu já tinha evitado o ataque interno, me misturei às pessoas que deixavam o cassino. Atravessamos o corredor de tijolinhos e finalmente chegamos à porta que dava acesso à escada. O lugar não era nada fácil para fugir, mas eu estava protegida pelos clientes deles. Tentei me esconder em meio às pessoas, e, alguns minutos depois, já estávamos diante do segurança que exigia a senha na entrada.

Sem conseguir controlar a multidão de idosos — e não eram quaisquer idosos, faziam parte da nata da sociedade manauara —, o segurança que estava na porta abriu a guarda e liberou a saída.

Ainda infiltrada, consegui chegar ao estacionamento, mas, para a minha surpresa, outros dois seguranças que levavam o carregamento do Carrasco nos caminhões de lixo me viram.

— Acabou, moça! Larga as armas e se rende.

CAPÍTULO 40

FUGA

Eu estava diante dos bandidos vestidos de gari, e muitos clientes ainda saíam do cassino, então o estacionamento estava movimentado. Percebi que nenhum deles estava armado.

— Acho que vocês não estão em posição de me render. Pretendem me convencer com o quê? Na conversa?

Um dos homens se adiantou na minha direção, e eu atirei no joelho dele. O homem caiu, berrando de dor.

— Como vai ser? — O outro rapidamente se rendeu, já que nenhum deles estava armado. Idiotas. — Agora pega o seu amigo e entra naquela sala ali.

No estacionamento tinha uma sala de controle de entrada de carros que, àquela altura, já tinha sido abandonada pelo manobrista. O homem obedeceu e entrou com o amigo. Exigi que jogasse pra fora os telefones e qualquer outro aparelho com os quais eles pudessem se comunicar. Quebrei a lâmpada do local e os tranquei lá dentro.

Um dos últimos carros estava deixando o cassino quando os seguranças saíram lá de dentro com as armas em punho. Eu não tinha para onde correr, então me joguei dentro do carro. Apontei a arma para a senhora que estava sentada no banco de trás. Ela segurou o cano da arma, abaixou, me olhou friamente e disse:

— Alves, dirige.

— Senhora, mas ela é uma bandida.

— Cala a boca e dirige. Ela é uma sobrevivente.

A idosa sorriu e deu três tapinhas no meu rosto. Me lembrou a nonna. Olhei pra trás, e os seguranças abaixaram as armas. Por que não atiraram? Quem era aquela mulher?

Alguns metros à frente, um grupo armado aguardava os carros e impedia a passagem.

— E agora? Como vamos passar por esse bloqueio?

— Alves, cala a boca. Deixa que eu resolvo.

Eu me abaixei no carro, e, quando passamos pelo bloqueio, ela abriu o vidro o suficiente para que quem estivesse fora do carro pudesse reconhecê-la. O homem armado olhou para o rosto dela e imediatamente disse:

— Recebemos uma informação de que a senhora pode estar em perigo.

— Eu pareço estar sendo ameaçada?

— Mas nossos homens...

— Seus homens são incompetentes — a senhora o interrompeu. — Não basta a vergonha que passaram essa noite? Querem se indispor com ele?

— Desculpe pelo inconveniente, primeira-dama. — E, aos outros, ele gritou que a deixassem passar.

Algumas ruas depois, ela deu a ordem:

— Alves, para o carro.

— Senhora, ela é uma criminosa.

— Cala a boca, Alves!

Olhei para aquela mulher, que de frágil não tinha nada, e agradeci pela ajuda divina que ela tinha me dado.

— Não fiz isso por você, fiz por mim. Precisava de uma agitação maior do que ficar sentada a noite inteira naquelas máquinas.

Rimos juntas, e abri a porta do carro, mas ela segurou o meu braço.

— Se eu fosse você, sumiria antes do amanhecer. E não volta mais aqui!

Agradeci e corri pelas ruas escuras.

Diante de tudo aquilo, não tive escolha. Agora minhas mãos estavam sujas com dois assassinatos. Além disso, eu tinha provocado indiretamente a morte da bandida na viagem para Belém e a do tio Marco, um dos homens que eu mais tinha gostado na vida. E, se isso já não bastasse, ainda tinha provocado a ira de um grupo de bandidos, afinal, consegui escapar deles no carro da primeira-dama do estado do Amazonas. Eu estava me sentindo muito foda, mas não podia vacilar e precisava chegar ao casarão do tio Marco para fugir.

Eu sabia que meu tio sempre tinha dinheiro em casa, apesar da dívida enorme no cassino. Nunca entendi direito por que ele preferia se endividar a usar o dinheiro. Talvez, assim como o vício em jogo e mulheres, tio Marco também fosse viciado em uma vida luxuosa. E, para manter esses luxos, precisava de dinheiro em mãos. No fim, consegui abrir o cofre, retirei de lá algo em torno de meio milhão de reais e parti rumo ao porto, para descer o rio e sair de Manaus o mais rápido possível.

Durante a longa jornada de volta ao Rio — que tive que fazer novamente pelo rio e por terra por causa daquele dinheiro todo — segui pensando em tio Marco, em nossa história de loucuras e em como aquele homem era tão diferente de papai. Ao mesmo tempo, pensava e torcia para que eu não tivesse deixado nada pendente em Manaus...

Alguns dias depois, o Túlio me ligou dando a notícia da morte de tio Marco. Disse que meus pais iriam a Manaus para providenciar tudo, e mais uma vez precisei fingir. Demonstrei surpresa, indignação, sofri, chorei. Na verdade, revivi todos os sentimentos que senti enquanto tentava chegar viva ao Rio de Janeiro depois daquela tragédia. Meu irmão não percebeu nada, apenas me fez uma pergunta que na verdade ele já sabia a resposta.

— Você vai ao encontro deles em Manaus? Tio Marco gostava tanto de você...

— Não vou. Não quero ver o papai. Prefiro ficar com a alegria do tio Marco na memória.

— Mas você não acha que pode ser uma oportunidade de se reaproximar do papai? Ele sempre preferiu você...

— Isso não é verdade. Ele não teve escolha, e você sabe os motivos. Papai queria um filho, mas você nunca quis se aproximar dele e ainda por cima é gay. Você sabe que não tenho nada com isso, mas papai nunca aceitou. Então ele fez comigo o que queria ter feito com você.

— Não diz isso. Ele te ama.

— Túlio, vamos parar por aqui. Nada disso importa. Obrigada por me dar a notícia. Vou rezar pela alma do nosso tio.

— Tudo bem, não digo mais nada.

Encerrei a ligação com certo aperto no peito. Eu sentia saudades dos meus pais e confesso que sentia mais de papai do que da minha mãe. Mas eu não podia abaixar a cabeça para aquele carcamano hipócrita. E, de qualquer forma, jamais poderia voltar a Manaus depois de tudo o que tinha acontecido.

CAPÍTULO 41

HAXIXE

De volta ao Rio e com aquele dinheiro todo, dei um tempo nos meus negócios. Estava sem cabeça pra trabalho e ainda tentava digerir a morte do meu tio. Nesse tempo tinha enjoado do cheiro da colômbia — acho que, de tanto que vendi, ele me remetia a tudo que eu tinha passado com aquele negócio que já tinha sido tão promissor, mas que se transformou em um fardo.

O que apetecia meu paladar naquele momento era o haxixe. A palavra haxixe vem do árabe, e sua tradução literal seria algo como "erva seca". Uma explicação resumida e de fácil entendimento é que o haxixe é um derivado da maconha, uma extração oleosa da planta. Para ser enrolado em forma de cigarro, precisa ser misturado ou com a planta bruta da maconha ou com tabaco. Também pode ser consumido puro em cachimbos e narguilés. Eu gostava de misturar com tabaco, dessa forma o sabor ficava mais destacado do que quando misturado com a maconha.

Assim como a maconha bruta tem inúmeras espécies, o haxixe também tem suas variedades em função da forma de extração e da espécie de maconha da qual é extraído. O mais barato no mercado do Brasil é o conhecido haxixe preto, muitas vezes oriundo do Paraguai. Podemos chamá-lo de haxixe de preço popular — e de qualidade bem inferior. O haxixe intermediário é chamado de "*dry sift*". O material leva o mesmo nome da forma de extração, feita com peneiras, onde se separam os tricomas das partes vegetais. É um dos métodos mais utilizados onde a maconha é legalizada, normalmente produzido com espécies de alta qualidade, gerando um produto final de sabor digno de prêmios.

Como todos os produtos derivados de matérias-primas naturais, o haxixe tem um processo de cura e, se não for conservado de maneira adequada, pode perder a qualidade. A cura do *dry sift* ocorre normalmente durante o processo de transporte, devido ao calor dos compartimentos. O calor acelera o processo de cura e de transformação da sua forma inicial — de um haxixe com mais espaçamento molecular e cor clara — para uma aparência mais escura, mais pegajosa e menos densa. Aqui no Brasil, esse produto transformado é chamado de PAC, ou seja: o PAC, muito conhecido entre usuários, nada mais é do que o *dry sift* curado.

O top dos haxixes é o *ice-o-lator*, uma variedade mais potente que as outras e com gosto muito superior. A extração é feita com gelo e água, produzindo o tipo de haxixe mais puro que existe. É um dos haxixes que tem mais valor comercial no mercado. No varejo, na época, um grama poderia sair por cerca de 200 reais, ficando atrás apenas do *wax*, que poderia chegar a 300 reais por um único grama. A extensão desse assunto necessitaria de um livro inteiro, por isso estou dando ênfase apenas no meu âmbito de trabalho naquele momento.

A minha indisposição emocional estava afetando a minha ânsia de vencer, mas eu não podia permitir. Soube de um carregamento que tinha chegado ao Brasil através de uma embarcação vinda da Europa, que trazia mais de 100 kg de *dry sift*, e que a carga seria espalhada entre as diversas regiões do Brasil.

O quilo nesse tipo de carregamento tinha preço diferenciado por quantidade comprada, e o pagamento precisava ser à vista, para garantir o melhor preço. Se eu optasse por comprar um quilo, pagaria 35 mil na peça; se optasse por comprar 10 kg, a peça sairia pra mim por 30 mil. Não era qualquer pessoa que tinha 300 mil para investir de uma vez, mas eu tinha, e optei por comprar os 10 kg. Aluguei um quarto em um hotel, para guardar minha mercadoria e fazer minhas negociações longe da minha casa.

Em um investimento de 300 mil reais, eu não poderia aceitar um retorno de lucro inferior a 100 mil e, para isso, precisaria vender a peça por mais de 35 mil, valor que muitos fornecedores praticariam, já que tinha chegado um navio abarrotado da mercadoria. Decidi, então, segurar as vendas, pois eu sabia que uma hora aquele carregamento ia acabar e as pessoas pagariam o meu preço, mas segurar a venda significava aumentar o valor da minha logística para guardar o produto e o risco de ficar com a mercadoria parada.

Comecei então a me movimentar para conseguir pagadores fora do meu círculo comercial. Anunciei meu produto no meu círculo pessoal, o que de fato me rendeu um lucro superior ao que eu tinha planejado, mas me expôs de uma forma que eu não tinha previsto.

Posso dizer que fiquei famosa vendendo haxixe. Os amigos que fiz durante o período que estive na faculdade, os amigos deles, e os amigos dos amigos deles... Pois é, aquilo tomou uma proporção grande, e agora eu era conhecida como *Ice Queen*. Isso porque, apesar de vender *Dry*, eu me proporcionava o prazer de só fumar *Ice*. O cheiro que aquele baseado tinha era mais forte que um perfume árabe. Até que eu gostei do vulgo; tinha a ver comigo, não só pelo fumo, mas pela minha personalidade fria. Porém, a fama que vinha junto iria me trazer problemas, e depois de Manaus, eu estava correndo de encrenca. Eu precisava me afastar daquilo, e fui me tornando cada vez mais antissocial.

CAPÍTULO 42

O ABANDONO DE TUDO

Era inverno no Rio. Os dias lindos de sol davam lugar a noites mais frias, e a região da Barra da Tijuca normalmente já era mais fria. Talvez fosse a proximidade do mar. Eu já estava pronta para dormir quando recebi uma mensagem. Forcei os olhos para enxergar, tentando me certificar de que não estava sonhando...

A mensagem tinha sido enviada pelo Rubens, dizendo que queria me encontrar. Terminei de ler, acendi um baseado e fui pra varanda do meu apê, que ficava de frente para o mar da Barra. Ventava muito, mas eu precisava digerir aquilo. Depois de tantos anos, o que ele ainda queria comigo? Será que tinha levado outro tiro? Foi a primeira lembrança que tive: da última vez que ele tinha me mandado uma mensagem como aquela, a mão dele estava sangrando.

Marcamos em um café próximo, no dia seguinte. Me arrumei, tentando ser discreta, mas, mesmo depois de todos aqueles anos, Rubens ainda mexia muito comigo.

Ele continuava gato com aquela cara de tralha e de quem não vale nada. Isso me deixava toda molhada.

Até que ele rompeu o silêncio:

— Você não mudou nada — disse, acho que tentando me fazer um elogio.

— Você está muito bem também — respondi, buscando forças para parecer indiferente.

— Eu tô livre! E quero recomeçar a vida em outro lugar.

— Isso é ótimo. Mas o que eu tenho a ver com isso?

— Você não mudou nada? Não percebeu que te quero do meu lado nesse recomeço?

Respirei fundo, e minha vida com ele passou novamente na minha cabeça. Enquanto ele falava sobre como seria perfeito estarmos juntos novamente, que gostaria de recomeçar em outra cidade e que queria fazer tudo diferente, eu pensava que estava ouvindo o que sempre sonhei, mas nunca acreditei que fosse acontecer um dia.

O tempo na prisão parece ter feito bem para as ideias de Rubens. Ele queria um recomeço longe de tudo que o fizesse lembrar do passado de crimes, e isso seria impossível no Rio de Janeiro, onde ele já era tão estigmatizado. Essa proposta veio em uma boa hora. Eu também queria me afastar dos meus estigmas. Talvez assim eu parasse de ter pesadelos com as mortes que carregava nas costas.

Seria injusto dizer que não demos certo no passado. Posso dizer que demos muito certo, mas em um contexto muito errado. O tempo separados trouxe um amadurecimento que juntos não alcançaríamos, e agora estava na hora de dar uma chance para aquele amor que ainda tinha chama. É certo que existia vontade dos dois lados, e onde existe vontade, existe a possibilidade de dar certo.

A proposta dele era mais do que simplesmente voltar a namorar; era mudar de cidade, mudar de vida, seguir como um casal normal. Eu gostei do que estava ouvindo. Eu queria dar uma chance para ele, e principalmente, eu queria dar uma chance para mim.

— Vai ficar aí me ouvindo falar com essa cara de paisagem?

— Estou só pensando na nossa história.

— E então? Topa mudar tudo e tentar de novo? Eu sei que te magoei, Nina. Eu sei que te causei muitas feridas, mas isso ficou no passado. Vamos viver o hoje da melhor forma. Deixa eu te provar que posso ser melhor para você, ser o homem que você merece.

Olhei fundo nos olhos dele, suspirei e, por fim, dei um sorriso discreto, que ele entendeu como um "sim". E era mesmo.

NAQUELA TARDE ELE FOI para o meu apartamento e insistiu que deveríamos ir embora rápido:

— Temos que ir embora daqui logo!

— Rubens, não é assim que as coisas funcionam. Preciso fazer uma mudança, tenho que entregar o apartamento. E depois temos que ver pra onde vamos e um lugar pra morar...

— A gente resolve isso quando chegar. Larga isso tudo aqui mesmo. Tenho tudo planejado.

— Eu já disse: não é assim que funciona.

Ficamos conversando por algum tempo. Ele estava muito entusiasmado, e eu achei que era porque tinha acabado de sair da prisão e queria viver o tempo que tinha perdido.

— Vamos pra Bahia. Tenho um amigo lá que vai nos hospedar até encontrarmos uma casinha pra gente.

Ele falava com tanta empolgação que, mesmo sem achar certo sair assim, do dia para a noite, comecei a colocar tudo o que cabia no carro. Ele só estava levando uma mochila, até parecia que estávamos fugindo, o que de fato era verdade, mas naquele momento eu ainda não sabia. Abandonei muitos bens materiais. Pedi à Clarinha que fosse ao meu apartamento, que o entregasse para o proprietário e doasse o que tinha ficado lá.

O amor tem dessas coisas: faz a gente cometer insanidades. E eu mal poderia acreditar que estava novamente ao lado do homem que eu amava, depois de tanto tempo.

Também nunca poderia imaginar o que estava por trás de tudo aquilo.

CAPÍTULO 43

BAHIA

Demoramos dois dias para chegar à Bahia. Para dormir, paramos em um motel na beira da estrada que parecia um cenário de filme de terror. Rubens se preocupava muito com as paradas policiais na estrada, mas eu não desconfiei de nada, porque estávamos levando haxixe pro nosso consumo, e só isso já nos traria grandes problemas. A Polícia Rodoviária Federal não era como a Polícia Militar do Rio. Dinheiro não funcionaria, até porque a quantidade que estávamos levando pra consumo já poderia ser interpretada como tráfico. Eu fumava muito àquela época, cerca de 100g por mês. Rubens reclamou muito disso. Ele fumava no máximo um baseado por dia. Saiu mudado da prisão, porque antes fumava mais do que eu.

Ele queria um futuro bom; durante a viagem, me contou sobre seus planos de estudar para ser advogado; disse que, assim que nos estabilizássemos na vida nova, ele iria se matricular numa faculdade. Continuou dizendo que ia se dedicar a isso, que queria ter uma segunda chance de fazer tudo certo e ter uma vida boa de maneira honesta.

Chegando à Bahia, fomos recebidos por um gordinho com um sorriso largo. Seu nome era Pierre, tinha um sotaque bem carregado, e eu realmente achei que ele fosse nascido e criado ali, mas logo descobri que não. Ele só gostava de imitar o sotaque dos baianos, mas na verdade tinha nascido no Rio. Uma figura em pessoa. Ele e sua esposa Catarina nos receberam muito bem. Ela era baiana e fazia uma comida maravilhosa.

Eles nos hospedaram por cerca de duas semanas e nos ajudaram a achar uma casa para morarmos sem precisar de burocracias. Não tínhamos como comprovar renda. Nosso trabalho não nos permitia isso.

Falando sobre o nosso trabalho, esse era um ponto em que estávamos discordando: ele dizia que eu deveria parar com os meus negócios, que não poderíamos ficar juntos se eu continuasse movimentando alguma coisa ilegal no Rio, mesmo se fosse através de terceiros. Mas eu não tinha outra fonte de renda e não queria depender apenas dele. E não tinha outro emprego naquela cidade que me desse algo compatível com o que eu estava acostumada a receber. Trabalhar oito horas por dia em uma loja para ganhar uma quantia que não pagava nem meu salão de beleza me parecia perda não só de tempo, mas de vida. Eu estava envelhecendo e queria algo mais sólido.

Ele tinha juntado bastante dinheiro, fruto de seus negócios antigos, e, com aquela quantia, poderíamos viver bem durante bastante tempo. Então, apesar de não estar satisfeita com a ideia, aceitei uma vida que não planejei pra mim: ser dona de casa em tempo integral.

Nossa casa era linda — parecia muito com a que sonhei quando viajava de Belém para o Rio —, a vida estava boa, e estávamos felizes. Era como se tivéssemos deixado tudo de ruim no passado... De fato aquela vida mais parecia um sonho. A cidade era tranquila, e não tínhamos vínculos com ninguém. Éramos apenas ele e eu, nós dois depois de tanto tempo, de tantas experiências... E, com o tempo que ele perdeu preso, passou a dar valor para as coisas simples. Tudo para ele se tornava mágico... Ele amava o mar, aproveitava o vento, sentia a areia com gosto, e eu ficava fascinada ao ver como ele tinha aprendido a valorizar coisas que às vezes nos passavam despercebidas... Assim, comecei a aprender a valorizá-las também.

Depois de algum tempo, percebi nele uma aflição que eu não conseguia compreender, mas era difícil entender uma pessoa que tinha ficado tanto tempo presa. Eu tentava ser compreensiva, mas ele já não podia mais esconder de mim. Um dia estávamos na praia, e ele me contou que, na verdade, não tinha sido liberado. Ele recebeu um benefício para visitar a família, mas teria que voltar e não voltou.

Naquele momento eu estava morando com um foragido, e, por mais incrível que possa parecer, aquilo não me irritou: eu o amava e estaria com ele, não me importava em que situação. Eu queria cuidar dele, protegê-lo e não deixar que ele voltasse pra cadeia. Naquele momento ele era tão meu, e eu só queria poder guardá-lo em um potinho onde nenhum mal pudesse atingi-lo, afinal, ele já tinha sofrido muito.

Ele merecia ser feliz, era uma pessoa boa, nunca tinha feito mal a ninguém, sempre foi querido por todos, por ajudar os amigos, e não só a eles. Era um cara solidário com o próximo, e era injusto que ele tivesse que voltar pra prisão... Cometeu um erro e teria que pagar a vida toda por aquilo? Que justiça era aquela? Eu o conhecia melhor que ninguém, sabia que ele tinha mudado e que só precisava de uma chance. Eu queria estar ali para apoiá-lo e ajudá-lo no que fosse preciso.

CAPÍTULO 44

DONA DE CASA

Logo Rubens se matriculou numa universidade, mas estava com medo, afinal, era foragido e teria que dar os documentos. Mas quem em uma faculdade no interior da Bahia iria procurar os antecedentes criminais de um aluno? Ele conseguiu se matricular sem problemas, se dedicou muito e sempre foi um aluno exemplar. Recebia inúmeros elogios de professores e colegas de turma, e eu mesma estava surpresa com o desempenho dele. Aquela experiência ruim que ele tinha passado trouxe algo de bom. Acabou ganhando vivência na área e, em direito criminal, ele não era aluno, ele dava aula.

Rubens me deu um cachorro de presente, e depois adotamos outro. Nossos cachorros davam vida para a nossa casa, mas também mais trabalho. Nos sentíamos pais daqueles bichinhos. E eu me vesti no personagem da dona de casa dedicada. Eu queria ser do lar e me esforçava para tal, mas meu instinto era voar. Tinha dias em que eu ficava angustiada, louca para me enfiar numa aventura como a daquela viagem de Manaus para o Rio de barco e depois de ônibus... coisas assim faziam eu me sentir viva. Desde que eu tinha decidido voltar com o Rubens, o máximo de aventura que eu tinha experimentado eram as baladas, afinal, ainda éramos jovens.

Como não podíamos ter emoções que nos colocassem à vista da polícia, nossos instintos de aventura nos levavam a fazer algumas coisas insanas, como sexo em lugares públicos. Uma vez transamos dentro do carro em movimento. Ele estava dirigindo, e eu fiquei por cima. Contando parece loucura, mas vivendo foi mais intenso ainda. Os carros passavam ao redor e não podiam ver com clareza o que acontecia, mas sabiam que tinha uma movimentação estranha dentro do veículo.

Eu não tinha tirado carteira de motorista, e Rubens era foragido, então não podíamos entregar documento algum. Mas mesmo assim tínhamos carro e nunca hesitamos em usar; era uma das coisas insanas que insistíamos em fazer. Àquela altura ele já tinha conseguido documentos falsos, e acabamos sendo parados em uma blitz. Um grande azar seguido de uma grande sorte, porque não tínhamos carteira, e o cheiro de haxixe dentro do carro era evidente.

— Saiam do veículo — disse o policial, que parecia estar sem paciência. Estava quase amanhecendo, e percebi que ele tinha trabalhado a noite toda.

Rubens e eu descemos, e os policiais nos revistaram.

— Levanta a camisa que eu vou fazer a revista.

— Isso é inapropriado. Sou estudante de direito...

— Acho bom o senhor ficar quieto e a senhora obedecer.

Preocupada, olhei para o Rubens, pedindo em pensamento que ele não arranjasse briga. Graças a Deus ele se controlou. O policial me revistou e quase me obrigou a tirar a roupa toda, mas não tínhamos nada. O que eu tinha, engoli, mas o problema era o documento do Rubens.

— Documentos?

Rubens entregou os documentos, e ficamos tensos. Alguns minutos depois o policial voltou e nos liberou finalmente. Ali tivemos certeza de que o fornecedor tinha nos vendido documentos falsos de qualidade.

Conseguimos sair da blitz sem nenhum problema, um alívio que não consigo definir em palavras. Depois desse dia, nunca mais fumamos dentro do carro. Se andar de carro na nossa situação já era insano, fumar era um absurdo sem tamanho. Tivemos a oportunidade de não cometer o mesmo erro e aprendemos com a aflição que sentimos durante aquela parada policial.

Passamos quase três anos vivendo uma vida de jovens normais, sem muita adrenalina. Nem eu, nem ele estávamos realmente felizes, mas eu queria que aquilo funcionasse: o casamento, a oportunidade de Rubens ter uma formação profissional, mesmo estando foragido. Pensava em construir uma família, talvez ter filhos. Eu queria confiar que ele estava disposto a fazer funcionar também.

E eu confiava, tinha que confiar. Viver pensando nos erros do passado não funcionaria. Deixava ele solto, mesmo sabendo do traço mulherengo. Não criava caso, deixava ele livre, e fazia o meu melhor, na cama, no dia a dia, na parceria. Fechava os olhos para muita coisa. Aprendi com minha mãe que, para um casamento funcionar, tinha que ser assim. Ou aceitar um relacionamento aberto, o que não era uma opção. Eu nunca tive maturidade para isso, e certamente não seria recíproco. Rubens também não aceitaria me dividir.

Tínhamos tantas histórias, nos conhecíamos há tantos anos e, acima de tudo, eu estava ali, com ele, naquela situação. Eu era o par dele na vida. Não podia acreditar que ele me trairia de novo. Ninguém pode ser tão burro assim.

CAPÍTULO 45

VOLTA AO RIO

Depois de três anos longe da nossa cidade, dos nossos parentes e amigos, decidimos ir ao Rio para matar as saudades. Essa foi a versão que contamos aos vizinhos, mas a verdade era que Rubens não aguentava mais viver escondido e a vida naquele lugar pacato. Faltava pouco para ele se formar, mesmo assim, depois de algum tempo angustiado, decidiu voltar e se entregar. Conversou com um advogado, que conseguiu com uma juíza uma brecha para reabrir o caso dentro da lei. Confesso que há tempos eu também já tinha me cansado daquela personagem de dona de casa enfiada no meio do nada.

Em uma semana, empacotamos tudo o que coube no carro, mas Rubens foi primeiro; disse que tinha que resolver as coisas com o advogado enquanto eu terminava de arrumar a mudança e que era para eu ir alguns dias depois, levando as coisas e os cachorros. Fiquei sobrecarregada com a mudança enquanto ele aproveitava no Rio os últimos dias de liberdade.

Ele tinha alugado um flat. Encontramos os amigos e ficamos inclusive bem afastados durante esse tempo. Ele ficou com os amigos, e eu, com minhas amigas. Passaram mais de duas semanas sem que ele se entregasse. Na verdade, ele ficou na farra

— me deixava em casa e saía. Em uma das vezes que saiu, só voltou dois dias depois.

Isso me deixou puta. Ele estava mentindo de novo, e comecei a duvidar das suas intenções de se entregar, até que ele me chamou para jantar num restaurante bacana, para nos reconciliarmos. O jantar foi ótimo, mas, quando estávamos saindo, dois policiais à paisana nos abordaram e o chamaram para conversar. Eu gelei, pois Rubens tinha me dito que estava ajeitando tudo para se entregar de forma organizada, e agora os planos estavam indo para o ralo. Fiquei de canto com um dos policiais, enquanto Rubens conversava com o outro. Até me pareceu que eles já se conheciam, mas, depois de alguns minutos de conversa, o policial deu voz de prisão para ele, e fomos conduzidos à delegacia. Certamente o policial queria muito dinheiro para libertá-lo, mais do que poderíamos pagar.

Enquanto íamos para a delegacia, reconheci o policial. Era um dos amigos de Rubens que tinha feito as saidinhas de banco com ele. Deixou os roubos como criminoso para roubar com a proteção de uma das maiores facções criminosas do estado do Rio de Janeiro: a Polícia Militar.

Eu ainda custava a acreditar que aquele dia tinha chegado, porque vivia no meu mundo mágico. Por outro lado, Rubens já sabia que a qualquer momento aquilo poderia acontecer, e de fato só acreditei que era real quando voltei da delegacia sem ele. Ali percebi que minha vida mudaria de novo nos próximos meses.

A partir desse momento se desenrolou uma série de acontecimentos que me levariam a não ser mais a mesma pessoa, ou melhor: me levariam a usar cada vez mais os personagens que aprendi a construir com papai.

CAPÍTULO 46

A SENHA DO CELULAR

Eu amava o Rubens com todas as minhas forças e estava destruída por dentro. Tinha medo de que a polícia viesse atrás de mim, medo de perdê-lo... Eu não conseguiria colocar em palavras tudo o que senti naquele momento.

Minha única missão era ir pra casa e pegar um par de chinelos e uma bermuda para ele. Entrei no flat desnorteada, peguei as coisas e voltei para a delegacia. Não consegui vê-lo, entreguei os pertences, e ele me passou a senha do celular através do policial que o prendeu. Eu nem queria, mas ele precisava que eu acessasse seus contatos.

Tentei falar com o advogado, mas não consegui. Quando dei por mim, estava verificando as conversas armazenadas, e uma me chamou atenção. Era sobre uma novinha, e fiquei perplexa ao saber que o homem que era meu parceiro de tantos anos se gabava por ter dormido com uma menina de 15 anos. Descobri inúmeras traições com as meninas da faculdade na Bahia. O aperto no peito que eu sentia nos últimos meses e para o qual eu fechava os olhos para proteger a minha relação fazia sentido.

Segurei o choro e saí da delegacia já com o dia clareando, debaixo de um verdadeiro temporal.

CAPÍTULO 47

MENSAGEM DE DEUS

Mais uma vez tinha sido traída, não uma, mas várias vezes. Afinal, Rubens era o Roll, e nem sei o motivo de ter ficado surpresa. Eu confesso que doeu. Não tinha perdido apenas um casamento; tinha perdido uma parceria de anos, que talvez nunca tenha existido da forma que eu fantasiava. Eu tenho esse defeito, assim como todos os apaixonados, de criar no outro quem gostaríamos que fossem e não quem de fato são.

Eu estava sem tempo para me lamentar. O mundo não ia parar porque eu estava tristinha, mas eu precisava de conforto, e nessas horas só Deus.

E como, apesar de todos os meus pecados, Papai do Céu nunca me deixou na mão, no meu caminho me deparei com uma igreja.

Claro que entrei depois de caminhar lentamente pela nave da igreja centenária, me sentei destacada dos demais que aguardavam a primeira missa de domingo. Chorei baixinho, toda molhada, esperando um sinal, uma mensagem de Deus que pudesse me fortalecer. O padre então apareceu e começou a missa com um salmo que me marcou e ainda representa muito para mim:

— "Ele te cobrirá com as suas penas, e debaixo das suas asas te confiarás; a sua verdade será o teu escudo. Não terás medo do terror de noite nem da seta que voa de dia. Nem da peste que anda na escuridão, nem da mortandade que assola ao meio-dia. Mil cairão ao teu lado, e dez mil à tua direita, mas não chegará a ti."[1]

Foi então que entendi a mensagem de Deus. Respirei fundo, me fortaleci novamente na mulher destemida que matou dois homens dentro de um cassino clandestino em Manaus, gestora de um negócio lucrativo e filha do Carcamano. Quando lembrei disso, me senti forte e deixei a igreja. Mas, quando cheguei ao flat e os cachorros correram para me receber, me despi novamente daquela personagem e me permiti sofrer com todas as decepções que tive naquela madrugada que pareceu eterna.

Tentei dormir, mas não consegui. Da minha varanda, eu olhava as ondas do mar com os olhos cansados e a cabeça trabalhando a mil. Eu tinha entendido o recado de Deus, mas precisava pensar em como ajudar o destino. Tinha que me manter forte para tentar ajudar o Rubens e, ao mesmo tempo, me reerguer novamente nos negócios. Passei algumas horas na varanda, fitando a praia, as ondas, o vento, e me deixei levar pelos pensamentos e por alguns planos para o futuro.

Eu precisaria mais do que nunca de força e fé para continuar a viver.

1 Salmos 91: 4–7.

CAPÍTULO 48

DIAS DE ANGÚSTIA

O advogado de Rubens só me atendeu depois de muito tempo, por volta das 10 da manhã, o que também me deixou indignada. Como um advogado com clientes na situação do Rubens não estava de prontidão o tempo todo? Eu teria contratado outro, mas esse era o advogado em que Rubens confiava. Eles eram amigos de longa data, mas eu só conseguia encontrá-lo como um maconheiro dorminhoco.

Depois de muito esperar, finalmente fui à delegacia encontrá-lo. A verdade era que eu tinha que olhar na cara do Rubens agora que ele sabia que eu já tinha descoberto todas as merdas que ele fazia durante o nosso relacionamento, todas as traições, que eu já tinha visto nas mensagens como ele se gabava pros amigos das mulheres que pegava enquanto estava comigo... e muitos desses amigos eram meus também, ou seja, paguei de corna pra todo mundo.

O advogado entrou para falar com ele, e eu fiquei esperando. Busquei nos meus arquivos mentais uma personagem que servisse para aquela ocasião: fria, indiferente, que pudesse sustentar com firmeza uma conversa difícil com o homem da sua vida, que tinha sido um imbecil durante anos.

O advogado voltou e, cumprindo orientações de Rubens, me exigiu o celular. Eu já tinha lido tudo e não poderia imaginar o que ele pensou durante essas longas horas em que fiquei com o aparelho. Eu tinha em minhas mãos as provas de quem ele era de verdade. Eu queria falar com ele, olhar nos olhos dele agora que seu personagem de bom marido tinha caído.

Entreguei o celular para o advogado, como Rubens tinha pedido, mas deveria ter deletado todos os contatos que tinham lá e quebrado o aparelho. Não que isso fosse fazer alguma diferença, eu só teria descontado a minha raiva, mas estavam acontecendo tantas coisas ao mesmo tempo que nem minha raiva eu conseguia expressar. Interiorizei tudo aquilo — as traições, a prisão e o principal: a decepção.

Eu não tinha como falar com o Rubens, e aquilo me consumiu por dias. As traições estavam entaladas no meu ser, um sentimento confuso, uma dúvida entre largar tudo ali ou superar aquilo e deixá-lo falar, mesmo sabendo que não tinha nenhuma justificativa plausível para o que ele tinha feito.

Foram dias de muita angústia, dependendo do advogado que não era meu amigo e que acabou se tornando uma pessoa inacessível. Ele não era compreensivo com as minhas preocupações, e acabei pedindo ajuda a um amigo advogado, que foi visitar o Rubens e passou meu recado. Eu tinha medo de que algum crime pudesse recair sobre mim, mas meu advogado me tranquilizou, porque Rubens não tinha sido preso por um crime novo; ele foi apenas recapturado. O caso dele já tinha sido julgado, e eu não tinha nada a ver com aquilo.

Rubens enviou como resposta um pedido para que eu superasse as traições. Disse que me amava e pediu para eu fazer a carteira na SEAP, o órgão público que cuida das penitenciárias, para que eu pudesse visitá-lo na condição de companheira.

Quando o advogado me disse isso, eu queria ter sentido raiva. Não sou burra. Rubens dizia estar arrependido porque tinha sido descoberto, e, como estava preso, era mais cômodo ficar comigo do que voltar a procurar namoradas como as que ele tinha conseguido antes, na prisão. Mas, ao invés de sentir raiva, senti uma alegria bem clichê de gente cega pela paixão. Repetia pra mim mesma o quanto eu era tola em cair no conto do Roll de novo. Não sei se Rubens foi fiel a mim em algum momento durante a nossa relação, mas era certo que ele sempre tinha me enxergado como parceira. Ele ainda via em mim um porto seguro, talvez por isso me traía em vez de terminar. Acredito que ele não me trocaria por nenhuma outra, mas eu jamais aceitaria esse tipo de situação. Não tinha nascido pra ser mulher de bandido. *Eu* era a bandida e não ia aceitar ser corna em hipótese alguma.

As minhas questões afetivas não eram o único motivo da minha angústia naquele momento. Eu tinha medo de fazer a carteira de visitante. Tinha receio de que isso me prejudicasse de alguma forma, que a polícia ficasse em cima de mim, ou de que os policiais que prenderam o Rubens pudessem ter acesso a mim e me fazer algum mal, sei lá. Acho que passa de tudo na cabeça nessas horas, afinal, eu tinha que retomar os meus negócios se quisesse manter meu padrão de vida e meus clientes. É como dizem por aí: "quem não é visto não é lembrado", e eu já estava fora de circulação há muito tempo.

Meu advogado me aconselhou a não fazer a carteira, e a razão me dizia para respeitar as suas recomendações, mas meu coração falou mais alto, e eu fiz o pedido no DETRAN. Eu tinha todos os motivos para abandoná-lo naquele buraco sem nenhum peso na consciência e seguir a minha vida, mas eu só conseguia controlar meu emocional em 90%; os outros dez eram de descontrole em função do Rubens.

CAPÍTULO 49

EU TE AMO

Quando o Rubens me ligou pela primeira vez, eu mal sabia o que falar. Tinha tanta coisa acumulada, mas eu não queria despejar tudo naquele momento. Percebi que teria que ser madura e separar as coisas.

Ele sabia que podia contar comigo, exatamente como aconteceu lá no início, antes de nos envolvermos afetivamente, quando ele levou um tiro e não tinha para onde ir. Foi naquela ligação que começou o nosso romance, e, na ligação deste dia, estávamos invertendo: eu me convencia de que o romance tinha acabado, mas a amizade, permanecido. Era difícil para nós dois, mas no fundo nos conhecíamos muito bem para saber um pouco do que o outro sentia. Antes eu nunca tinha tido provas concretas de que ele me traía, porque não procurava, então conseguia fechar os olhos... mas naquele momento ele e eu sabíamos que não tinha como continuar fingindo. Era sórdido demais, mas eu ainda estava ao lado dele. Talvez ele valorizasse isso, passasse a me respeitar e deixasse de cometer os mesmos erros infames. Ou talvez isso fosse a minha tentativa de encobrir o monstro que ele era.

— Como você está? — me perguntou ele, sem jeito.

— Bem — respondi de forma seca.

Ficamos alguns segundos em silêncio. Acho que estávamos pensando em como continuar conduzindo aquela conversa. Mesmo que eu dissesse que estava tudo bem, Rubens sabia que não estava. Ele, então, rompeu o silêncio:

— Acho melhor ser direto. Eu me arrependo de tudo que fiz. Sei que você é a mulher da minha vida, então quero passar por cima disso. Me ajuda a ser melhor, eu não consigo seguir sem você.

Fiquei muda, ouvindo e pensando. Obviamente ele não tinha se arrependido de ter me traído, e sim de ter confiado a mim a senha do celular. Ele falava que eu era a mulher da vida dele, mas me traiu incontáveis vezes e só estava arrependido agora que tudo tinha sido descoberto? Isso não fazia o menor sentido. Ele insistiu:

— Amor? Você ainda tá aí?

— Tô te ouvindo — respondi secamente, porque queria ganhar tempo para pensar. Eu sabia que devia ter sido difícil me ligar sabendo que eu sabia de tudo, e foi estranho falar com ele naquele momento, mas também um alívio ouvir a sua voz depois de tanto tempo. Os sentimentos estavam embaralhados na minha cabeça, mas ele ainda era alguém com quem eu me preocupava, e eu também sabia que os primeiros dias na prisão eram os piores.

Rubens tinha sido levado para Água Santa[2]. O presídio ficava em um prédio de cinco andares, sendo um térreo, um andar

2 O Presídio Ary Franco, porta de entrada do sistema penitenciário do Rio de Janeiro, foi inaugurado em 1974 no governo Chagas Freitas. Fica localizado na Rua Violeta, 15, em Água Santa, e, por isso, ganhou popularmente o mesmo nome do bairro.

superior e três subsolos. Nesses andares estavam localizadas cinco galerias nomeadas A, B, C, D e E. Cada uma tinha oito celas de aproximadamente 35 metros quadrados e podia abrigar, de acordo com o número de leitos, entre 16 e 27 presos. Mas essas informações eram falsas. As celas viviam superlotadas e não tinham espaço nem para andar.

Enfim, continuei calada ao telefone. Estava tentada a dizer que passaria por cima de tudo aquilo, mas achei que Rubens merecia a angústia de não saber o que ia acontecer dali em diante. Ele continuou a conversa:

— Me escuta, eu sei que te machuquei, eu sei que não mereço o seu perdão, mas preciso que você venha me ver.

— Rubens, eu já superei essas feridas. A questão é que elas foram feitas em cima de uma cicatriz antiga, e agora essa cicatriz está ainda mais profunda. Diferente das feridas que curam com o tempo, as cicatrizes ficam para sempre. Me poupe dessa conversa fiada e me deixe pensar.

— E eu já disse que vou pensar. O que mais você quer? — Nesse momento eu já estava angustiada. A súplica dele me matava, mas ele precisava sofrer. Ele merecia sofrer.

Alguns segundos de silêncio. Eu ouvia a respiração dele e, antes que pudesse ceder aos apelos, me preparava para desligar quando ele rompeu o silêncio:

— Eu te amo.

Ao ouvir isso, desliguei imediatamente. Eu não conseguiria continuar me mantendo fria diante daquilo. Apesar de tudo, ele ainda era o meu homem, e por ele eu iria lutar até o fim.

CAPÍTULO 50

DEDICADA A ELE

A partir daquele momento, comecei a dedicar boa parte do meu tempo ao Rubens. Ignorei as traições, ignorei toda a força que tinha conquistado com o meu trabalho, ignorei o fato de que não era mais aquela jovem boba que achava incrível um cara que assaltava casas em Búzios, ignorei o fato de ter conseguido erguer um negócio extremamente lucrativo e de ter aberto mão de tudo por ele. Simplesmente ignorei tudo. Eu até podia ouvir meu pai dizendo: "Você se deixou levar pela paixão por um delinquente que é tão burro e tão lesado que está atrás das grades. Você se sujeita a ser mulher de um bandido de merda que não vai passar disso: um merda!"

A verdade é que eu tinha plena consciência de que aquele homem era o meu calcanhar de Aquiles, mas eu não conseguia abandoná-lo, então, usei a única personagem da qual eu tinha certeza de que papai jamais se orgulharia: a esposa de um presidiário. Como tal, fui tentar viver aquela vida, que não era nada fácil. Comprei as coisas básicas para Rubens viver no presídio, como sabonete, escova de dente e roupas de acordo com as permitidas. Os detentos só podiam usar camisa branca e short azul-marinho ou bermuda jeans.

Uns dias depois, busquei minha sogra para passar um dia comigo. Ela era uma boa pessoa, mas estava sofrendo de depressão há muitos anos, e eu tinha que ser cuidadosa para não afetar o que ela sentia por mim — que naquele momento era bom, mas que podia virar um ciúme desenfreado do Rubens. E, diante de tudo o que estava acontecendo, mais uma vez me fragilizei: acabei fazendo contato com a minha mãe. Eu estava sozinha, precisava de ajuda, e graças a Deus ela me ajudou, apesar dos protestos à distância de papai.

Tive que mudar de apartamento muitas vezes, passei por cerca de cinco diferentes. Foi um período bastante conturbado, mas minha mãe me ajudou a arrumar o apartamento definitivo e acabou conhecendo a minha sogra antes de conhecer o meu companheiro.

Depois que Rubens conseguiu um celular, tudo ficou mais fácil. Eu já não precisava do advogado para ter notícias ou enviar recados, e particularmente o advogado dele já não tinha mais paciência pra mim. Por ter sido muito mimada pelos meus pais e até mesmo pelo próprio Rubens, eu queria tudo no meu tempo, que ele largasse todos os outros compromissos para dar atenção ao meu marido em tempo integral. Para isso enviei até uma motivação financeira de valor justo para incentivar uma amizade entre a gente. Não que tenha ajudado, mas ele fez o que eu queria pelo menos naquele dia, que era ir até o presídio para ver se Rubens estava bem. Era angustiante não ter notícias, e pesquisando na internet achei barbaridades sobre os presídios. Eu estava muito assustada por imaginar meu marido espremido em uma cela com mais mil pessoas, daquelas cenas que vemos nos jornais. Uma cela em que cabiam dezesseis indivíduos suportando mais de cinquenta, e ratos andando entre eles... só de pensar já me dava arrepios.

Nenhum ser deveria ser mantido em uma jaula, nem humano nem animal. Exceto estupradores, assassinos de crianças e coisas do tipo. O encarceramento reflete a falta de controle de uma sociedade. O número exorbitante de jovens presos deixa claro que a nossa sociedade está com sérios problemas e que esses jovens são apenas o resultado de fatores como corrupção e desigualdade, que estão entranhados na história do nosso país. Para ser traficante é preciso ser inteligente e ter astúcia. Mesmo sem formação escolar, os traficantes são perspicazes, e, se o governo conseguisse usar o lado empreendedor deles para outras funções, todos nós ganharíamos, afinal, com certificado ou não, a experiência pesa muito mais do que um currículo. Mas isso tudo é utópico demais, e, como eu sabia que nada ia mudar enquanto não tivesse alguém corajoso o suficiente para enfrentar o sistema, eu teria que fazer alguma coisa. E o único caminho para livrar o Rubens do presídio era tirá-lo de lá de qualquer jeito.

CAPÍTULO 51

BANGU

Algum tempo depois o Rubens foi transferido para Bangu[3]. O lugar oficialmente se chama Complexo Penitenciário de Gericinó, mas todo mundo o conhece como Bangu.

Já com o protocolo do DETRAN nas mãos, fui ao presídio para levar os pertences dele. Fiquei em choque com a quantidade de pessoas que estavam lá. A maioria eram mulheres, mães e filhas de presidiários. Vi muitas pessoas idosas, com deficiência, pessoas com grandes dificuldades, naquela situação triste, esperando para visitar seus familiares.

Como tinham me informado que eu poderia entrar apenas com o protocolo do DETRAN, me dirigi à cancela educadamente e pedi ao guarda para entrar. De maneira muito rígida, ele disse que eu não poderia entrar com aquele papel. Eu já tinha em mente que não poderia responder com rispidez e ignorância como sempre fui acostumada a fazer — por mais que não gostasse de

[3] O Complexo Penitenciário de Gericinó fica na Zona Oeste do Rio de Janeiro. É composto por 25 unidades prisionais, incluindo hospitais, institutos e penitenciárias. Pertenceu ao bairro Bangu até 2004, quando a Lei nº 3.852 desmembrou os bairros de Bangu e Gericinó.

assumir, sempre fui soberba e nunca admiti que ninguém fosse grosseiro ou deselegante comigo.

Paguei todos os meus pecados naquele momento, quando o guarda disse que eu não poderia entrar. Respirei fundo e, de maneira muito educada e paciente, expliquei a ele que tinham me informado no DETRAN que eu poderia entrar apenas com o protocolo. E mais uma vez fui recebida com ignorância e aos berros, quando pedi ajuda humildemente, porque morava longe. Ele enfatizou, para que todos ouvissem, que ele não ajudaria mulher de bandido. Nessa hora me dei conta: era eu contra ele, e eu, como mulher de bandido, não poderia discutir. Abaixei a cabeça e segui com as sacolas.

Eu não me sentia confortável naquela posição de "mulher de bandido", apesar de saber que era exatamente o papel que eu estava desempenhando no momento. Mas o que aquele belo guarda sabia sobre mim? Então minha imaginação me levou longe. Me vi seguindo o guarda depois do serviço, dando um tiro na cabeça dele. Óbvio que aquilo era só um delírio de uma mulher com o ego ferido...

Olhei ao redor e não contive as lágrimas quando vi aquele povo sofrido, amontoado nas filas. Outras mulheres vieram ao meu apoio, me explicando que os guardas estavam ali para atrasar as nossas vidas. Minha indignação era enorme; estávamos sofrendo pelos nossos companheiros e filhos. Muitas ali não tinham nenhuma condição financeira. Como aquele homem não tinha empatia? Ele devia ter mãe e talvez tivesse esposa, filha, irmã... Como ele não se sensibilizava? Só porque os nossos parentes tinham feito escolhas ruins?

Muito triste e confusa com tudo, fui a um abrigo onde as mulheres dormiam, com a finalidade de conseguir ajuda para pelo menos colocar os pertences dele dentro da prisão, e, graças a Deus, as mulheres eram muito unidas naquele lugar. Cada história que eu ouvia me deixava mais emocionada, e conheci uma menina que, depois de receber uma pequena quantia, levou os pertences do meu companheiro. Voltei para casa arrasada por não ter conseguido ver o Rubens, mas pelo menos a comida tinha entrado. Ele ia saber que eu tinha estado lá, mas eu não podia protelar mais aquela situação.

Uma semana antes do prazo da carteira vencer, fui até a central do DETRAN e pedi um adiantamento, pois tinha os comprovantes de que morava na Bahia. A SEAP aceitou e pediu que o DETRAN imprimisse a minha carteira imediatamente, mas, como veio o Carnaval, e o Rio de Janeiro literalmente para nessa época, tive que esperar quase duas semanas para resolver a situação.

Mais uma vez voltamos aos clichês do nosso país: o suborno. Com 300 reais consegui que um funcionário do DETRAN imprimisse minha carteira na mesma hora. Ele aceitou de maneira tão fácil que eu poderia ter oferecido menos, mas, enfim, valeu a pena. Fiquei muito feliz, porque achei que dali em diante as coisas ficariam mais fáceis, afinal, já tinha a carteira e poderia visitar o Rubens.

CAPÍTULO 52

PREPARATIVOS

Consegui minha carteira em uma terça-feira, e a visita seria na quinta, então, eu teria um dia para preparar tudo. Não só os preparativos comuns para encontrar o cara de quem eu gostava — cabelo, unha, depilação —, mas também organizar tudo para conseguir entrar no presídio, dentro das especificações. Sim, existem muitas especificações que eu até então não fazia ideia: cor da roupa — vermelho é extremamente proibido —, as blusas precisam ser largas, sem transparência, de cores claras; o sutiã não pode ter bojo nem aro; os calçados se limitam a sandálias de dedo; as calças devem ser jeans e sem apetrechos; além disso, tem a forma de organizar a comida que entra para os internos.

Precisei levar em sacolas plásticas três vasilhas transparentes — cada vasilha de 2,8 litros —, e dentro dessas vasilhas as comidas precisaram ser colocadas em sacos plásticos, que comumente se chamam bobinas. Então se coloca o arroz em uma bobina, o feijão em outra, e assim por diante. Em outra sacola classificada por eles como sacola de sucatas dava pra colocar biscoitos (menos recheados), bolos (sem cobertura e recheio), salsicha, guardanapos e afins, mas tudo dentro das chamadas bobinas.

Preparei tudo que Rubens tinha me dito que podia entrar, do jeito que ele pediu para organizar, dentro dos padrões do presídio em que ele se encontrava. Fazia mais de um mês que eu não o via, e meus sentimentos estavam confusos: saudade, tristeza por ele estar preso, o desconforto de sair da minha zona segura para encontrar quem eu mais amava e odiava naquele momento...

Acho que o fato de eu acreditar que ele estava precisando de mim me fez superar a dor das inúmeras traições e mentiras para estar lá, apoiando-o na dor e deixando a minha de lado. Talvez aquela fosse a minha maior prova de amor ao próximo, mas, ao mesmo tempo, provava a minha falta de amor-próprio.

Não sei como consegui dormir de tanta ansiedade, mas logo cedo estava de pé, segurando duas sacolas repletas de mantimentos. Me sentia uma soldada indo para o campo de batalha, e lá fui eu com meu piloto rumo ao maior complexo penitenciário da cidade do Rio de Janeiro, o Complexo Penitenciário de Gericinó. Até o nome era feio.

O carro dobrou a esquina, e de longe vi uma fila enorme. Eu já esperava, mas estava atenta e logo percebi os esquemas que rolavam. Sim, existem esquemas até na fila do presídio. Funcionava assim: umas senhoras, que eram chamadas de "tias", organizavam as filas e vendiam as senhas — que são distribuídas um dia antes pelos guardas — em pontos estratégicos. Comprei logo uma e consegui entrar tranquilamente por sorte, pois descobri também que algumas pessoas pegavam senhas de dias anteriores e, como não conseguiam vender, vendiam essas senhas para outros dias. Seria tranquilo se os guardas não conferissem as senhas que faltavam, mas, se você fosse pego com uma senha de outro dia, sua carteira seria suspensa.

A venda das senhas era um serviço ilegal, e, como em todos os serviços, existiam pessoas de caráter duvidoso. Ali naquela multidão não se tinha garantia de quem era quem. Apesar de as tias serem conhecidas por todos, eu não achava favorável arriscar perder o único documento que me daria acesso ao meu companheiro confiando em uma pessoa estranha. Como alguém poderia tirar proveito de pessoas tão vulneráveis, vendendo senhas passadas? E quem fazia isso sabia que a pessoa seria prejudicada. Mais uma vez, o famoso jeitinho brasileiro de se dar bem às custas da miséria do povo. Nós reclamamos dos políticos, mas repetimos o que eles fazem o tempo todo, só que em escalas muito inferiores.

Caminhei para dentro do presídio enquanto observava atentamente as condições precárias do atendimento e apoio às famílias dos detentos. Só conseguia me lembrar de papai, da nonna e todas as regalias que tive na vida. Um choque de realidade e um soco no estômago em cada etapa daquele processo doloroso me faziam refletir sobre o quanto eu tinha sido beneficiada pela vida, agraciada por fazer parte de uma família com dinheiro. Tudo poderia ter sido muito pior...

A batida das grades que separavam as áreas internas do presídio tilintou alto e me fez voltar à realidade. Papai jamais poderia imaginar onde a filhinha dele tinha se metido. E eu nem queria que ele soubesse mesmo.

CAPÍTULO 53

A VISITA

No fim, deu tudo certo. Entrei, e meu coração batia cada vez mais forte quando passei da porta em que tinha sido barrada da última vez. Agora era só chegar à porta do presídio de Rubens, mas, como nada era fácil, o edifício em que ele estava era um dos últimos. Andei muito, meus dedos de donzela sendo cortados pelas sacolas... No caminho, reparei nas outras mulheres e nas estratégias delas para carregar as bolsas, já formulando na minha cabeça como arrumaria as minhas da próxima vez. Vi que elas amarravam uma sacola maior nas alças da sacola menor e penduravam no ombro como uma bolsa. A necessidade nos faz criar formas de amenizar o sofrimento.

Segurei as sacolas com firmeza, apertei o passo e me deparei com mais uma fila para entrar no presídio. A primeira fila era para entregar os documentos. Eles ficavam com a identidade e entregavam uma senha. Em seguida, vinha a revista das sacolas. Não me deixaram entrar com um determinado tipo de biscoito, que tive que deixar do lado de fora. Com o fim da revista das bolsas, eles te encaminhavam para o scanner corporal, e você ia apenas com a carteira do presídio, a senha de papel e, no caso desse prédio, o valor de 100 reais, pois era um presídio semiaberto e tinha cantina.

Depois de passar pelo scanner, peguei as sacolas e entrei em um corredor sujo e mal iluminado, onde me deparei com outra grade. Eles esperavam a fila do corredor encher, e só então o guarda abria a grade. Ao mesmo tempo em que estava nervosa, eu me atentava aos detalhes. Ali já comecei a pensar em uma forma de tirar Rubens de lá, mesmo não querendo que ele voltasse a ser foragido. Mas, como ele tinha sido recapturado, eu tinha medo de que ele fosse ficar muitos anos preso, e talvez fosse uma boa estratégia planejar uma fuga. Começaríamos a vida não mais em outro estado, mas talvez em outro país. Lembrei que papai tinha contatos para passaportes falsos, então eu também poderia conseguir.

Com tudo isso na cabeça, finalmente eu estava dentro. Alguns internos pegaram a minha carteira para levar até a cela onde o Rubens estava, e outros me ofereceram ajuda com as sacolas. Por mais que estivessem pesadas, fiquei sem graça de aceitar ajuda sem poder dar gorjetas, então preferi levar eu mesma. Caminhei até chegar a um pátio que parecia destinado às atividades de uma escola. Vi muitas mesas e cadeiras de plástico com ventiladores, algumas TVs e uma área com brinquedos para crianças.

Sentei para esperar o Rubens, e meu coração vibrava. Fazia muito tempo que eu não o via, e eu não sabia como seria a minha reação ou a dele. Apesar de magoada, eu não queria desperdiçar o momento com brigas, e já tínhamos combinado de não falar das traições e mentiras. Mas eu sentia vontade de dar um belo tapa naquela cara magra e sem vergonha. De fato, era o que ele merecia, mas lá não era o lugar nem o momento. Ele já estava sofrendo; não por mim, é claro, mas pelas condições.

Vi ele de longe, caminhando em minha direção com uma bermuda jeans e uma camisa branca que eu tinha dado para ele antes da prisão. Ele se aproximou, e então me levantei. Aqueles segundos que antecederam o nosso reencontro me fizeram repassar a nossa história, e isso me tranquilizou. Eu precisava ser madura e segurar a minha onda, para dar a ele apoio moral, mas, ao mesmo tempo, eu me perguntava: e quem me daria esse apoio?

Rubens estava cada vez mais perto agora, e meu coração acelerou. Eu aguardava por aquele momento desde sempre.

CAPÍTULO 54

REENCONTRO

Rubens então se aproximou e parou, me observando. Ele deve ter pensado que seria o mais sensato a fazer, diante de tudo. Mesmo com todos os sentimentos embaralhados, meu corpo se atirou carinhosamente contra o dele. Ficamos abraçados por alguns segundos, e ele então disse, sussurrando:

— E aí, está tudo bem?

Mesmo que nós dois já soubéssemos a resposta, responder que sim pareceu a melhor opção.

Ficamos sentados no pátio mesmo, onde também existiam restrições. Eu não podia colocar a perna em cima dele nem a mão dentro da camisa. Isso poderia ser mal interpretado pelos detentos, que também estavam no pátio com seus familiares. Ficamos abraçados, nos beijamos, mas com toda certeza não foram os nossos melhores beijos. É claro que tinha sentimento, mas, da minha parte, tínhamos perdido um pouco da cumplicidade. Eu olhava pra ele tentando encontrar alguma coisa que eu mesma não sabia o que era — até certo tempo tentei me culpar pelo que ele fez, até perceber que não tive culpa alguma — e também já não encontrava mais o que tinha nos unido no passado.

Apesar de eu já ter errado muito na vida, com Rubens eu não errei. Dei a ele a minha melhor versão e recebi o mesmo que ele dava para todas as outras. É da personalidade dele ser infiel, e toda a minha insegurança durante nossa relação se provou real. Claro que era impossível não me lembrar das vezes em que ele me olhava nos olhos de forma doce, dizendo que me amava e que eu era louca por desconfiar dele... e, toda vez que eu pensava nesses momentos, isso me consumia, porque eu estava certa o tempo todo e deixei minha certeza de lado para acreditar nele, mesmo com tantas provas.

Rubens ficou sem graça no começo do encontro, mas logo se soltou e me contou como estava a sua vida naquele lugar. E eu o olhava, mas meus pensamentos estavam longe, ainda no conflito entre perdoar o homem que eu amava e como eu tinha sido feita de trouxa durante os anos em que estivemos juntos.

O amor nos torna inocentes, mas não cegos. Mesmo percebendo todo o mal que existe no outro, preferimos acreditar em algo bom, como uma criança ingênua. Quando estamos apaixonados, nos fechamos para o mal e apenas conseguimos enxergar o lado bom, e isso é altamente perigoso.

Ficamos sentados lá, no pátio. Nossa comida foi esquentada dentro dos sacos, em água quente, tudo bem primitivo, mas elaborado. Almoçamos em pratos e talheres de plástico. Achei interessante como realmente somos seres adaptáveis e nos viramos em qualquer situação. Senti que Rubens ficou feliz de verdade por comer a minha comida. Sentir o gosto do tempero de casa deve ter sido uma sensação maravilhosa.

O momento com ele no pátio estava muito agradável. As pessoas estavam felizes por rever seus entes queridos, as crianças corriam por todos os lados, abraçavam seus familiares, e o brilho no olhar daquelas pessoas era simplesmente mágico. Acho de verdade que lá todos aprendem a dar valor ao que realmente importa. A cadeia não é um aprendizado apenas para o detento, mas para os visitantes também. É aprendizado de vida, e, para mim, em especial, posso dizer que me transformou e me fez enxergar o mundo com mais empatia e sensibilidade. Me senti parte do todo; lá não somos pessoas singulares, somos uma equipe — eu, as outras mulheres e os detentos estávamos juntos, com as mesmas dores e alegrias.

Rubens e eu comemos, rimos, não tocamos nos assuntos ruins e mal vimos o tempo passar... até que o berro de um dos carcereiros nos trouxe de volta à realidade.

CAPÍTULO 55

HORA DE IR

Meu coração apertou, e o carcereiro gritou novamente:

— Saída das 15 horas!

Depois que você entra, não pode sair mais, apenas nos horários estabelecidos: às 15 ou às 16 horas.

Por alguns momentos eu tinha abstraído que Rubens estava preso, mas, chegando perto da hora de partir, a realidade veio à tona: eu iria embora sozinha, e ele ia ficar lá, naquele lugar distante e sombrio. A alegria do reencontro foi se esvaindo; os sorrisos foram embora e deram espaço para as minhas lágrimas. Eu não conseguia me conter. Era muito difícil aceitar que alguém poderia ter controle sobre o meu homem. Como eu deveria ter horário para estar com ele? Como alguém poderia me impedir de estar com a pessoa que eu escolhi? Mesmo sendo um péssimo homem, ele era meu, e eu não tinha nenhum controle sobre ele. Apesar de nunca ter tido esse controle, pelo menos antes eu podia vê-lo a hora que eu quisesse, e agora tudo estava diferente.

— Saída das 16 horas!

O segundo grito do carcereiro me assustou. A última hora tinha passado voando, e tive que ir embora, deixando meu homem naquele lugar horrível. Nos abraçamos mais forte na despedida.

Ele sabia como me dobrar, e, de certo modo, eu também não resisti. Andei desnorteada, nem senti o caminho. Olhei para trás algumas vezes e o vi cabisbaixo. Isso me partiu o coração.

Já do lado de fora do complexo penitenciário, vi tantas pessoas andando na rua que parecia uma procissão. Algumas já estavam bem acostumadas com aquilo tudo, mas eu era apenas um peixe fora d'água naquela imensidão de gente. Fiquei na rua, aguardando o meu motorista, o Joca, enquanto observava o movimento das mulheres e crianças que deixavam o local, formando outra fila imensa nos pontos de ônibus.

Ainda quando eu estava perdida em meus pensamentos, o Joca encostou o carro. No caminho de volta, chorei feito criança no banco de trás. Sei que ele percebeu, mas se manteve calado, respeitando a minha dor. Ao chegar fiz algo que não fazia há muito tempo: olhei para o mar e agradeci a Deus, do fundo do meu coração, por tudo o que eu tinha e muitas vezes não valorizei. Pedi perdão por todas as reclamações, me sentia péssima por não valorizar o mar, o ar puro... tudo que me cercava era digno de um agradecimento sem tamanho. Deus era muito bom pra mim; como eu poderia reclamar de algo, com tantas pessoas passando por condições ruins de verdade?

Naquele dia, na prisão, ouvi muitas histórias de mulheres que largaram empregos para cuidar do marido que estava preso em condições desumanas. Elas passavam as noites em dormitórios em frente ao presídio, madrugando em filas, sem ter o que comer... mas estavam lá para levar um pouco de alegria aos seus companheiros. É impressionante como vi atos de amor puro e singelo em um dos piores lugares que já visitei.

CAPÍTULO 56

RATÃO

Na segunda visita, eu já estava me sentindo mais segura. Sabia minimamente como tudo funcionava por lá e, apesar de sentir falta dos meus utensílios de cozinha — minha cozinha completa tinha ficado na Bahia; eu contava apenas com alguns itens disponíveis no apartamento de temporada que eu tinha alugado —, conseguia me virar. Preparei toda a comida, que não era só para comermos durante a visita no pátio. O Rubens dividia com os amigos, e eles comeriam por alguns dias até a próxima visita.

Chamei meu motorista para voltarmos àquele lugar horrível. Era um sábado, e cheguei com as sacolas arrumadas, chinelinho nos pés, pronta para a fila. Acabei comprando uma bolsinha transparente, que todas as mulheres usavam por lá; era uma falsificação da Victor Hugo. Enfim... agora eu estava como todas as outras, mas dessa vez não quis comprar senha. Fiquei preocupada de perder minha carteira, então achei melhor fazer as coisas direito. Mas, como ninguém é de ferro, comprei uma vaga na fila que me custou 20 reais. Obviamente que, sem a senha, demorei mais para entrar, e era bastante irritante ficar na fila, sob o Sol. A maquiagem que eu tinha passado já estava toda melecada... e eu queria chegar bonita, mas isso era uma missão difícil naquelas condições.

Algumas pessoas, depois que passavam da primeira cancela, corriam para encontrar seus parentes logo, e, quando eu digo que corriam, é literal. Eu fui andando, porque estava com muito peso. Algumas pessoas até brincavam quando viam as outras correndo: "Não precisa correr, ele não vai fugir." O brasileiro é bem humorado até nos maiores perrengues. Creio que isso faz do nosso povo um povo feliz.

Aquele processo todo de revista da comida, scanner corporal, guardas sem senso de humor e sempre arrogantes me deixava exausta e revoltada. As mulheres eram tratadas como delinquentes mesmo sem ter cometido nenhuma infração. Se nós estávamos ali para visitar detentos, na cabeça dos guardas já não éramos pessoas de bem. Alguns poucos tinham boa índole e nos tratavam de maneira humana, mas a maioria usava a posição de fiscal de comida, ou de fila, ou de scanner, para diminuir os outros. Acho que dessa forma eles sentiam o gosto do poder, e aquela posição os deixava com os egos inflados. Para alguns seres, diminuir os outros faz com que eles se sintam melhores...

Depois disso tudo finalmente cheguei sem problemas. E isso para mim era uma vitória, porque sou debochada e, para entrar naquele lugar sem estresse e não prejudicar o Rubens, eu tinha que ser passiva, não arrumar problemas com os guardas nem perder minha carteira. Demorei tanto para conseguir; não queria perdê-la de jeito nenhum, então era melhor deixar os guardas serem babacas.

Foi nesse dia que conheci o famoso "ratão", um esquema para que os detentos recebessem visitas íntimas. Pelos caminhos normais e legais, o processo para conseguir uma visita íntima era demorado e burocrático, então, como todo brasileiro sempre dá um jeitinho, o esquema estava montado. Nesse caso, o jeitinho eram as celas dos religiosos, ao lado da igreja evangélica. Sei que isso não parece muito decente aos olhos de Deus, mas, se pensarmos que era feito por amor, creio que Deus perdoaria esses atos baseados no sentimento mais bonito que os seres humanos conhecem. É claro que nem todos lá estavam transando por amor, mas esse era o meu caso.

Eram os guardas corruptos que ofereciam o ratão, e alguns detentos o supervisionavam. As horas lá dentro eram pagas — a hora custava 100 reais, e poderíamos ficar no máximo por três horas —, e alugávamos um espaço no dormitório, que tinha vários beliches feitos de alvenaria com um espaço de cerca de 2 metros cada, fechados por colchas que serviam como paredes para dividir os espaços e torná-los mais privativos.

Entrei com o Rubens, e fomos para o espaço que ele alugou. Ele colocou a roupa de cama pessoal, e fiquei observando aquilo tudo. Era um lugar bem humilde, mas de certa forma organizado e bem montado. Cada detalhe me surpreendia com coisas simples. Os detentos montavam e personalizavam seus espaços. Eu estava impressionada, por exemplo, com a forma como faziam as tomadas e as prateleiras para apoiar as coisas... era o real sentido de reciclagem.

Fazia muito tempo que nós não tínhamos um momento íntimo, e, mesmo com as frustrações antigas, eu me entreguei. Acho que todo o tempo que ficamos sem transar intensificou tudo, e, durante o sexo, esqueci todos os sentimentos ruins. Posso dizer que ali, no calor da emoção, senti o amor dele por mim. O toque do Rubens, sua boca no meu corpo, a respiração ofegante... naquele instante não importava que eu estivesse naquele buraquinho, dentro de uma cela em um presídio, porque eu sabia que estava no lugar onde me sentia mais confortável: nos braços dele.

Depois do sexo intenso e caloroso, precisávamos de um banho. E aí vinha a segunda parte do ratão. O banheiro ficava dentro da cela, e, para sairmos do espaço em que estávamos, Rubens precisava avisar aos detentos que coordenavam a operação. O código era levantar o cobertor que servia de porta e bater com o chinelo no chão. Se não tivesse ninguém lá, o coordenador avisava que estava entrando família no banheiro, e ninguém mais poderia sair de onde estava.

Ficamos nós dois no banheiro, ou melhor, no espaço que eles chamavam de "boi". As privadas eram uns buracos no chão, e os chuveiros, feitos de cano. Se não quisesse usá-los, você poderia optar por tomar banho de balde com uma caixa d'água que tinha dentro do banheiro. O Rubens preferia tomar banho de balde, e eu tomei no chuveiro feito de cano. Fiquei com um pouco de medo, porque não tinha porta, mas confiei nele. Por outro lado, todos ali tinham muito respeito pela família dos outros. É claro que o ambiente me deixou nervosa, mesmo sabendo que ninguém me faria mal. Aquelas circunstâncias eram surreais para uma pessoa nascida em berço de ouro como eu.

Para sair do banheiro, ele avisava também. O coordenador gritava, e nós podíamos sair em segurança, sem esbarrar com ninguém na cela. Voltamos, então, para o nosso cantinho. Ali aprendi o sentido da felicidade no simples fato de ter um pouco de privacidade com a pessoa que amo. Era algo tão comum, mas que diante de tudo se tornava tão raro, e eu queria aproveitar cada minuto. Eu não trocaria aquele buraquinho no presídio por nenhum Copacabana Palace. Era ali que eu queria estar, era ali que estava a minha felicidade — com o homem que eu amava.

Acabei adormecendo nos braços dele. Nossa, como eu sentia falta daquilo. Ele era parte da minha rotina, apesar de algumas vezes ter dormido no quarto de hóspedes. Na maioria das vezes, dormíamos muito agarrados, muito mesmo, algo extremo de não se soltar mesmo no sono profundo.

O tempo da visita passou bem rápido nesse dia, e comemos lá dentro da cela mesmo. O esquema do ratão era muito profissional, tinha até serviço de quarto. Batendo o chinelo no chão, o Rubens chamou alguém, e a pessoa pegou a comida e a levou para esquentar. Depois, trouxe de volta dentro dos sacos, para comermos. Como eu já disse, era um sistema humilde, mas bem organizado e elaborado.

No fim dessa visita não me senti tão triste como da vez anterior, mas isso não diminuía a minha revolta. Rubens não podia ficar muito tempo naquele lugar, e eu precisava agir.

CAPÍTULO 57

A ROTINA SEM O RUBENS

Quando eu chegava das visitas, o meu corpo estava exausto, não só por acordar cedo, mas também por carregar peso, ficar na fila, andar no sol, a energia pesada do lugar, o estresse das revistas, os guardas... tudo aquilo sugava a minha energia, e o que eu queria era tomar um banho, comer e dormir. Como era bom chegar em casa... Mesmo com os serviços do lar acumulados, minha casa era o meu templo. É claro que eu sentia a ausência do Rubens — às vezes olhava para o sofá com a impressão de que ele estaria lá, com as pernas para cima, rindo no celular... eu sentia falta dele na hora do almoço ou qualquer outra refeição; sentia falta dele no meu cotidiano de uma maneira dolorosa.

Nos dias seguintes, tentei levar uma vida normal, porque precisava resolver assuntos para ele, como problemas na faculdade, depositar dinheiro na conta da cantina do presídio... A realidade era que uma pessoa com um emprego fixo não conseguiria ajudá-lo como eu ajudava. Ter um companheiro na prisão exige muito do nosso tempo, da nossa cabeça e do nosso corpo. Como eu já disse, a prisão não afeta apenas os detentos, afeta as famílias, o jeito que vivemos aqui fora; afeta até a relação que temos com outras pessoas.

Passei os dias seguintes pensando que era inviável para o Rubens permanecer naquele lugar. Eu já queria fazer alguma coisa há muito tempo, mas ainda relutava. O pouco de lucidez que me restava dizia para que eu me conformasse, mas era injusto demais. Naquela tarde, depois de fumar um baseado, tomei uma decisão que me pareceu a mais correta e urgente, apesar de ser arriscada e de me expor... mas eu liguei o foda-se, afinal, o mais importante era ter o meu marido comigo de novo e fora daquele lugar asqueroso.

Comecei a pensar em um jeito de tirar o Rubens da cadeia, mas, para planejar uma fuga, eu precisaria das pessoas certas, de muito dinheiro e, é claro, do aval dele. Ele tinha que permitir que eu tocasse o plano aqui fora, para que tudo desse certo.

Olhei meus contatos umas quatro vezes, pensando em todo mundo, ou melhor, em quem dali poderia me ajudar, mas a verdade era uma só: eu tinha me afastado dos meus amigos, até mesmo das minhas melhores amigas, que antes eu encontrava todos os dias. Agora as via esporadicamente por conta do cansaço, da falta de cabeça, do estresse, e por não acreditar que eu era uma boa companhia para elas. Constatar isso naquele momento me deixou mal e reflexiva.

Naquela época, as redes sociais estavam em alta. Eu tinha um perfil ativo, porém não podia usá-lo como a maioria. Não postava nada, mantinha apenas para acompanhar a vida das pessoas que eu gostava e das quais me distanciei por conta de tudo.

Eu sentia medo, um sentimento que não combinava em nada comigo, mas estava em uma condição de desvantagem.

Rubens estava preso, e os policiais que o pegaram tinham problemas pessoais com ele. Acho que foi algum desentendimento em uma das saídas de banco que faziam juntos no passado. Aliás, esse policial era um exemplo de alguém que saiu da ilegalidade para uma vida "honesta", apesar de não exercer a profissão de maneira mais honrosa.

Os problemas dele com Rubens poderiam se estender a mim, poderiam entrar na minha casa e, mesmo eu não tendo nada de ilegal, ele poderia forjar algo apenas para me extorquir ou até mesmo me levar presa.

Ao mesmo tempo que me sentia acuada e com medo, estava na hora de voltar aos negócios; nosso dinheiro estava acabando e eu não conseguiria mais manter o meu padrão de vida e seguir com as regalias do Rubens na prisão. Além disso, o capital que tinha estava longe de ser suficiente para pensar em organizar uma fuga.

Era muita coisa na cabeça, pensar em como voltar a traficar drogas, e em como conseguir tirar Rubens da prisão. Acendi mais um baseado e fui para a varanda. Fiquei lá, fitando o mar agitado da Barra da Tijuca, até que uma lembrança de papai me veio à mente: "A lição de hoje é sobre como tratar os inimigos. Se ainda não é hora de eliminá-los, o melhor a fazer é trazê-los para perto, tê-los sob controle, acompanhar os seus passos e, quando possível, matá-los. Inimigo bom é inimigo morto." Foi quando me dei conta de que tinha a pessoa perfeita para me ajudar a tirar o Rubens de lá sem riscos, sem gastos e ainda pela porta da frente, de cabeça erguida. Eu só precisaria encontrar algum furo, algum detalhe, algum podre que pudesse me ajudar a chantagear o responsável por manter meu marido atrás das grades: o juiz do caso.

Abri o processo do Rubens no computador, localizei o nome do juiz, joguei no Google — santo Google — e achei o perfil dele. Rolei as fotos e não vi nada demais. Parecia mais uma conta profissional que pessoal. Eu já ia continuar a minha pesquisa quando percebi que nós tínhamos um amigo em comum, e não era qualquer amigo.

Quase caí da cadeira quando vi que o nosso amigo em comum era ninguém menos que o meu irmão, o Túlio.

CAPÍTULO 58

JUIZ NICOLAU

Mandei mensagem para o meu irmão imediatamente, mas ele não me respondia. Eu estava extremamente ansiosa, então liguei pra ele. Túlio estava dormindo; nem me liguei no fuso horário. Ele atendeu ainda sonolento, mas eu nem quis saber:

— De onde você conhece o juiz Nicolau?

— Ei, peraí. Boa noite pra você também. Eu tava dormindo.

— Não enrola, Túlio. De onde você conhece o cara?

Túlio riu sem jeito antes de responder:

— Calma, Nina, acabei de acordar. E ouvir a palavra "juiz" antes do nome dele não é comum pra mim.

— Como é? Vocês são amigos de muito tempo?

— Eu não diria amigos, Nina.

Quando meu irmão disse aquilo, pensei: "ganhei na loteria."

— Ele é gay? Vocês já namoraram?

— Namorar? Ah... Claro que não, naquela época eu não namorava, só ficava... A gente se conheceu ainda jovem, acho que até tenho umas fotos com ele...

— Não me enrola, Túlio!

— Posso saber o motivo desse interesse no Nico?

Se eu contasse pra ele, meu plano iria pelo ralo. Continuei insistindo:

— Nico? Que íntimo, né? Fala logo!

— Tá bem! Ele era gay.

— Como assim, Túlio? Ninguém deixa de ser gay.

— Eu sei, mas ele nunca se assumiu. Casou com uma mulher, tem uma filha... Enfim, tem anos que não falo com ele. Hoje somos amigos nas redes sociais, e só.

— Não sabe de mais nada da vida dele?

— Outro amigo nosso que encontrou com ele me disse que o Nico pretende se candidatar a vereador.

— Interessante...

— Você não vai me dizer qual é o motivo desse interesse?

— Depois te explico. Volta a dormir.

Desliguei sem dar detalhes; queria focar no juiz. De volta à internet, descobri o fórum onde ele trabalhava e, no dia seguinte, fiquei de tocaia, esperando que ele saísse da sala dele. O juiz Nicolau era um homem bonito, atlético, cara de sério, mas, olhando bem, estava na cara que era gay. Abordei o homem no corredor:

— Juiz Nicolau?

— Pois não?

— Essa pessoa é familiar?

Mostrei a foto do meu irmão para ele, que, claro, se fez de morto, mas percebi o desconforto na voz e no olhar.

— Desculpe, deveria me lembrar?

— O nome dele é Túlio.

— Realmente não conheço.

Ele tentou continuar andando, mas mostrei o perfil dele que mostrava a ligação entre os dois.

— E agora?

O semblante dele mudou.

— Ah, o Túlio. Conheci na faculdade. Acho que está fora do país, terminando um doutorado. Mas não éramos muito amigos e nos afastamos...

Ele tentou sair de novo, mas me coloquei na frente.

— Pois não foi o que o meu irmão me disse. Inclusive vi umas fotos bem íntimas de vocês dois... Nico!

Mesmo sem saber se as fotos revelavam momentos íntimos, joguei verde, e ele caiu. O juiz me puxou pelo braço, e nos afastamos do corredor principal do fórum.

— Foi há muito tempo. Hoje eu tenho família e uma reputação.

— Entendo... E está prestes a se candidatar a vereador do Rio de Janeiro. Já pensou se isso vaza? Babado, tiroteio e confusão, né? Que escândalo! — eu disse de forma bem debochada.

Ele colocou as mãos na cabeça e finalmente perguntou:

— Quem é você? O que você quer? Por que está desenterrando esse assunto?

Antes que eu pudesse responder, um jovem advogado vinha pelo corredor, devorando o juiz com os olhos. O homem ficou ainda mais vermelho e abaixou a cabeça. O rapaz mudou a rota, desviando de nós dois.

— Acho que o seu namorado ficou constrangido de se aproximar, não é mesmo?

Nesse momento, o juiz começou a suar frio, e eu, mais uma vez, tinha dado um tiro certeiro.

— Diz logo o que você quer! — disse ele, assustado.

— Que bom que estamos negociando. Por coincidência ou destino, você é o juiz do caso do meu marido, que atualmente está preso.

— E você quer que eu tire ele da cadeia? Não posso fazer nada em relação a casos já julgados.

— Creio que o senhor vai ter que se esforçar um pouco mais se quiser preservar os seus segredos.

— Você está me ameaçando?

— Estou negociando. Acho que o preço pra te manter no armário e não acabar com a sua reputação, o seu casamento, a sua candidatura e o seu romance com o jovem advogado que quase tive o prazer de conhecer é bem baixo, inclusive. O que é soltar um detento comparado a tantas coisas que você vai perder, Nico?

— Não me chama assim!

— Você não gosta do apelido? Eu acho lindo!

— Eu já disse que não posso fazer nada!

— Bom, vou deixar contigo o meu telefone, e você tem 48 horas pra pensar na minha oferta. Depois disso, sinto informar que suas fotos vão estampar as capas dos principais jornais e, principalmente, dos sites de fofoca. — Ele me olhava desesperado. Antes de sair, finalizei: — Só pra você saber: o Túlio nem imagina que te fiz essa proposta, e sinto por você querer viver uma mentira. Meu irmão teria sido um ótimo marido. Ele jamais faria isso contigo, eu é que aprendi com a vida a usar todas as armas disponíveis pra conseguir o que quero. Ok, Nico?

Deixei o homem quase enfartando no fórum e fui para casa me sentindo vitoriosa. Eu tinha conseguido o passe para a liberdade do Rubens.

CAPÍTULO 59

O FEITIÇO VIROU CONTRA A FEITICEIRA

Cheguei em casa muito realizada e com a certeza de que em pouquíssimo tempo o Rubens estaria fora daquele lugar imundo. Mal pisei em casa, e o telefone tocou. Era o juiz.

— Me encontra amanhã no Leblon, e vamos almoçar juntos. Vou mandar o endereço do restaurante por mensagem.

Tive uma noite incrível. Senti que estava de volta ao jogo, forte, determinada e invencível. Não ia gastar nada, não correria risco nenhum, e o Rubens ia sair inteiro e vivo da prisão.

Sei que não foi nada honesto o que fiz com o juiz, mas era inadmissível que em pleno século XXI alguém ainda estivesse preocupado em esconder a sua homossexualidade, e eu tinha que respeitá-lo. Vi o meu irmão tentando ser quem não era para agradar o meu pai. Sei que, para muitos gays, sair do armário é muito difícil. Muitos sentem preconceitos consigo mesmos, acham que é pecado... outros tantos não aguentam a pressão e acabam com a própria vida... O assunto é sério, mas eu tive que jogar baixo, porque o que me importava naquele momento era que estava dando certo. Eu só não queria ver a reação do meu irmão quando soubesse o que fiz, mas, paciência. Não dava para ganhar uma guerra sem baixas na tropa.

No dia seguinte, fui ao encontro do juiz Nicolau no restaurante combinado. Para minha surpresa, ele estava acompanhado do namorado dele, o tal advogado jovem que eu tinha visto no fórum, no dia anterior. Eles estavam conversando de forma descontraída e nem perceberam a minha chegada.

— Interrompo o casal? — perguntei com deboche.

— Sente-se — convidou o juiz.

— Não vai me apresentar ao seu namorado?

O rapaz ficou vermelho e não sabia onde enfiar a cara. Tentou se levantar, mas o juiz não deixou.

— Chega de gracinha, e vamos ao ponto.

Ele abriu o notebook e pediu o nome completo do Rubens. Depois, ficou em silêncio durante alguns minutos, analisando o processo com o jovem advogado. Eu já não cabia em mim de tanta ansiedade quando finalmente ele falou:

— Como eu já tinha dito, não posso revogar a decisão.

— Encontra uma brecha.

— Não tem brecha. Ele não voltou de uma saída temporária e ficou foragido por anos. Não tem o que fazer.

— É você quem manda, Nico. Você vai dar o famoso jeitinho brasileiro. Tenho certeza de que você não vai querer perder o garotão aí do seu lado, que, aliás, é bem gostosinho. Parabéns pelo bom gosto.

O juiz ficou vermelho, e o rapaz, então... Se tivesse um buraco ali, acho que ele já teria se jogado. Eles se olharam, e o juiz continuou:

— Muito bem, você não me deixa alternativa. Tem uma coisa que posso fazer por ele, sim.

— Muito bem, esse é o Niquinho! Então, quando ele sai?

— Acho que você não vai querer que eu faça o que posso oferecer...

— Não estou entendendo...

— Você sugeriu que eu desse um jeitinho, certo?

— Até que enfim você me entendeu.

— Com meus contatos na promotoria, eu poderia pedir que eles adicionem mais delitos ao crime do Rubens e poderia sugerir inclusive a sua participação neles. Que tal?

Aquilo foi um soco no estômago, mas eu não ia me abalar.

— Mas aí a sua vida sexual seria exposta...

— E você nunca mais veria o seu marido, além de acabar presa também. Quem perderia mais com isso, minha querida? — Antes que eu pudesse revidar, ele encerrou: — O acordo que ofereço é o seguinte, queridinha: você fica calada sobre o que acha que sabe de mim, e, caso o processo dele tenha alguma revisão, me comprometo a não fazer vista grossa.

— Isso não me basta. Eu quero ele livre agora!

— Querer nem sempre é poder, minha querida.

— Para de me chamar de querida.

Levantei furiosa, e ele disse com deboche:

— Creio que estamos acordados... queridinha!

— Só não te mando tomar naquele lugar porque sei que você gosta.

Saí furiosa do restaurante, mas eu não tinha mais argumentos. Não ganharia nada ferrando com a vida dele, e ele ia acabar com a minha e com a do Rubens. Voltei pra casa indignada e muito puta com aquele homem. Quem ele estava pensando que era pra me desafiar daquele jeito? Nada contra os gays, meu irmão é gay, e eu sempre o defendia, mas aquele juiz merecia uma lição... Sério, minha vontade era deixar uma bala no meio daquela testa oleosa dele. Só que a morte do juiz só iria satisfazer o meu ego ferido, mas não me ajudaria com o meu problema.

Minha primeira tentativa de tirar o meu marido da cadeia não tinha dado certo, e eu ainda corria o risco de azedar a minha relação com o meu irmão, além de ferrar a minha vida e a do Rubens. Se o juiz decidisse me prejudicar, eu estava realmente fodida. Mesmo que eu jogasse toda a merda dele no ventilador — e na verdade a única prova que eu tinha contra ele era a gravação da nossa negociação, que também me prejudicava —, seria a minha palavra contra a de um juiz respeitado, num país machista e preconceituoso.

Batalha perdida, mas eu ainda estava na guerra. Se não pudesse seguir pelos meios ditos legais — sei que chantagem não era nada legal, mas os fins justificam os meios, como diria papai roubando a frase do xará do juiz, o filósofo e historiador Maquiavel —, eu precisaria voltar a pensar em um plano de fuga. Como já estava pensando nisso, tinha em mente alguém que poderia me ajudar.

Fui dormir um pouco mais aliviada, pois conseguia enxergar um caminho. Agora era hora de me capitalizar para financiar a fuga do Rubens e tentar finalmente viver em paz com o amor da minha vida.

CAPÍTULO 60

PLANOS

Quando virava o mês, mudava o dia da visita, e agora eu poderia visitar o Rubens às quintas e aos domingos. Combinei um preço fixo com um motorista amigo meu — 150 reais, ida e volta. Ele me buscava em casa às 6 horas da manhã e no presídio às 4 horas da tarde. Nos dias em que ia ver o Rubens, eu não levava o celular, porque tinha medo de ser assaltada no caminho. Aqui no Rio, atravessar a linha amarela era arriscado, porque sempre rolavam arrastões e balas perdidas. Meu amigo piloto me ajudava muito, sendo sempre pontual.

Além do dinheiro da corrida, tinha o dinheiro da vaga na fila — mais 20 reais — e o dinheiro que eu deixava para o Rubens usar lá dentro — mais 100 reais. No total, eu gastava 270 por visita, isso sem contar o ratão. Duas visitas por semana, cerca de oito por mês, davam algo em torno de 2.100 reais, apenas com transporte e a "mesada".

Eu chegava às 7 da manhã na porta do Complexo Penitenciário de Gericinó, com as minhas sacolas de mantimentos preparadas. Precisei comprar mais um potinho de comida, pois um tinha quebrado na última visita — sorte que, na porta do presídio, tinha um extenso comércio voltado para as necessidades dos presos. Dava para encontrar tudo que é permitido entrar nos presídios, até sacolas de mercado, que eram comercializadas por 20 centavos cada.

Comprei o pote e paguei 2 reais para guardar minha bolsa em um dos pontos de guarda-volume, que ficavam fora do presídio, serviço oferecido pelas tias das lojinhas ao redor. Eu já me sentia parte da patotinha da tia apelidada de Berê. Ela vendia espaço na fila, e me fidelizei a ela. Sempre que chegava já a procurava, e nesse dia ela já tinha decorado o meu nome, um docinho de senhora.

Tudo tranquilo, eu já estava mais acostumada. Passei pela primeira cancela e fui em direção ao presídio do Rubens. Fui observando tudo no trajeto: quantos policiais, quantas câmeras, a quantidade de portas, enfim, todos os obstáculos para tirá-lo de lá.

No percurso, reconheci uma senhora que eu já tinha visto no prédio, e caminhamos juntas até a entrada do presídio. Era uma forma de disfarçar os meus olhares curiosos para tudo e todos. Nós duas fomos conversando sobre a vida, as dificuldades, e, cada vez que voltava àquele lugar, eu só conseguia pensar nas pessoas que ganhavam pouco ou quase nada e ainda precisavam compartilhar com seus familiares presos. Apesar da conversa boa, eu não podia esquecer que não era bom fazer amizade com qualquer pessoa, porque lá existem presídios de outras facções, e, apesar de eu não fazer parte dessa guerra, meu marido tinha escolhido um lado. Facções opostas não fazem amizade, mas, como essa senhora ia visitar alguém no mesmo presídio, fiquei mais tranquila, afinal, estávamos no mesmo barco.

No caminho, ela me contou a sua história. Era uma senhora muito religiosa, que estava indo visitar o marido, com as duas sacolas abarrotadas de comida, assim como as minhas. Eu queria ajudá-la com as sacolas, mas realmente não tinha como. Era bem triste ver uma senhora carregando peso, mas o mais triste foi saber o peso que ela carregava no coração. Ela me contou que, cerca de duas semanas antes do marido ser preso, seu único filho foi assassinado de maneira cruel por policiais que invadiram a comunidade onde ela morava e que, quando ouviu os tiros, correu e se deparou com o corpo já sem vida do filho, que ela criou com dificuldade, mas com muito amor. Sofreu uma dor que nenhuma mãe deveria sentir, e, logo em seguida, o marido, que era seu apoio, foi preso, e ela se viu sozinha e desolada. Ouvindo a história daquela senhora, me senti muito mal por qualquer lamentação que já fiz na vida. E ela estava lá, com olhar de guerreira e toda a dor que a vida tinha lhe dado, ainda cheia de forças para dar apoio ao marido.

Nós não escolhemos onde vamos nascer, mas com toda certeza esse lugar tem grande influência sobre quem nos tornaremos. Mesmo que para toda regra exista uma exceção, os fatores do ambiente onde crescemos refletem nas escolhas que tomamos. Um jovem que nasce em uma comunidade dominada pelo crime, por mais que tenha uma ótima criação em casa, sofre os estímulos do meio, muitas vezes deixando de lado a educação que recebeu. Esse jovem vive em um meio onde as pessoas que comem bem e têm uma vida melhor se sustentam com o crime, então acaba se tornando natural que esse indivíduo escolha esse caminho.

Me despedi dela e parei diante da entrada do presídio. Fiquei olhando para o prédio, para o pátio e para qualquer coisa que pudesse me ajudar a tirar o Rubens de lá, até que, mais uma vez, Deus foi muito bom comigo e me deu uma pista ótima. De qualquer forma, eu ainda precisaria trazer o meu parceiro nessa jogada para perto de mim e, para isso, eu tinha que ter muito dinheiro. Era uma jogada muito arriscada e, se eu errasse o lance, poderia ser presa.

Entrei de cabeça erguida e fui ao encontro do Rubens.

— Finalmente você chegou!

Rubens me deu um abraço apertado e um beijo apaixonado. Retribuí com todo o meu amor, mas minha cabeça não parava de trabalhar no plano de fuga que eu começava a desenhar. Ele percebeu:

— Nina, você tá estranha... O que tá acontecendo?

— Fico assustada pelo quanto você me conhece... Não me conformo em ver você aqui e estou pensando em te tirar dessa.

— Como assim?

— Primeiro tentei chantagear o juiz, mas ele conseguiu reverter a situação.

— Como é que é?

— Mas tá tudo bem. Ele não vai fazer nada contra a gente, mas também não vai ajudar. Então eu pensei...

— Você tá falando em fugir?

— Sim, mas já estou bolando tudo.

— Acho muito arriscado... Não quero que você se meta nisso — disse Rubens com preocupação.

— Acho que encontrei um jeito, mas preciso que você concorde.

Contei o que tinha em mente, e ele, claro, detestou a ideia:

— Você está louca!

— Todo mundo tem um preço. Só preciso descobrir qual é o deles.

— Já pensou sobre o risco que você vai correr se eles não aceitarem?

— Mas é claro que sim, e é por isso que preciso saber quanto eles custam.

— Você é louca!

— Sou louca por você.

Nós nos beijamos apaixonadamente. Ele me fitou por alguns instantes e então se rendeu:

— Tá certo. Vou tentar descobrir alguma coisa por aqui, mas acho que não vai ser barato.

— Vou dar o meu jeito.

— Do que você tá falando? — Rubens segurou firme no meu braço. Ele era esperto o suficiente para saber que eu só poderia levantar tanto dinheiro se voltasse à ativa.

— Solta o meu braço! Não adianta ficar putinho, não temos opções. Preciso resolver isso e te tirar daqui.

— Nada do que eu disser vai te fazer mudar de ideia?

— Ainda bem que você conhece a mulher que tem.

Nos últimos minutos daquela visita, terminei de contar o meu plano. Ele achou que era loucura, mas eu só estaria convencida depois de conversar com as pessoas que tinha em mente.

Era loucura mesmo, mas eu estava disposta a arriscar.

CAPÍTULO 61

BERÊ

Cheguei em casa animada. No caminho, passei na papelaria e comprei um quadro, canetas, papéis e tudo aquilo que poderia me ser útil no planejamento. A verdade é que sempre amei séries de investigação e usaria toda a tática que aprendi a meu favor.

Comecei esboçando o plano com o primeiro nome colado no quadro: Berê. Ela vendia senhas para a fila de entrada no presídio, e, àquela altura, como eu já disse, já tínhamos feito amizade. Ela conhecia todo mundo, desde as mulheres que estavam por lá toda semana até as histórias de vários policiais e carcereiros. Era uma senhora que sempre dizia ser do corre — essa expressão significa algo como se ela fosse bandida, que ela respeitava os fundamentos do crime, ou seja, não me passaria a perna, e eu também não me arriscaria a ter problemas ao falar do esquema com ela.

Passei o restante da noite montando a estratégia. Pra mim, era o plano perfeito, mas tinha muitas fases e, certamente, envolveria muito dinheiro.

CAPÍTULO 62

O PRIMEIRO DOMINGO DO MÊS

O dinheiro estava acabando, e meu coração estava cada vez mais apertado, afinal, eu não queria que faltasse nada pro Rubens, mas manter a minha vida estava cada vez mais difícil: tinha o aluguel, os cachorros, o cárcere do meu marido... tudo por minha conta. E muitas vezes eu me deixava de lado. Já não fazia mais o cabelo, as unhas, não comprava roupas novas... Eu precisava fazer alguma coisa, e rápido. Além de todas as dificuldades corriqueiras de uma prisão, eu queria que Rubens tivesse o mínimo de conforto, pelo menos até que eu conseguisse o dinheiro para a fuga. Eu estava proporcionando a ele as melhores condições possíveis para um detento.

Naquele dia, eu tinha levantado às 4 horas da manhã e fui fazendo tudo no automático. Coloquei o arroz na panela e tomei um banho rápido enquanto ele cozinhava. Fiz o estrogonofe enquanto arrumava as salsichas e linguiças na bobina. Coloquei o restante da comida nas bobinas dentro dos potes transparentes e estava levando também macarrão, almôndegas cortadas ao meio — inteiras elas não entravam — e a sacola de sucata, que seria direcionada às celas. Coloquei o nome e o pavilhão dele nas duas sacolas, me arrumei — calça jeans e uma camiseta básica de cor clara — e desci para encontrar o meu motorista. Ele era um menino bem gordinho, com um sotaque que até hoje não consegui identificar. Adorava música sertaneja, e fui ouvindo a sofrência durante toda a viagem.

Cheguei ao Complexo de Gericinó por volta das 6h30 da manhã, e fazia muito calor. Como era o primeiro domingo do mês, a fila estava crescendo. O lugar sempre lotava no primeiro domingo do mês, e, sabendo disso, na visita anterior, peguei o telefone da Berê, para que ela reservasse uma senha pra mim. A administração do complexo tinha trocado as senhas, e eu estava apreensiva por comprar com ela, mas tínhamos estabelecido uma relação de amizade. Agora, mais do que nunca, eu deveria demonstrar confiança, para que ela também confiasse em mim. Eu sentia o carinho dela por mim e, com o passar dos dias e das visitas, me impressionava ainda mais com a atitude das pessoas humildes em ajudar o próximo. Talvez fossem assim pelo fato de viverem um sofrimento constante, o que só reforçava a minha percepção de que os seres humanos podem ser empáticos uns com os outros.

Encontrei a Berê, e ela me fez deixar as minhas sacolas embaixo de um pano dela, perto da fila, o que me deixou apreensiva. Era perigoso deixar as sacolas sozinhas, não apenas pelo fato de que alguém poderia pegar, mas o maior medo lá é que alguém coloque algo ilícito na sua sacola, o que poderia me trazer graves problemas. Mais uma vez confiei na Berê e no corre dela; deixei minhas sacolas e fui com ela até um dormitório de mulheres ali perto. A entrada dava em uma cozinha bem ampla, e algumas mulheres estavam lá, cozinhando e guardando as comidas da forma necessária para entrar nos presídios. Passamos por outra porta e saímos em um espaço grande, com cerca de trinta camas, uma bem perto da outra. Quase não tinha espaço para andar. Fomos à cama da Berê, onde ela escondia as senhas. Aquelas senhas valiam muito por lá, e nesse dia ela me cobrou 30 reais, mas eu paguei 50, com a intenção de estabelecer uma relação ainda melhor com ela, afinal, estava prestes a lhe propor outro negócio.

— Tem dinheiro demais aqui — disse ela, contando as notas.

— Não tem, não. Estou pagando o justo.

— Só quero o que é meu.

Berê me deu o troco, e, para não ofendê-la, guardei imediatamente. Ela me olhou de cima a baixo e se virou, para voltarmos para a fila.

— Eu gostaria de conversar com a senhora. Podemos falar depois da visita?

— Se tem alguma coisa pra me dizer, diz agora.

— Aqui? Preciso de um lugar mais reservado.

Berê riu da minha cara, me encarou novamente e disse:

— Não tem como fugir daquele inferno.

— Fala baixo! Como você sabe que eu...

Ela me cortou, dizendo:

— Todos os dias eu vejo planos de fuga de mais da metade das mulheres que visitam os maridos. Se tivesse um jeito, eu saberia.

— Sei de um jeito e quero a sua ajuda.

— Ajuda? Não costumo fazer caridade. Acho que você tá me confundindo...

Dessa vez, eu a cortei:

— Posso pagar bem pelo serviço e te garanto que só preciso de umas informações.

Berê me olhou desconfiada, mas concordou com a cabeça. Ofereci 10 mil reais a ela, que arregalou os olhos e aceitou imediatamente. Fiquei um pouco constrangida, afinal, 10 mil nem era tanto dinheiro pra mim, mas tenho certeza de que pareceu uma fortuna pra ela. Enfim, me recuperei e expliquei a ela o que eu precisava.

— Preciso que me diga quais policiais e carcereiros são corruptíveis.

— São o quê?

— Preciso saber com quem posso contar para o meu plano.

— É só isso? Tá muito fácil. Te digo tudo na próxima visita. Pode trazer o dinheiro. Passo nome, nome de farda, telefone, endereço... Sei da vida de todos eles. Mas se quer um conselho de uma velha mulher que acompanha esse movimento há anos: vai gastar dinheiro e energia à toa. Não dá pra fugir de lá.

— Essa parte a senhora deixa comigo. Nem preciso dizer que esse assunto fica entre a gente, certo?

— Se você puder ser um pouco mais generosa, certamente vou esquecer tudo rapidinho.

— Serei grata, pode ter certeza. — Berê me olhou novamente, e voltamos para a fila. É claro que eu estava apreensiva, mas alguma coisa me dizia que eu podia confiar nela. No mais, ela nem sabia o que eu planejava.

Tentei esquecer aquele assunto por hora e aguardei na fila com um friozinho na barriga, com medo de ter algo errado com a minha senha, mas entrei sem nenhum problema. Fui a passos rápidos até o presídio de Rubens. Eu queria chegar logo, afinal, domingo era dia de ratão, e só sexo com o meu marido poderia me relaxar.

Por mais que a minha senha fosse uma das duzentas primeiras, e tinha cerca de vinte unidades prisionais lá dentro, a porta do presídio do Rubens estava cheia, e umas vinte mulheres estavam paradinhas, esperando. Logo pensei que elas deviam passar a noite nos dormitórios.

A entrada sempre demorava, e ainda dei o azar de pegar no scanner uma das agentes penitenciárias mais babacas. Além de chegar atrasada, ela ficava no celular e conversando fora do scanner com os guardas que estavam na revista das bolsas... Fazia isso para provocar, e ninguém podia reclamar, porque, se uma reclamasse, ela se vingaria nas outras, segurando a fila por mais de uma hora.

Podíamos entrar a partir das 9 da manhã, mas, nesse dia, ela só começou a passar o scanner às 10h, sem qualquer motivo, apenas porque tinha chegado atrasada, e ainda enrolou bastante até começar a trabalhar. Eu já estava indignada, fazia um calor medonho, e mesmo eu tendo chegado cedo, as meninas que iam para o parlatório entravam antes, ou seja, tinha mais umas vinte pessoas na minha frente. O parlatório era direito dos presos, visita íntima concedida pelo presídio, mas eu não tinha, porque o presídio onde meu marido estava não tinha assistente social, e, sem esse profissional, não dava para dar entrada no pedido, por isso usávamos o ratão.

Por um lado, o atraso foi bom; pude perceber como era a movimentação da entrada nos detalhes e também entender que tirar o Rubens por ali talvez fosse mais arriscado. Eu precisaria inovar e surpreender naquela fuga...

Olhei bem para a cara de todos os policiais e carcereiros, porque precisaria identificá-los quando a Berê me repassasse as informações. Eu estava segura e confiante de que meu plano daria muito certo, mas eu ainda teria que trabalhar muito para levantar o dinheiro.

Enquanto caminhava para encontrar o Rubens, fui pensando em como a mídia iria noticiar essa fuga, dos jornais mais populares, que são bem debochados em suas manchetes, a jornais ditos de prestígio na sociedade. Fiquei imaginando papai abrindo o jornal na segunda-feira de manhã e lendo a manchete: "Bandidos do Complexo Penitenciário de Gericinó, na Zona Oeste do Rio, armam fuga cinematográfica." Será que ele pensaria que tudo foi armado por mim? Sentiria orgulho? Sei lá, só sei que eu estava muito orgulhosa de mim e de tudo o que eu estava planejando.

Finalmente encontrei com o Rubens, e meus pensamentos se dispersaram. Era hora de dar atenção total a ele.

CAPÍTULO 63

TOCA DO PASTOR

Fomos para o nosso cantinho dentro da cela. Apelidamos o lugar de "toca do pastor", já que tinha alguns cobertores por cima, para nos permitir mais privacidade, e era o lugar onde algum evangélico dormia. Nas paredes, podíamos ler parte do culto escrito à mão por quem vivia ali, e isso deixava a energia daquele buraco um pouco melhor.

Era lindo como Rubens fazia daquele espaço feio e degradado algo aconchegante. Ele levava as coisas dele para colocar lá, como lençol e travesseiro. Estava tudo limpinho, lençol branquinho, ventilador... e Rubens ali, aquele abraço, aquele olhar... os olhos dele me hipnotizavam. Às vezes eu reparava que o olhar dele estava distante, sofrido. Aquilo tudo o sufocava, e eu não podia fazer nada; estava nas mãos do advogado, da juíza e de um sistema falido e hipócrita.

O que me deixava feliz era vê-lo comer. Ele comia com tanto gosto... aquele era um dos momentos mais felizes pra ele, o gosto da comida de casa. Ele não se continha nos elogios. Mesmo com comida esquentada em potes plásticos, comendo em pratos e talheres de plástico, sentíamos que estávamos em um momento maravilhoso... Naquele lugar, o simples se tornava algo realmente fantástico.

Depois de comer, fumamos um baseado para relaxar, rimos de histórias bobas e deitamos, planejando nosso futuro quando ele saísse de lá. Deitados de conchinha, ele ia passando a barba no meu pescoço e acariciando os meus seios, e aquilo foi ficando intenso e caloroso. As carícias se transformaram em apertos fortes de tesão. Era uma vontade louca, um sentimento voraz e primitivo, mas não apenas carnal. Tinha muito sentimento entre a gente, e o principal era a saudade. Me entreguei naquele momento intenso, e, quando acabou, por alguns segundos, parecíamos completos de novo, até vir aquele estalo de que o nosso tempo estava acabando. Mais uma vez me deparei com aquele olhar apreensivo, triste, por sair daquele êxtase e voltar para a realidade sórdida do lugar onde estávamos.

Fomos ao boi, tomamos banho e voltamos para nos deitar na cela. Mil pensamentos passavam pela minha cabeça, e cheguei a cochilar. Quando acordei, ainda meio inconsciente, me questionei sobre os motivos de não me entregar ao sono profundo. Minha mente lutava contra aquele lugar, mas o que eu queria mesmo era estar ali, só para estar com ele. Abriria mão da minha liberdade para ter a companhia dele, o abraço, o cheiro, o conforto da presença constante.

Quando saímos do ratão, o pátio já estava lotado; não tinha mais mesas vazias. Sentamos no banco de concreto do pátio, e fiquei ali, abraçada com ele, esperando o horário da saída, viajando nos meus pensamentos.

— Novidades?

— Hoje dei mais um passo, mas preciso ir devagar. E você, descobriu alguma coisa?

— Sim. Eles transferem os presos sempre na segunda, mas por algum motivo têm feito isso no domingo, mesmo com as visitas acontecendo. E consegui isso também. — Rubens tirou do bolso um pedaço de papel e me entregou. — Esse é o telefone do Mancha, um dos carcereiros mais antigos daqui. Já se aposentou, mas pode ser útil. Só toma cuidado, por favor!

— Agora você quer ensinar o padre a rezar a missa? Eu sou filha do meu pai, amor.

— Não quero que nada de ruim aconteça contigo. Se for para eu ficar aqui, que seja. Mas não se arrisca.

— Ninguém se dá conta, mas viver é um risco. Uns correm mais riscos que outros, mas todos, sem exceção, estão correndo risco desde o primeiro choro no nascimento.

— Você tá muito filósofa hoje.

Nós rimos e nos abraçamos novamente. Eu já tinha até me esquecido daquele Rubens que via ali, diante de mim. Ele continuou:

— Sério... Presta atenção: essa história tem que dar certo. Se der merda, eu vou ficar mais fodido do que já estou. Ainda tenho a esperança de que a juíza aceite o meu pedido e...

Tive que interrompê-lo. Onde já se viu juíza no Brasil aceitar pedido de traficante pra voltar pra rua? Só se tivéssemos ainda mais dinheiro. Meu plano, apesar de ousado, seria mais fácil de ser executado.

— Eu queria acreditar nisso, mas a real é uma só: contar unicamente com a sorte é a mesma coisa que se iludir, amor. A gente tem que contar com o que está nas nossas mãos, e o que temos agora é um número de telefone.

Rubens me olhou espantado. Acho que, mesmo depois de tanto tempo, ele ainda tinha dúvidas sobre os meus limites.

— Tem mais uma coisa, Nina. Como você pretende pagar esse seu plano?

Eu não podia dizer a verdade, porque não queria preocupá-lo. Acabei inventando que minha mãe ia me ajudar nas questões financeiras.

— Minha mãe tem umas terras de herança na Itália e topou vender pra me ajudar, sem contar pro Carcamano.

Não sei se ele acreditou em mim, mas aquela resposta o calou. Ele sabia que minha família tinha bens e que seria possível conseguir o dinheiro através deles.

Saí do presídio com o telefone do Mancha nas mãos, e a única coisa em que eu pensava era como conseguir o dinheiro. Voltar aos meus antigos negócios seria uma opção, mas muita gente com quem eu trabalhava já tinha parado, e outras pessoas praticavam preços melhores... Enfim, eu teria que começar tudo do zero.

Naquela época, no Rio de Janeiro, você não precisava mais ir a uma comunidade para conhecer um traficante. Se você está lendo esse livro no metrô, é bem provável que pelo menos uma pessoa no seu vagão esteja levando uma quantidade de droga para venda. Se você está na praia em Ipanema e precisa de um baseado, mas não conhece ninguém, pare um desses hippies que fazem artesanato no calçadão. Se eles não tiverem, vão te indicar alguém que tenha.

Àquela altura, me dei conta de que tinha muita gente negociando, então eu não estaria mais em evidência. Fui pra casa naquele dia disposta a retomar meus negócios para melhorar a minha qualidade de vida e financiar a fuga do Rubens.

CAPÍTULO 64

O ANJO E O DEMÔNIO

O dinheiro que guardei das minhas últimas operações estava acabando, porque, desde que Rubens tinha sido preso, minhas despesas levavam toda a minha poupança. E esse era um mercado como todos os outros: se você se afastasse por um tempo, perderia espaço, e eu tinha me afastado por mais de dois anos. Estava difícil conseguir contatos, e, além disso, eu não tinha dinheiro para investir numa operação grande, então teria que pegar mercadoria fiado. Isso era arriscado, já que a concorrência à época era muito maior, sem contar o risco de ficar com o produto parado ou ganhar pouco, o que acabaria me expondo.

O que pesava na minha decisão não era me expor para autoridades ou para os boteiros, mas expor o meu marido. Se eu fosse pega com algo errado, poderia recair sobre ele. Era como se tivesse um anjinho e um demônio, um em cada lado do meu ombro, como vemos nos desenhos animados. Um dizia "não vale o risco", e o outro, "por que não?"

Eu vivia uma pilha de nervos, porque queria tirar o Rubens daquele lugar o mais rápido possível. Precisava de dinheiro e, para isso, tinha que voltar aos negócios.

CAPÍTULO 65

CONTATO CERTO

Celular era um vício inquestionável. Antes de levantar da cama, pela manhã, eu já pegava o meu e, antes mesmo de escovar os dentes, ainda sentada na privada, fazendo xixi, fuxicava as redes. Numa dessas fuxicadas, me deparei com uma foto do Quique, o fornecedor de lança-perfume argentino, em Berlim. Entrei no perfil. Ele estava namorando uma menina que estudava por lá e, pelas fotos, a visitava com frequência. Fiquei curiosa, afinal, Quique tinha um cargo alto em uma empresa que fabricava o lança-perfume na Argentina e estava bem de vida no trabalho e nos negócios escusos. Mas não nos falávamos há anos.

Mandei uma mensagem privada para o Quique. Perguntei coisas triviais e tinha esperança de que ele pudesse me ajudar, mas não podia chegar perguntando "¿Tienes algún contacto para ganar dinero?" A resposta veio quase imediatamente, e com entusiasmo. Ele estava feliz pelo contato e fez as mesmas perguntas, seguindo a linha de uma conversa normal, e no final me pediu para baixar um aplicativo, o Signal, e assim o fiz.

Continuamos o papo pelo aplicativo, e ele me explicou que as conversas por ali eram criptografadas e impossíveis de serem rastreadas por qualquer órgão no mundo, o que garantia uma conversa segura para os assuntos relacionados ao corre. Me senti segura, já que não queria que acontecesse o mesmo que tinha acontecido com Rubens anos antes, quando toda a rede foi descoberta através de grampos telefônicos.

Expliquei a minha a situação com a prisão do Rubens. Não falei sobre a fuga, mas disse que precisava de dinheiro para proporcionar condições melhores para ele. Quique tinha se tornado nosso amigo, e eu sabia que ele não mediria esforços para ajudar. Foi quando me dei conta de que eu tinha contatos, sim, e Quique não era o único que tinha esse carinho por nós dois. Se ele não ajudasse, eu sabia que, através das redes sociais, localizaria outros amigos que poderiam ajudar. Mas não foi preciso procurar mais ninguém naquele momento; por sorte, ele estava na ativa e me explicou o que tinha acontecido em seu passado recente.

“Estavam prestes a descobrir que eu desviava o lança-perfume para o comércio ilegal no Brasil. Pulei fora antes que me descobrissem. Dei um tempo em Mendoza e conheci a Maria. Nos apaixonamos, mas ela estava indo fazer intercâmbio na Alemanha. Pra não ficar sem grana, tive que me virar.”

Quique me explicou o esquema do qual fazia parte agora: ele enviava cocaína para a casa em que ela estava hospedada em Berlim e fazia isso em frascos de xampu. O preço da cocaína na capital da Alemanha era altíssimo, e ele acreditava que tinha encontrado o esquema perfeito, com o menor risco possível e lucro alto. Era exatamente do que eu precisava; o único problema era o tempo da logística.

“Estou enviando 250 ml de cocaína líquida, mas não pode ser qualquer xampu. Tem que ser de marca nacional. E na mesma encomenda coloco várias lembrancinhas relativas à Argentina, como se fosse um presente de produtos do país. Pra passar despercebido pelas autoridades, pago o equivalente a uns 6 mil reais por esses 250 ml de cocaína. O custo do envio é insignificante, mas demora de um a três meses pra chegar. A encomenda é rastreada, e posso acompanhar pelo site. Quando vejo que está perto de chegar, pego o voo com a desculpa de vir visitar a Maria. Recebo a encomenda, faço o processo pra secar, que demora mais uma semana, e, quando vira pó, comercializo. Demoro menos de um mês para vender esses 240 gramas; sim, porque tem uma perda de uns 10 gramas; e ganho 280 mil pesos argentinos."

"E em reais? Daria quanto?", perguntei animada.

"Uns 50 mil, talvez..."

Lucro excelente, mas fiquei curiosa para saber como ele fazia pra deixar a cocaína líquida e depois fazê-la voltar ao pó. Não tinha grande mistério no processo, só dava um pouco mais de trabalho. A cocaína é uma substância solúvel; Quique diluía cerca de 250 gramas de cocaína em meio litro de água destilada, e, para voltar ao formato de pó, era necessário filtrar a substância e depois decantar, recuperando quase 100% do material.

"Parece bom negócio, mas não pra mim no momento."

"Bom negócio? É a descoberta do milênio! Só estou te mostrando esse caminho porque te considero muito."

"Eu sei e sou grata, mas, no momento, não vai me ajudar. O tempo da logística é muito grande, e não posso esperar. Preciso de dinheiro imediato."

"Não vejo caminho para dinheiro imediato se não for um assalto, mas sei que você não gosta dessas coisas... Mas onde você lucraria mais de 50 mil investindo apenas 6 mil reais? Pensa nisso. Se precisar, tenho um doleiro de confiança pra trazer o dinheiro pro Brasil."

Aquela conversa me levou a refletir durante dias. Era uma ótima ideia, era a rota do dinheiro, só precisava fazer a cocaína chegar lá em menos tempo e em maior quantidade. Eu tinha uma fuga para planejar, precisava contratar todos os profissionais de que ia precisar e sabia que isso não me custaria menos de 1 milhão de reais. Quando a pressão ficava grande, eu ia esfriar minha cabeça caminhando na orla; a brisa fresca refrescava os meus pensamentos... E foi assim que juntei os pontos.

Eu tenho nacionalidade europeia; já entrei e saí da Europa tantas vezes que já perdi a conta e nunca tive nenhum tipo de problema. Da última vez não tinha sido bom. Voltamos à Calábria, terra dos nonnos, para resolver questões de um inventário. Uma tia da nonna tinha falecido e deixado uma parte da herança para ela. Vovó passou a viagem chorando pela morte de sua *zia*[1].

Papai sumiu por alguns dias, e só Deus sabe o que ele estava fazendo. Lembro de acordar durante a madrugada com mamãe ajoelhada na beirada da nossa cama, aos prantos de preocupação. Túlio dormia sem se mexer, e eu ficava quietinha, rezando para o papai voltar logo. Talvez ele tivesse alguns negócios por lá.

Agora era hora de levar os meus negócios para a Europa. Eu sabia que meu passaporte me garantiria entrada sem problemas e já tinha vasta experiência em transportar drogas. Ligando esses dois pontos, comecei a elaborar mais um dos meus planos.

1 "Tia" em italiano.

CAPÍTULO 66

EUROPA

Eu precisava desenvolver um plano de ação e criava uma representação visual na minha mente, mas era preciso estabelecer metas, valores, analisar os ambientes internos e externos da operação. Como eu alcançaria meus clientes em outro país? Precisava mensurar os riscos e estabelecer um prazo para alcançar o valor que já tinha estipulado: mais de 1 milhão de reais. Era no que eu pensava para a fuga do Rubens, e o caminho para conseguir essa quantia era vender cocaína em território europeu.

Em teoria, parecia simples, e um passeio pela Europa não cairia nada mal naquele momento; viajar com drogas já não era nenhum tabu pra mim, e eu só deveria decidir se levaria ou contrataria uma mula para fazer o serviço. Quem arrumava as mulas para mim no passado era meu tio Marco, e nem elas nem as mulas que Rubens arrumava para trazer os frascos de lança-perfume tinham perfil e álibi tão bom quanto o meu para passar pela imigração. Eu precisava conseguir alguém que tivesse passaporte vermelho e álibi sólido para sair do país.

O problema era que, nesse mercado, não se podia colocar um anúncio no jornal dizendo que se precisava de novos funcionários.

Já pensaram como seria esse anúncio? "Procuro por profissionais dispostos a levar cocaína para a Europa, com ou sem experiência. Critério para a vaga: ter passaporte europeu, ser discreto, ter renda comprovada no Brasil e álibi para a viagem. Pago bem e garanto advogado, caso algo venha a dar errado." Não era fácil arrumar alguém qualificado nem para pessoas que podem comentar, e para mim seria mais difícil ainda.

Isso não era um problema que poderia inviabilizar meu plano, até porque eu mesma poderia preencher essa vaga. Os meus maiores problemas eram conseguir alguém que pagasse pela minha mercadoria lá no Velho Continente e trazer a grana pra cá. Lembrei que o Quique tinha me oferecido um doleiro, mas eu não podia arriscar. O esquema funcionava assim: o doleiro recebia na conta dele no exterior um depósito em moeda estrangeira pelo meu cliente na Europa e, no Brasil, entregava o valor equivalente em reais pra mim. Por meio de compensações — e por ter uma rede de clientes grande o suficiente para compensar essas transações entre países — ele convertia o dinheiro na moeda desejada sem passar pelos órgãos oficiais, dificultando o rastreamento do valor. Mas, para fazer isso, cobrava 8% do total. Isso era conhecido como dólar-cabo, ou, no meu caso, euro-cabo.

Eu não podia perder tanto dinheiro, então combinaria tudo com o meu cliente: ele levaria para o nosso encontro em Berlim o próprio equipamento para buscar a mercadoria, e eu ficaria com o meu, para trazer a grana para o Brasil.

Esse era o plano perfeito. Poucos gastos, muito lucro.

CAPÍTULO 67

A LISTA

As coisas pioraram no presídio; a cantina foi fechada — acho que os responsáveis tinham uma dívida exorbitante com o governo. Na verdade, mais um sistema de propina: a cantina pagava o aluguel ao diretor do presídio, mas ele não repassava esse valor para o Estado, e, enquanto o diretor enchia o bolso de dinheiro, os presos ficavam sem ter o que comer, à mercê da marmita que era cedida pelo governo e que muitas vezes chegava estragada. Por esse motivo, tive que levar mais coisas na visita seguinte, inclusive refrigerante e água. Como não seria possível colocar tudo nas duas sacolas permitidas pelo presídio, levei três sacolas e, na porta, pedi para outras pessoas entrarem para mim com as coisas da terceira sacola. Deu certo. Entrou quase tudo, menos o molho à campanha; eu tinha passado um tempão picando todos aqueles ingredientes e tive que jogar tudo fora, mas aquela era a primeira visita sem a cantina, e todas as visitantes estavam com as sacolas cheias. Ainda consegui colocar muita coisa extra para dentro, porque cheguei cedo e fui pedindo a todas que colocassem algo meu nas suas sacolas, e, em troca, dei um maço de cigarro para cada uma.

De longe, a Berê me viu negociando com as meninas e me chamou. Me apressei ao seu encontro.

— Estou com a sua lista — disse ela.

— Quantas pessoas?

— Pelo menos doze. Você vai poder escolher à vontade. E o meu dinheiro?

— São todos de confiança?

— Claro que sim. Mas entendo sua preocupação, e a única coisa que posso te dizer além de ter certeza de que isso não vai dar certo é que você vai ter que pagar pra ver.

Berê estendeu as mãos, para receber o dinheiro. Abri minha bolsa, puxei o envelope e paguei a ela.

— Muito bem, então está feito.

— Fui generosa, como você vai ver. Ah, me diz uma coisa: você conhece o Mancha?

Ao ouvir o nome do homem, a mulher ficou pálida.

— O que foi? — perguntei curiosa.

— É claro que conheço. De todos os que pensei em te passar, esse certamente é o mais perigoso. Não está na sua lista, mas acho que nem precisa.

— Eu tenho o telefone dele e...

Berê segurou forte no meu braço e me olhou fundo, nos olhos.

— Usa esse recurso em último caso. Esse homem só traz morte e destruição.

Ela me largou e se apressou para longe. Fiquei impressionada com a reação dela, mas de certa forma achei positiva: ele era o cara. Era respeitado. E, num ambiente como a prisão, o respeito é fundamental.

Guardei a lista, voltei à fila e finalmente entrei. Naquele lugar horrível, coisas simples traziam felicidade. Levei uma pipoca doce, e o Rubens adorou. Até eu adorei; ficamos comendo pipoca, felizes como se fôssemos crianças.

Rubens estava bastante abatido. O depoimento dele ainda não tinha chegado às mãos da juíza; estava meses atrasado. Ela já tinha emitido um mandato para que fosse feito no presídio, e, mesmo assim, estávamos sem resposta. Aquela agonia nos sufocava por dentro.

— Eu te disse. Não dá pra confiar nisso.

— E já conseguiu falar com o Mancha?

— Nem tentei, mas já sei que ele é respeitado por aqui, e isso é muito bom. Por outro lado, deve ser caro. Preciso levantar pelo menos 1 milhão de reais pra financiar tudo o que te disse.

— Tá maluca? Como você vai conseguir esse dinheiro?

— Já te disse. Minha mãe vai ajudar com o dinheiro da herança da Itália. Falta só vender as terras, mas ela já conseguiu um comprador. Vai dar certo.

Menti novamente, porque ele não podia sonhar que eu tinha voltado aos negócios. O Rubens ficou bolado, claro, mas no fundo estava bem feliz de saber que eu estava me movimentando do lado de fora para tirá-lo daquela tortura.

Nas visitas realizadas durante a semana, não tinha a possibilidade de usar o ratão. Ficávamos lá no pátio, conversando; depois de algum tempo já não tínhamos mais assunto e começamos a assistir a um programa na televisão.

Eu me sensibilizava com o sofrimento dele e, mesmo nunca tendo sido presa, sabia que aquela era uma das piores situações em que um ser humano poderia se encontrar, mas eu não tinha certeza se ele sabia do meu sofrimento.

CAPÍTULO 68

O PAGADOR

Cheguei à minha casa, tomei um banho frio e corri para o meu quadro. Queria atualizá-lo com mais uma peça que poderia se revelar fundamental: o Mancha. Além disso, decorei a lista que a Berê tinha me passado, para, na próxima visita, procurar por aquelas pessoas, olhar em seus olhos e identificar quem eu precisaria recrutar para o meu plano de fuga.

Quando terminei de atualizar o plano, peguei o celular, porque tinha passado o dia inteiro longe das minhas redes sociais. As mensagens no Signal eram as mais importantes; não bastava ter um plano para levar cocaína para a Europa; eu precisava de alguém que pagasse pela minha mercadoria lá. Pedi ajuda para o Quique, e ele tinha ficado de procurar alguém, porque ele mesmo não tinha como pagar por uma grande quantidade. A resposta veio naquele dia.

"Consegui um pagador."

"Ele é de confiança?"

"Olha, Nina, isso eu já não sei. Um amigo me disse que já enviou pra ele, e deu tudo certo."

Era do que precisava. Mesmo não tendo certeza de que ele era de confiança, adicionei o contato desse suposto pagador e comecei a negociar com ele, que demostrou grande interesse e disse que, se eu fizesse chegar a mercadoria, ele pagaria por ela. Mandou uma foto com um bolo de euros, o que me deixou bem animada. Agora eu precisava estabelecer uma rota segura para chegar ao meu destino.

Quando pensei em viajar a trabalho, vislumbrei Amsterdã, mas meu pagador me disse que precisaria da droga na Alemanha. Não me parecia tão atraente quanto a cidade holandesa e suas *coffeeshops*, mas tudo bem; àquela altura eu não podia reclamar. Meu amigo tinha me ajudado a conseguir um pagador, e não era para a Indonésia, país que pune o tráfico de drogas com a vida. Então estava tudo certo.

Ele me perguntou sobre o "atleta". Fiquei confusa, afinal, o que um atleta teria a ver com aquilo? Foi quando entendi que por lá eles chamavam as mulas de atletas. Na Europa tudo é mais chique, não é mesmo?

Passei a confiança necessária para que ele não se preocupasse com nada além de pagar pela droga quando ela chegasse ao destino.

CAPÍTULO 69

A ROTA

Eu chamava de rota segura aquela em que menos mulas caíram ao longo dos anos. Pesquisava matérias sobre apreensões nos aeroportos e colhia discretamente relatos de amigos que seguiram para o mesmo destino. Acordei pensando naquilo, já que tinha passado a madrugada pesquisando as melhores rotas de voo para chegar ao meu pagador na Alemanha. Ainda sonolenta, mas convencida de que minha busca tinha sido bem sucedida, comecei a pesquisar as passagens.

Alguns cliques depois, a passagem já estava comprada. A rota era do Rio para Frankfurt e, de lá, para Berlim, ou seja, eu teria que passar pela imigração em Frankfurt, onde, segundo minhas pesquisas, era mais tranquilo do que se eu fosse direto para a capital.

Antes do café da manhã, eu já tinha decidido: eu mesma iria carregar o material. Estava investindo todo o meu dinheiro e minha segurança, mas era o início da capitalização para o plano de fuga do Rubens.

CAPÍTULO 70

O MATERIAL

Os clientes eram conhecidos no nosso meio como pagadores, e atender ao que eles esperavam era o foco principal. O meu cliente tinha pedido 6 metros de cocaína, com grau de pureza acima de 92%. Uma cocaína de alta qualidade podia chegar a bater 97%, mas nunca chegava a 100%, porque, para isso, não seria cocaína como costumamos ver, e sim pasta base.

Enfim, além de garantir a pureza, eu precisava de alguém que montasse um equipamento pra mim — nesse caso, o fundo falso de uma mala. Consegui achar os dois em um único lugar, um amigo que sabia montar o equipamento e que também tinha o material. Encomendei então meu equipamento com 6 kg acoplados, mas deixei claro que queria estar presente durante a montagem.

Sempre confiei mais no que eu via do que no que me falavam, outro ensinamento precioso de papai. Eu precisava ver tudo sendo feito, para ter certeza de que estaria dentro do padrão de qualidade e segurança.

CAPÍTULO 71

UMA BOA DESCULPA

Com a viagem, eu ficaria cerca de seis dias fora e perderia uma visita, então precisava de uma boa desculpa para isso. Não poderia dizer ao Rubens que iria visitar minha mãe, porque nessa era digital tudo é registrado; eu teria que ter uma foto com ela ou para qualquer outra desculpa. O que me veio à cabeça foi fingir uma gripe forte.

Ainda tinha mais duas visitas antes da viagem, e nesse período eu me perdia em músicas, normalmente rap — era como se fosse a trilha sonora da minha vida. Como eles poderiam escrever algo que era tão relevante ao momento que eu estava vivendo? Antes de ser preso, meu marido sempre me dizia que a vida não era música, mas, por que não? A minha era, sim, uma música. Na verdade, era uma coletânea completa.

Aquilo me inspirava, mas também me motivava a ter ideias não tão boas. Eu já tinha sentido o gosto de ter um pouco de poder, de comprar o que queria e comer onde quisesse, então precisava fazer aquela transação para aumentar o meu capital e começar a investir nos meus próprios negócios de novo. Estipulei como meta que faria apenas aquela viagem e investiria o lucro em material, para não me arriscar dessa forma de novo. Talvez demorasse mais a levantar a grana para a fuga, mas era melhor do que me arriscar. Se eu fosse presa, não conseguiria tirar o Rubens do presídio.

Na primeira visita antes da viagem, tivemos ratão. Ele não percebeu, mas eu estava nervosa. E, se percebeu, não imaginou que fosse pelos motivos reais, já que apenas o fato de estar ali era o suficiente para gerar um nervosismo.

Mais uma vez levei muita comida e pedi às meninas na porta que entrassem com algumas coisas que não cabiam na minha sacola. Naquele dia levei cereais — eu já tinha levado em outras visitas, mas dessa vez uma agente penitenciária mal-amada não permitiu, e tive que jogar tudo fora. Era frustrante quando isso acontecia, porque não tinha um padrão do que podia ou não entrar; ia da interpretação e da boa vontade do guarda que estivesse lá no momento. Quando eles eram questionados, eram extremamente grossos, com um tom de autoridade que não combinava com a função deles, afinal, eram apenas prestadores de serviço, e não a nova ordem mundial.

Os seres humanos, pelo menos os mais infames, têm dessas coisas: quando ganham um pouco de autoridade para uma determinada função, sentem seus egos inflamados e, como na maioria das vezes não tiveram possibilidades de escolha na vida, usam dessa autoridade para diminuir e dificultar a vida dos outros, preenchendo uma necessidade de se sentir poderoso. Naquele caso, ficava óbvio que era um poder totalmente lúdico, já que, saindo dali, eram apenas assalariados que lutavam para pagar o aluguel, sofredores como nós que estávamos ali, na fila, carregando peso para levar comida e mantimentos às pessoas que amamos.

Naquele dia, o presídio estava lotado, pois haviam chegado presos transferidos de outro presídio que tinha fechado em

Niterói. Pude reparar em todos os policiais e carcereiros e identifiquei uns quatro possíveis aliados. Eles seriam os últimos a serem acionados e provavelmente os mais caros.

Segui para encontrar o Rubens, e, como aquele dia estava muito movimentado, só tínhamos uma hora para ficar no ratão, e isso não era nada, porque o tempo voava quando estávamos a sós.

Passamos o restante do tempo da visita no pátio. Ele estava reclamando dos gastos, que eu deveria economizar mais, e na minha cabeça eu pensava: economizar como? Depois de muito conversar, a solução que o Rubens encontrou foi diminuir o número de visitas. Ele queria que eu fosse apenas aos dias de ratão; eu, por outro lado, só tinha dois dias da semana para ver a pessoa com quem estava acostumada a acordar e dormir todos os dias e não queria deixar de ir vê-lo. Mas, naquele momento, foi bom pra mim, já que eu realmente teria que perder uma visita para ir à Alemanha.

O único problema era que o dia que eu teria que perder era justamente o dia do ratão. Eu teria que inventar uma desculpa muito convincente para o Rubens aceitar perder um dia desses comigo, e aquele pensamento ficou martelando na minha cabeça até eu sair de lá. Acho que ele percebeu, mas, na ânsia de pensar em formas de economizar, não me perguntou nada, nem sobre o plano de fuga. Talvez tenha pensado que eu tinha desistido ou que não me sentiria bem de contar que nada mudou... Ainda bem que foi assim, e agradeci a Deus por isso, porque eu ainda não sabia o que fazer.

CAPÍTULO 72

A MALA

Faltavam três dias para a minha viagem. Fui ao apartamento do meu amigo, a "base". Não morava ninguém lá; servia só para guardar as drogas e fazer as negociações. Caras espertos não levam trabalho pra casa.

Minha mala estava sendo preparada. Eles a descosturavam minuciosamente e costuravam de novo, já com a mercadoria no fundo. A costura era tão bem feita que não daria para perceber que tinha sido alterada. Isso me tranquilizou, e eu fiquei surpresa, porque era um trabalho manual de outro mundo feito por jovens, e não por costureiras profissionais. Se não tivesse cachorro no aeroporto, eles não teriam como encontrar nada, a não ser que cortassem a mala, e acho que a polícia não saía por aí cortando todas as malas no aeroporto. Seria muita falta de sorte se quisessem rasgar logo a minha, e os meninos me garantiram que, pelo fato da droga ser embalada em papel carbono, ela não apareceria no raio-x.

A droga ficava invisível contra o fundo negro, e o método de indexação não registrava nada que indicasse sua presença ali. Ouvi dizer que até explosivos e armas conseguiam ser escondidos assim. Ao saber disso, me senti insegura em relação ao mundo, pois percebi que existem muitas falhas nos sistemas de segurança. Você até pode dizer que as drogas também matam, mas matam pessoas que estão conscientes dos riscos ou que, mesmo que não estejam conscientes por conta da desinformação, sabem que estão consumindo por livre e espontânea vontade. Já explosivos e armas matam pessoas que não procuraram por aquilo. Matam vítimas reais que estão vivendo suas vidas felizes, e de repente um lunático resolve atirar a esmo, como já aconteceu diversas vezes no mundo.

Quero dizer que eu não estava sendo letal; estava levando cocaína para quem quisesse cheirar. Se a comercialização das drogas fosse legalizada, esses usuários estariam comprando em seus próprios países, as autoridades dedicariam mais tempo na preservação da vida, e eu teria que arrumar outra coisa para ganhar dinheiro.

Em 2018, só no aeroporto de Guarulhos, registrou-se uma movimentação de 42 milhões de passageiros, e, nesse mesmo ano, 1.879 kg de droga foram apreendidos. Ao todo, 292 pessoas foram presas por tráfico — desses, 130 eram brasileiros. Cerca de dez brasileiros eram presos por mês apenas naquele aeroporto. Esses eram os que tinham dado azar, e agora eu podia garantir com propriedade que, nesse mesmo aeroporto, passou muita droga naquele ano, muito mais do que a quantidade apreendida. A repressão não diminui a vontade dos usuários, e o lucro que poderia alavancar o PIB vai todo para o mercado ilícito. As pessoas que deram azar e foram presas são a parte mais irrelevante da cadeia alimentar do tráfico.

CAPÍTULO 73

O TESTE

Eu precisava testar a qualidade da cocaína. Se não fosse a esperada pelo pagador, o negócio estaria arruinado.

— Quero conferir a mercadoria que vou levar.

— Você tá ofendendo a gente — disse o cara que estava costurando a mala.

— Caguei pro que você pensa.

Ele largou a mala, e me preparei para o teste. A cocaína precisava virar e pra isso tinha que atingir 90% ou mais de pureza. "Virar" é se tornar pedra, ou o famoso crack.

Para o teste mais comum, colocávamos 1 grama de cocaína numa colher e encharcávamos de amônia até ela se dissolver. Depois, esquentávamos a colher no fogão, e a amônia borbulhava e evaporava. Quando não tivesse mais líquido, sobrava o crack. Pesávamos a pedra na balança de precisão, e o número que batesse era a porcentagem de pureza. Normalmente batia entre 92% e 94%, e era isso que eu esperava.

Fizemos o processo, e a balança de precisão acusou 95%.

— E então? Passamos no controle de qualidade da patroa?

— Fala menos e trabalha mais. Quero a mala pronta logo.

Saí do apartamento por cima, com a última palavra dada. No fundo, eu estava feliz: 95% era um número muito bom e certamente fidelizaria meus clientes.

CAPÍTULO 74

VISITA ANTES DA VIAGEM

Meus sogros foram visitar o Rubens naquele dia. Era a primeira vez que eles iam visitar o filho nos três meses em que ele estava preso. Chovia bastante em Bangu, a minha sacola estava abarrotada, e dessa vez tive que levar dois refrigerantes pequenos — normalmente levava um, que era o permitido. Lá na porta, pedi para entrarem com o segundo e um saco de pipoca. Fui com um casaco para deixar para ele. Estava frio, e não coloquei o casaco no correio, porque não era permitido, obviamente, mas, como a rotatividade de pessoas era grande, eu estava contando que não fossem reparar, e realmente não perceberam. Comprei capas de chuva na porta para nós quatro — uma para o benzinho também, para ele poder andar lá dentro sem se molhar.

Ele se emocionou ao ver os pais — não a ponto de chorar —, e eu podia sentir a emoção nos olhos dele. Sobre lágrimas, bem, era raro vê-las cair dos olhos de Rubens. Os pais dele elogiaram muito a minha comida e o carinho que eu tinha por ele. Àquela altura, eu já me sentia uma supermulher: cuidava da casa, dos cachorros, fazia quilos de comida, carregava peso, ia por uma longa caminhada até o presídio e ainda estava prestes a viajar para trazer mais dinheiro para a nossa família nada normal, mas que não deixava de ser uma família.

A mãe dele era hipocondríaca e gostava de se fazer de vítima. O Rubens sempre se afetava com isso, e a situação me deixava irritada. Acho que ela deveria levar paz, e não problemas, para o filho. E eles ainda gostavam de se colocar em uma posição de pobres coitados, o que nem de longe era verdade. Passei aquele dia me segurando para não dizer umas verdades pra eles, mas, pelo bem do Rubens, me contive.

Cheguei em casa e já comecei a separar o que ia levar para viajar. O bom do fundo falso é que não se desperdiça espaço na bagagem. Naquele momento me deu um frio na barriga... Se alguma coisa acontecesse comigo, o meu benzinho jamais iria me perdoar. Não que ele fosse um santo, mas isso poderia prejudicá-lo, mesmo não estando envolvido em nada. Como eu era mulher dele, caso eu fosse presa, poderiam achar que eu estava trabalhando pra ele, o que seria mais um agravante adicionado ao processo. Então eu já não corria um risco só por mim, mas minha ganância e eu não podíamos esperar por uma solução mágica: eu tinha que fazer alguma coisa, e esse era o único jeito de garantir que teríamos dinheiro para nos manter vivos e financiar a fuga dele. Eu precisava levantar muito dinheiro se quisesse realmente tirar o Rubens do presídio de forma limpa, sem mortes ou sem riscos dele ser recapturado.

Meu plano era muito arriscado. Eu levaria muito tempo para juntar todo aquele dinheiro e comecei a pensar em um plano alternativo, algo mais barato, mas que fosse tão eficiente quanto o primeiro. Minha cabeça fervia, mas, depois de tantas visitas e de observar todos os detalhes, eu tinha uma saída.

Menos segura, menos limpa, mais arriscada, mas que ainda assim era uma forma de tirá-lo de lá sem que ninguém percebesse.

Larguei o que estava fazendo e fui admirar meu quadro com o desenho da fuga. Eu tinha opções e ainda não sabia ao certo qual delas usaria para que ele saísse de lá. Qualquer uma seria eficaz; eu só precisava avaliar o momento. Talvez tivesse que mudar tudo em cima da hora... A tensão toda com o planejamento da fuga e a falta de dinheiro me deixava irada.

Aproveitei para colar mais uma etapa da minha estratégia: a coleta de lixo e, claro, a pessoa que cuidava disso. Esse era o cara que eu poderia acionar caso alguma coisa desse errado. Eu estava trabalhando com três opções de fuga no mesmo movimento e talvez tivesse que improvisar na hora, mas o importante era garantir que teríamos outras rotas. Não tinha como o plano sair do controle.

Eu estava exausta mental e emocionalmente. Planejar tudo, conseguir dinheiro, manter as visitas, cuidar dele no presídio, cuidar de mim... Suspirei e olhei novamente para a mala. Por hora, eu deveria focar na minha viagem, e só nisso.

A viagem só não poderia dar errado. Eu não tinha espaço para erro. Errar me acarretaria muitos transtornos que eu jamais poderia contornar, e eu não tinha controle, não era como uma prova, não bastava estudar. Tinha sempre o fator sorte, e eu já não sabia se ela estaria ao meu lado.

CAPÍTULO 75

TENSÃO PRÉ-VIAGEM

Passei a noite olhando para a minha mala, pensando em como seria a viagem. Mesmo vazia, pesava, obviamente, porque tinha 6 kg quilos acoplados. Pensei em mil possibilidades de acerto e de erro, mas, no caso de erro, não tinha muita saída. Pensei em dizer que a minha mala tinha sido trocada, mas, com meus pertences lá dentro, essa desculpa não colaria. Então tive uma ideia: falar que comprei a mala em uma feira de usados, então não tinha como saber que ela tinha um fundo recheado de drogas. Claro que essa desculpa também seria difícil de colar, mas eu tinha pouco tempo para pensar em algo melhor, e isso já me ajudaria até um advogado chegar.

Ao mesmo tempo, eu queria controlar esses pensamentos negativos e me imaginei tomando um chocolate quente na Alemanha. Foi aí que me dei conta de que precisava de referências positivas sobre o país. Liguei o computador e comecei a pesquisar sobre ele. Fiquei viajando nas paisagens. Estava ansiosa para chegar e entregar aquela mala, pegar meu dinheiro e poder curtir o lugar.

Fui para o aeroporto ainda tensa, mas precisava disfarçar, para não dar bandeira. Cheguei e fui direto ao *check-in*.

— A senhora está levando alguma substância ilícita na bolsa?

A pergunta da balconista era de praxe, mas eu tremi por dentro. A minha sorte era que papai sempre me ensinou a sair de situações como aquela fingindo ser outra pessoa. Busquei dentro de mim a minha melhor versão de mulher fria, fiz uma bela cara de paisagem e respondi que não. Aí veio o momento de pesar a mala. Quando olhei a balança, pensei: ferrou.

O peso tinha excedido o limite permitido, que era 32 kg, e a minha mala estava batendo 37. Acho que exagerei nas roupas para ficar só cinco dias. Teoricamente, não era nada tão anormal, afinal, casaco pesa. Repeti isso em voz alta, e a balconista, muito simpática, concordou. Ela não fazia ideia do que tinha ali dentro, mas tudo bem. Paguei pelo peso extra e acabei demorando mais do que eu queria para fazer o *check-in*, tentando disfarçar meu nervosismo.

Parecia que, para cada lado que eu olhava, tinha um policial. Eu me lembrava daqueles programas que passavam na TV de pessoas com atitudes suspeitas sendo abordadas no aeroporto. Bom, eu era uma suspeita tentando disfarçar minhas atitudes suspeitas, e isso era um trabalho de autocontrole fantástico: eu tinha que ter treinado antes, mas não tinha teste para aquilo; era ao vivo, e havia apenas uma chance. Mais uma vez agradeci ao Carcamano pelas dicas ao longo da vida e até cheguei a sentir saudades dele.

Respirei fundo e fui caminhando logo para o portão de embarque. Na hora de passar pelo raio-x, a máquina apitou. Imediatamente o segurança do aeroporto se aproximou, e eu gelei. O que podia ter acontecido?

CAPÍTULO 76

RAIO-X

Tudo naquele dia parecia me colocar em evidência. Pensei rapidamente e então me liguei: eu tinha esquecido de tirar o cinto. Cinto maldito! E eu nem precisava dele, era só um enfeite. Sorri, e o guarda passou o detector de metal, para avaliar se era apenas o cinto.

Finalmente passei e respirei aliviada. Fiquei no saguão, esperando meu voo, fiz um lanche e tentei comer com calma, para não parecer suspeita. Era tão difícil... Acho que, mesmo sem ter nada de errado, eu tinha atitudes suspeitas. Sou naturalmente ansiosa, e minhas pernas tremiam, eu comia rápido demais, andava de um lado para o outro, reparava em tudo. Mas eu tinha que me controlar para não ser eu mesma. Nada poderia dar errado.

O embarque começou, e, minutos depois, eu finalmente estava sentada no avião. Respirei aliviada. A primeira parte estava concluída. Se eu tinha embarcado, minha mala também tinha. Agora tinha mais algumas horas dentro daquele avião até chegar ao meu destino final. Eu já tinha me preparado para isso: baixei minha playlist favorita e comprei uns remédios para dormir e chocolate para conter o nervosismo.

O avião decolou, e foi mais um alívio. Naquele momento eu ouvia *Até o infinito*, da Flora Matos. O trecho da música que diz "disposição de formiga, e meu foco é como de um trem" me tocou. A frase descrevia o que eu estava vivendo naquele momento.

Para ganhar a vida, precisamos de disposição, foco e, claro, a tão desejada sorte. Foco e disposição eu tinha garantidos, porque, desde pequena, tinha aprendido a fazer por mim. Algumas pessoas poderiam julgar minhas ações como atitudes de um homem, porque sou correta e cobro muito que as pessoas também ajam de maneira correta comigo. Tudo bem, às vezes sou rígida na minha cobrança, mas é que cresci tendo que engolir o choro. Papai era rígido comigo; mesmo quando eu era bem pequena, ele já colocava o dedo na minha cara e dizia que não me criava para ser fraca nem frágil. Eu poderia até me quebrar, mas teria que me recompor para cortar o que me quebrou.

Sempre me considerei forte, até mesmo nas minhas fraquezas. E eu estava me recompondo para cortar o que tinha me quebrado: o sistema. Não se tratava só do dinheiro, mas de uma revolta contra tudo, porque eu já não enxergava mais o mundo com as vendas da hipocrisia; eu estava enxergando as falhas e a falta de ética que imperavam na sociedade e usava atalhos e artimanhas — assim como o sistema — ao meu favor.

A verdade é que o mundo é uma selva disfarçada de civilização, e é cada um por si. Eu estava ali por mim, pela minha família, com motivos totalmente egoístas, sim, mas o mundo é egoísta. As diferenças sociais são provas disso. Não estou defendendo um governo socialista, na verdade, também sou contra esse tipo de governo. Estou defendendo uma nova tese mundial — que não vai ser criada por mim, porque não tenho cabeça pra isso —, que deveria ser repensada por todos que estão fora da bolha desse moralismo insano que faz de nós uma sociedade doente.

Enfim, segui no meu voo, pensando e refletindo sobre o meu momento, sobre a sociedade, sobre como precisamos fazer coisas que jamais imaginamos em nome da família ou de um grande amor. Dormi, acordei, comi chocolate, comi a comida oferecida no avião, bebi um vinho, dormi de novo... e já sentia dores nas pernas.

Cheguei à conclusão de que pessoas claustrofóbicas não deveriam viajar de avião, ou pelo menos não de classe econômica. Era tão diferente viajar de primeira classe que pela primeira vez achei insuportável o tempo de voo. Não parecia chegar nunca, e tudo o que eu queria era entregar aquela mala logo e voltar para casa com o meu dinheiro.

CAPÍTULO 77

FRANKFURT

Finalmente cheguei linda e plena — bem, não tão linda nem tão plena depois de onze horas de voo. Na real cheguei um bagaço. Meu cabelo e minha pele estavam oleosos, e tudo o que eu queria era um banho. Mas eu estava em campo e ainda tinha que passar por muita coisa.

Quando cheguei à imigração em Frankfurt, uma moça loira me chamou para fazer a entrevista. Minha sorte foi ter pesquisado na internet sobre os pontos turísticos em Berlim. Eu estava com aqueles nomes bizarros bem decorados, afinal, estava indo para a capital "a turismo", então queria conhecer o Portão de Brandemburgo, o Palácio do Rei Reichstag...

As perguntas foram bem triviais:

— Quantos dias você vai ficar no país? Quanto trouxe de dinheiro? Trabalha com o que no Brasil?

Essa última me pegou, porque eu não tinha emprego fixo. Disse que promovia eventos. Acho que não pegou bem, mas foi a única coisa que me veio à cabeça que não teria como comprovar a renda. Ela me olhou por alguns instantes, e entendi o que ela estava pensando: que eu iria me prostituir no país dela. Só me faltava isso, não conseguir entrar no país com a mercadoria.

Se ela encrencasse comigo, eu teria corrido risco à toa. Ela me perguntou se eu tinha intenção de trabalhar lá, e fui enfática em dizer que não. Mal sabia ela que, sim, eu estava lá a trabalho. Mais alguns instantes de angústia até que ela me liberou. Eu estava na Europa, e faltava pouco mais de duas horas até chegar a Berlim e pegar meu equipamento.

Embarquei rumo à capital e, quando o avião pousou, corri para pegar a mala. Nesse momento meu estômago deu cambalhotas, e as borboletas na minha barriga se transformaram em morcegos que bebiam meu sangue de dentro pra fora.

Parei de frente para a esteira e conferi o número do meu voo. As malas começaram a chegar, e, em minutos, tinha várias na esteira. Fiquei esperando a minha mala azul-caneta, torcendo para que não tivesse sido extraviada — e isso acontecia nos melhores aeroportos do mundo.

Tentei manter o pensamento positivo, e finalmente ela veio. Olhei para todos os lados, tentando ver se tinha alguém vigiando a mim ou a mala. Fiquei pensando muito antes de pegar, mas ela já estava bem próxima, então a agarrei e coloquei no carrinho. Tentei sair rápido, mas duas das rodas estavam quebradas. Forcei um pouco e então senti uma mão tocar o meu ombro. Me arrepiei do dedão do pé ao último fio de cabelo e pensei que tinha rodado bonito na terra do chucrute.

CAPÍTULO 78

BERLIM

Fiquei paralisada. Alguém apertou meu ombro e disse:

— *Kann ich dir helfen?*

A voz grossa e firme não me deixou dúvidas. Me virei lentamente e me deparei com um guarda que me olhava de forma séria. Apesar de ser poliglota, eu não entendia alemão. Ele me olhou e perguntou novamente, dessa vez em inglês:

— *May I help you?*[1]

Então respirei aliviada. Além de me oferecer ajuda, ele já tinha trazido um carrinho novo pra mim, e só então reparei como aquele homem era lindo. Certamente teríamos filhos lindos se eu fosse solteira e se ele não fosse gay. Agradeci sem jeito e segui andando, fazendo a egípcia — uma egípcia sem chapinha, mas minha cara era uma máscara perfeita.

Eu já estava dentro do táxi e mal acreditava que tinha saído do aeroporto com aquela mala. Eu estava em Berlim com 6 kg de cocaína. Óbvio que o risco não tinha acabado lá, mas, na minha cabeça, a pior parte tinha passado. Eu tinha atravessado o Oceano Atlântico com 6 kg de cocaína, porra! Eu não me sentia uma mula, eu me sentia foda. Me sentia uma megabandida de

1 "Posso te ajudar?", em inglês.

sorte e agradecia muito a Deus. Apertava meu terço nas mãos, o que ganhei da nonna quando ela ainda era viva e que levava sempre comigo.

As ruas eram lindas e, a caminho do hotel, fui tomada por um sentimento de felicidade que não sentia há muito tempo... Eu me sentia dona de mim.

Meu hotel estava longe de ser cinco estrelas — na real provavelmente não tinha estrela alguma. Ficava em um bairro mais afastado, e comecei a ficar com medo de novo. Será que o contato que eu ia encontrar me pagaria? Será que ele levaria o próprio equipamento, conforme combinamos? Não contratei o doleiro, então precisava ficar com o meu equipamento, para que eu pudesse voltar para o Brasil com o dinheiro. Eu me fazia essas perguntas o tempo todo, afinal, teve casos em que as mulas foram roubadas, e isso me geraria grandes problemas. O material que estava comigo valia muito e era todo o meu investimento. E se ele não levasse o equipamento dele, como eu levaria o meu dinheiro para o Brasil?

Eu não conseguia relaxar, então pensei em tomar uma ducha, para ver se me ajudava a me acalmar. Realmente não dava para tomar banho frio lá, então fui de banho quente, mesmo com o aquecedor do quarto ligado. A água quente batia no meu corpo, mas o meu queixo tremia, não sei se de frio ou de nervoso. Eu estava na Alemanha, sozinha, com 6 kg de cocaína no meu quarto, em um bairro que parecia uma favela, esperando um homem desconhecido. Comecei a pensar no *CSI Miami* — óbvio que eu não estava em Miami, mas nunca tinha assistido a nenhum programa alemão, então foi a minha referência. E se me esquartejassem ali ou roubassem as minhas drogas? Meu pai me ensinou a atirar quando eu era criança, mas eu não tinha uma arma.

E sou pequena e magra para desarmar um homem, a não ser que ele fosse um homem pequeno e magro também, o que ali era raridade: todo mundo era enorme, e eu me sentia uma formiga.

Enquanto secava o cabelo, escutei três batidas fortes na porta. "É ele, só pode ser ele, não pedi serviço de quarto", pensei, já que não tinha olho mágico. Caminhei lentamente até a porta e colei o ouvido nela. Queria tentar escutar alguma coisa, qualquer coisa que me desse um pouquinho de tranquilidade naquele momento. Então veio uma batida ainda mais forte, e quase caí no chão de susto. Morrendo de medo, respondi apressada:

— *Just a moment, please!*[2]

Corri para me arrumar antes que derrubassem a porta. Passei a mão no meu terço, enfiei ele no bolso do casaco e finalmente abri a porta.

2 "Só um minuto, por favor", em inglês.

CAPÍTULO 79

ALÍVIO

Olhei bem para a figura que estava de frente para mim, sem acreditar. Era um senhor esguio, de óculos quadrados e boina. Custei a entender que ele seria o meu contato, afinal, aquele homem poderia ser o nonno. Na mão direita, ele trazia o seu equipamento, exatamente como tínhamos combinado. Confesso que foi um alívio, porque ele não conseguiria me esquartejar. No máximo, com muita dificuldade, levaria os 6 kg naquela mala.

Voltei à realidade e então o deixei entrar no quarto. Ele foi bem-educado comigo e muito profissional. Falamos pouco em inglês, e então ele conferiu a mercadoria, me deu o dinheiro, retirou a cocaína do meu equipamento, colocou no dele e foi embora com a agilidade de um lince. Seu melhor disfarce, sem dúvida, era a aparência idosa.

Mais uma vez respirei aliviada. O negócio estava feito, e eu estava livre para voltar para casa. Arrumei meu dinheiro no equipamento e me senti até mais leve.

Deitei e peguei pesado no sono; eu não dormia daquele jeito há muito tempo. Só acordei cerca de dez horas depois, com mil mensagens no celular. Já eram 9 horas da noite, e ainda estava claro. Tinha um monte de mensagens do Rubens, intrigado porque eu estava tanto tempo sem dar notícias. Minha desculpa não colou, e ele ficou bem chateado. Eu disse que tinha esquecido o celular em casa e ido ao mercado e à academia, mas fiquei quase um dia todo sem falar com ele. E confesso: a diferença de fuso horário me confundiu.

Bem, eu ainda tinha três dias lá. Estava em outro país, mas não podia tirar fotos — quer dizer, até poderia, mas teria que escondê-las. A comida era muito gostosa, tinha umas batatinhas com um tempero especial indescritível. No frio e sozinha, eu só pensava em comer, e, por sorte, a comida era barata.

Eu queria muito fumar um baseado e, andando pelas ruas, achei uns nigerianos que vendiam. Comprei um pouco de haxixe, comprei também um casaco quentinho na cor laranja em uma loja modesta na rua e voltei para o meu quarto.

Eu, meus euros, meu haxixe europeu e meu casaco. Aquele dia fumei com um prazer que não sentia há tempos. Primeiro porque o haxixe era muito melhor que o do Brasil; depois, porque minha primeira missão na Europa tinha sido um sucesso, e eu voltaria para casa com um bom dinheiro para concluir meus planos.

Eu tinha pagado pelo meu equipamento pronto, já com os 6 kg acoplados, 144 mil reais, e os custos da minha viagem com acomodação, passagem e alimentação somavam mais 10 mil. Vendi a mercadoria por 150 mil euros. Só nessa viagem obtive lucro líquido de cerca de 450 mil reais.

Eu precisava de mais viagens, mas seria difícil me ausentar de novo sem que o Rubens soubesse.

CAPÍTULO 80

DE VOLTA AO BRASIL

Voltei para o Brasil e cheguei aqui às 11 da noite. Tinha que preparar a comida, mesmo estando quebrada, porque no dia seguinte teria que estar no presídio antes das 7 da manhã, com tudo organizado. Ainda bem que era dia de ratão, então eu poderia descansar.

Entrei com a senha e nesse dia quase corri para chegar rápido. Eu estava com mais saudades do que antes. O Rubens não sabia, mas eu tinha ido para outro país nos dias anteriores, tinha me arriscado, arriscado a nossa família, e agora já tinha boa parte do dinheiro para tirar ele dali. Apertei tanto ele, não queria soltar... Lá era o meu real conforto, naquela cela, naqueles braços. Nós nem transamos, porque acabei dormindo. Fiquei três horas lá, dormindo nos braços dele, enquanto ele acariciava o meu cabelo. Intimidade não tem relação apenas com sexo, mas também com se sentir confortável em estar com aquela pessoa que se ama. Eu também estava com saudades dos meus cachorros, então fui do presídio direto para a casa da Clara, para buscá-los. É surreal a alegria que esses seres trazem pra gente.

Passei dois dias sem falar com o Rubens. Não costumávamos ficar tanto tempo distantes. Liguei para o advogado, mas ele também não sabia me dizer o que estava acontecendo. Aí já imaginei que Rubens tinha perdido o celular em algum tipo de revista.

No terceiro dia ele entrou em contato através de um telefone emprestado. Disse que estava bem, mas pela voz eu sabia que não. Pediu para eu mudar a senha do perfil dele, porque tinha deixado logado no celular perdido, e o aparelho que estava usando emprestado não dava acesso às redes sociais para que ele pudesse fazer isso. Na verdade, disse que perdeu os dois celulares: um que era usado apenas para rotear a internet e o que de fato ele usava.

Então eu estava novamente diante das redes sociais do Rubens e, ao passar o olho rapidamente, percebi que ia dar merda de novo.

CAPÍTULO 81

NOVA DECEPÇÃO

O que ferrou a minha vida com o Rubens foi a propensão dele a sempre buscar novos flertes nas redes sociais. Assim como eu, Rubens também mantinha uma vida virtual, sem postar, apenas para acompanhar a vida dos amigos, pelo menos era o que ele dizia.

A verdade era outra, como descobri ao acessar sua conta. Ele estava flertando com outras mulheres no universo virtual. Enquanto eu literalmente estava indo ao inferno para ajudá-lo, essa atitude me veio como uma puta de uma ingratidão.

Para minha sorte, a maturidade que adquiri não me permitia mais sofrer por algo que estivesse fora do meu controle, e eu tinha zero controle sobre o desvio de caráter de Rubens.

Traição não se limita a beijar ou transar; ele traiu minha confiança ao fazer algo sabendo que me magoaria. E cobiçar outras mulheres tanto no mundo virtual quanto no real era a mesma coisa. Ele já deveria ter abandonado esse hábito de solteiro, que não condizia em nada com o discurso de quem dizia querer reconquistar minha confiança.

Mas essa vacilada dele veio em um momento oportuno. Eu precisava me ausentar por um tempo para dar andamento às vendas de cocaína na Europa, e essa ausência seria justificada como a colheita dos frutos podres que ele havia plantado.

Não adiantava brigar com ele novamente pelo que vi em seu celular. Ele teria que sentir o peso das consequências de sua postura infantil e desonrosa.

Fui direto ao ponto:

— Sua imaturidade me cansa, e eu preciso de um tempo para digerir essa situação. Respeita a minha decisão. Em breve eu volto.

E fim de papo.

Ele ainda tentou articular argumentos com subterfúgios banais, mas dessa vez não encontrou espaço. Rubens estava longe de ser um príncipe encantado; contudo, era o homem que eu tinha escolhido para amar. Mesmo não sendo uma tarefa fácil, optei por mantê-lo ao meu lado. Ter consciência da minha culpa pela minha própria frustração me aborrecia mais do que as atitudes dele.

Nos momentos de estresse, percebia em mim os traços de personalidade do meu pai. Preciso admitir que sentia muita saudade do meu Carcamano. Pensar nele me trouxe alívio naquele momento, pois me transportou para outras memórias.

CAPÍTULO 82

LEMBRANÇAS DE PAPAI

Quando eu tinha uns 12 anos, os meus pais se separaram por um período, e eu fiquei morando com a nonna. Sempre fui uma criança quieta; minha mãe dizia que por vezes esquecia que eu estava por perto de tão quieta que eu era, mas, quando fui morar com a minha avó, acho que me senti abandonada e tive conflitos com ela.

Fiquei sem ver os meus pais por alguns meses, até que um dia papai apareceu, e a minha avó contou a ele algumas desobediências minhas — coisas normais de criança. Quando cheguei à casa nova do meu pai, ele me trancou no banheiro sem dizer uma palavra e tirou a lâmpada, para que eu ficasse no escuro. Minha primeira reação foi chorar, e, normalmente, quando eu chorava, ele me impedia, mas dessa vez ele me deixou ali, naquele banheiro frio e escuro, sozinha. Não faço ideia de quanto tempo fiquei ali, mas foi tempo suficiente para perceber que chorar não iria me ajudar, então sentei no chão do boxe e fiquei com medo — quando somos crianças, o mundo não faz sentido, mas meu pai desde cedo quis mostrar esse sentido pra mim, do jeito dele.

Quando ele abriu a porta, não senti vontade de abraçá-lo. Foi a primeira vez que senti raiva, e ele olhou no fundo dos meus olhos e me disse:

— O que você tem de mais valioso é a sua família, porque, sem ela, a sua vida é como esse banheiro escuro. Você não precisa amar a sua família, mas precisa respeitar e honrar o seu sangue.

Eu ouvia o papai calada e furiosa. Depois de me observar por algum tempo, ele permitiu que eu explorasse a casa, e, para minha surpresa, mamãe chegou pouco depois. Eles tinham se entendido, e eu nunca contei sobre isso a ela.

Vicenzo era um homem duro e, por mais que usasse formas nada tradicionais para me fazer entender a vida, fez de mim uma mulher forte para suportá-la. Dali em diante, fiquei mais próxima dele, porque eu admirava sua força, sua postura. Meu pai me fazia sentir segura. Minha mãe era o oposto: era puro coração, me abraçava e me enchia de beijos. Me lembro dela animada, falando "chuva de beijos!" e me enchendo de beijinhos. Mamãe era um anjo, mas, por sorte ou destino, os filhos se parecem demais com os pais: papai e eu, Túlio e mamãe. Sempre foi assim e sempre será.

Túlio e eu estudamos nas melhores escolas da cidade e tivemos tutoras durante quase toda a infância. Meu pai sempre viajou muito para resolver questões dos negócios de armas, mas frequentemente trazia o trabalho para casa, mesmo depois de fechar o Bunker M. Cresci vendo muitas armas; meu pai gostava de me ter por perto porque acreditava que criança trazia sorte.

Meu pai me ensinou a manusear armas desde que eu era muito nova. Com 10 anos, dei meu primeiro tiro sob a supervisão dele.

Ele era apaixonado por armas. Era um hobby nosso sair para atirar, mesmo depois dele ter encerrado suas atividades no comércio ilegal.

Na minha adolescência, meu pai já tinha vestido o personagem que encarnava até aquele momento. Acabou por se distanciar de mim e do Túlio — ele sacou logo que o Túlio era gay e ficou muito frustrado. Se fechou para a relação com os filhos. Isso me deixou revoltada, e eu, mesmo que inconscientemente, comecei a aprontar muito.

Numa noite, depois de voltar de uma rave em algum sítio distante em Vargem Grande, cheguei em casa silenciosamente, toda molhada, porque estava chovendo muito. Coloquei meu pijama e já me preparava para dormir quando papai entrou no quarto, revoltado. Ele não aceitava que eu, ainda menor, saísse sem dizer para onde iria e voltasse a hora que quisesse. Como caguei para o que ele falava, ele me arrastou da cama e me colocou no quintal, debaixo da chuva. Disse que era pra eu refletir sobre os meus atos e que eu só sairia de lá depois de me comprometer a mudar as minhas atitudes.

— Você não pode sair daí nem pra usar o banheiro! — esbravejou. Depois se sentou na varanda e ficou me assistindo tomar chuva, puta da vida, naquela madrugada fria.

Ele ficou lá para se certificar de que eu não sairia. Mamãe e Túlio ouviram os gritos e desceram, mas não fizeram nada. Ela tentou argumentar com ele, mas ele a ignorou. Percebi que ela chorou, mas calada. Ela não ia querer brigar com ele naquele momento.

Essa foi uma das muitas vezes que senti raiva dele, mas naquele dia percebi que a raiva me dava força e aprendi a gostar dela.

Minha mãe era viciada em gatos: tínhamos sete em casa, e, um dia, uma de nossas gatas foi seriamente ferida; chegou em casa com a cara em carne viva. Meu pai não estava, então fui com minha mãe correndo ao veterinário, e, por mais que tivéssemos investido todos os recursos possíveis, não conseguimos salvar a visão da gata, que então ficou cega de um olho por conta de uma grave queimadura. O veterinário explicou que provavelmente alguém tinha jogado água quente, e a suspeita foi toda para cima do vizinho, que já tinha demonstrado seu desagrado com os passeios da gatinha no quintal dele, por conta das fezes. Minha mãe foi falar com ele, e o cara foi ríspido e arrogante. Ele fez a única coisa que meu pai não admitia: desrespeitou a nossa família.

Semanas se passaram até meu pai voltar para casa. Os boatos rolavam, dizendo que o vizinho realmente tinha jogado água quente na nossa gata. Minha mãe esperou Vicenzo chegar para explicar o ocorrido, porque não queria preocupá-lo durante o período de trabalho.

Meu pai ficou indignado, e, uns dois dias depois, chegou a notícia de que nosso vizinho tinha sido assassinado. Meu pai nunca assumiu esse crime na nossa frente, mas não precisava: todos nós sabíamos o que ele tinha feito.

Papai sempre foi um homem muito forte, e eu sempre me espelhei nele. Na verdade, eu sempre quis conquistar o respeito dele, mas o Carcamano era duro na queda e, depois que encaretou, nós nos afastamos de vez. Mas eu sentia muita falta da sua força, ainda mais agora que já não tinha o tio Marco, nem o Túlio, nem o Rubens.

CAPÍTULO 83

CROÁCIA

Não estava nos meus planos viajar de novo em um período tão curto de tempo, até porque isso levanta suspeita nos aeroportos, mas eu não podia perder o momento. Agora eu tinha uma boa desculpa para me ausentar das visitas por tempo indeterminado, sem que o Rubens pudesse reclamar, já que ele tinha me magoado mais uma vez e sabia que tinha que respeitar o meu tempo. Como precisava do resto do dinheiro para poder colocar em prática o plano de fuga, comecei a organizar minha próxima viagem.

Dessa vez, consegui um pagador na Croácia e organizei tudo com mais facilidade do que da última vez. Levei 8 metros e cheguei à capital, Zagreb, num dia bem frio. Como a minha reunião estava agendada para o dia seguinte, aproveitei para dar uma volta pela capital. Deixei meu equipamento seguro no hotel e parti rumo a Ban Jelačić, praça central da cidade cujo nome homenageava o herói nacional que interveio na abolição da servidão. Se você olhasse o mapa da cidade, certamente veria que todas as estradas levam a essa praça, que estava na cidade baixa — Zagreb era dividida entre cidade alta e baixa. O lugar sempre foi um ponto de encontro, e dizem as lendas que as bruxas se reuniam ao redor da fonte Manduševac.

Andei por lá, observei bem as construções antigas do século XIX e fui para o Strossmeyer Promenade & Funicular. Nome bem esquisito, mas é só um teleférico pequeno que nos leva da cidade baixa para a cidade alta. Tem lugar para pouco mais de vinte pessoas e é uma das menores pistas de funiculares públicos do mundo: 66 metros, mas vale o passeio. Já na cidade alta, visitei a Torre Lotrščak, que foi construída no século XIII, e, já que era meio-dia, fiquei para ver o tiro de canhão, tradicional no lugar e que lembrava a vitória dos croatas contra os turcos.

Quando estava saindo da torre, tive a impressão de que estava sendo seguida, mas tentei desencanar. O lugar estava cheio de turistas, e eu não estava com nenhum flagrante, então precisava relaxar e curtir o meu passeio.

Logo adiante, vi a Igreja de São Marcos, um dos ícones do país, com seu lindo teto ornamentado por telhas coloridas que formavam figuras e o brasão medieval de armas da Croácia, da Dalmácia e da Eslovênia à esquerda e, à direita, o emblema de Zagreb.

Eu já estava cansada, então fui para a Rua Tkalčićeva, famosa por seus bares e sempre cheia nos dias quentes e nos finais de semana. Naquele dia não estava tão movimentada, mas ainda assim tinha muita gente. Entrei em um dos bares para comer alguma coisa, mas ainda estava com a sensação de que tinha alguém me observando. Não demorou muito para que eu comprovasse isso.

CAPÍTULO 84

FUTEBOL

Entrei no banheiro e fiquei atrás da porta. Quando a mulher que me seguia passou da soleira, tranquei a porta e puxei a faca que usei para cortar meu sanduíche. Dominei ela por trás e comecei a berrar em inglês:

— Quem é você?!

— Por favor, não faça nada comigo!

— Depende da sua resposta!

— Eu trabalho para o Milovan. Ele queria ter certeza de que podemos fazer negócios com você.

— Prove! — gritei e apertei ainda mais a faca contra o pescoço dela.

A mulher tremia de medo. Pegou o celular com dificuldade e me mostrou uma foto da negociação da mercadoria.

— Isso não prova nada!

Dei um tapa na mão da mulher, e o telefone voou longe. Gaguejando, ela disse a senha que eu havia combinado com ele:

— Futebol! Futebol!

— Diga a ele que, se quiser continuar fazendo negócios comigo, deve confiar em mim.

Abaixei a faca quando vi o espanto na cara da mulher. Ela levou as mãos ao pescoço e se olhou no espelho. Claro que o pescoço dela estava vermelho; ela era mais branca que leite.

— Desculpe se a ataquei com força.

A mulher me olhou horrorizada e saiu correndo. Eu ri dela, coitada. Era evidente que não tinha preparo para aquilo. Enfim, deixei o banheiro e voltei para o hotel. Me encontraria com o Milovan no dia seguinte, ali, na Rua Tkalčićeva. Eu estava passeando, mas também queria conhecer o território onde faria a troca da mala pelo meu dinheiro.

No dia seguinte encontrei com o cliente, que se desculpou pelo ocorrido e, para se redimir, aplicou 5% de juros sobre o valor total.

— Espero que com isso possamos manter nossa parceria.

— 15% seria mais apropriado, e quero uma parte da sua desculpa em espécie.

O homem concordou, fez uma ligação, e 15 minutos depois um motoqueiro trouxe um envelope.

— Você deveria treinar melhor os seus funcionários. Quase matei aquela mulher.

Passei a mala por baixo da mesa, e ele me passou um envelope com o comprovante do depósito. Instantes depois, o doleiro que contatei confirmou a transação por mensagem.

— Você paga a conta — disse e segui de cabeça erguida.

Fui para o hotel e, de lá, para o aeroporto. Eu estava feliz, porque meu lucro líquido tinha sido de quase 700 mil reais, contando com o pedido de desculpas do gringo. Além disso, estava orgulhosa pela minha postura em relação a ser seguida em Zagreb, mas ao mesmo tempo pensava muito nas traições do

Rubens, em tudo o que eu estava fazendo para tirar ele da prisão. Minha cabeça estava um caos.

Será que depois de tudo aquilo ele ia continuar me traindo? Será que todo o risco que eu estava correndo valeria a pena?

CAPÍTULO 85

PARIS

Cheguei ao aeroporto, e Rui, o doleiro, me mandou uma mensagem:

"Tem mais dinheiro do que deveria."

"Sim, mas está certo."

"Vou reajustar os valores e consigo te entregar na próxima semana. Tenho um cliente para enviar um valor parecido para Paris."

"Ah, Paris... Perfeito."

Dessa vez achei melhor encontrar um doleiro, porque era muito dinheiro para levar em um equipamento. O Quique tinha me falado do Rui quando estive na Alemanha, e decidi pagar para receber o dinheiro no Brasil.

Depois de responder ao Rui, fui ao banheiro. Me olhei no espelho e constatei que estava acabada. Meu rosto já não tinha mais o viço da juventude, então, se não começasse a me cuidar, não conseguiria chegar aos 40 anos mentindo a minha idade. Resolvi me permitir alguns momentos de prazer e, em vez de voltar para o Brasil, mudei a passagem e peguei um voo para a

França. Ia aproveitar para descansar, já que eu tinha dinheiro extra e estava brigada com o Rubens.

Ao chegar em Paris, fui direto para o Hôtel Plaza Athénée e cheguei me sentindo uma estrela. Fundado em 1913, o Plaza Athénée tem uma decoração bem parisiense e mantém o charme e a elegância característicos de seus cem anos de história, apesar da modernização recente. Sedas ficam espalhadas por janelas, poltronas e camas, inspiradas nos luxuosos ateliês de costura da cidade. Os espelhos e paredes dos banheiros são revestidos de mármore Calacata branco e cinza. Entre as suítes, destacam-se as chamadas Eiffel. Com estilo *art déco* predominante e móveis em ébano e mogno, todas têm uma vista maravilhosa para a maior estrela da França, a Torre Eiffel.

Fiquei na suíte Eiffel 888, onde os tons de lilás e cinza sobressaíam. Os sofás, também de veludo, eram bordados com fios de prata. Na janela da sala de estar, leves cortinas de linho e seda se abriam e revelavam a vista para a torre. E ainda dava para assistir as novelas do Brasil; eles tinham canais do mundo inteiro.

Além do espetáculo que o hotel é, ele ainda tem o melhor spa da Europa, e foi justamente por isso que o escolhi. Eu queria os serviços do maravilhoso Dior Institut, fundado em 2008, extensão de uma das marcas mais famosas do mundo. Christian Dior era apaixonado pelo hotel e sempre fotograva suas modelos lá, por isso esse foi o lugar escolhido para abrigar esse spa, que é um dos mais luxuosos do mundo.

Comprei tudo que podia carregar de produtos para pele e estava realmente dedicada a retardar meu envelhecimento. Resolvi me mimar, já que o Rubens não me presenteava há anos.

Como ele estava preso, eu nem poderia cobrar isso, afinal, ele não era um chefe do crime como outros no presídio.

Passei cinco dias incríveis na Cidade Luz e voltei para o Brasil revigorada. Assim que pousei, o Rui me ligou, e recebi o dinheiro necessário para colocar meu plano em ação.

CAPÍTULO 86

CONFUSÃO NA FILA DO PRESÍDIO

Quando voltei para o Brasil, o mês já tinha virado, e os dias da visita ao Rubens mudaram; passaram para as quintas e domingos, e mais de quatrocentos presos foram trazidos de Niterói para o presídio onde meu marido estava.

Depois de passar alguns dias em um spa de luxo, minha energia estava renovada. De fato, o autocuidado é o melhor investimento. Cheguei ao Brasil com muitas saudades do Rubens, e ele já tinha recebido o gelo necessário pela mancada que deu comigo.

Em consequência do aumento de presos, os visitantes aumentaram também. Para piorar, um dos guardas que ficava na revista das bolsas tinha faltado. Mesmo comprando a senha com a Berê, ainda tinha muita gente na minha frente. A política era chamar duas pessoas "normais" e uma preferencial. O meu número, já na ordem com os preferenciais, era o 54. Saí da fila da revista — nessa altura estava tudo tumultuado na porta, e, quando isso acontece, algumas espertinhas se jogam na frente, para furar fila —, e uma jovem entrou bem na minha frente, na maior cara de pau. Eu disse a ela que na minha frente ela não ia passar; ela resmungou e ficou ali, mas outras pessoas também começaram a reclamar, e ela acabou saindo. Estava acompanhada de uma senhora, mas, mesmo assim, se o meu número era o 54, e o dela, 200, mesmo sendo preferencial, ela estaria atrás de mim.

Esse dia foi cheio de pontos marcantes. Como estava muito cheio, para o funcionamento do ratão, tiveram que abrir outras celas além das que ficavam perto da igreja. Fui para a cela onde meu companheiro dormia, e para isso teríamos que passar por uma área onde não era permitida a presença de visitas. Então, tive que me disfarçar: vesti uma camisa branca dele, coloquei o cabelo por dentro de um boné e me misturei com mais seis presos até chegar à cela.

Por mais impressionante que pareça, tive a oportunidade de conhecer a cela onde meu marido dormia, mas não ficamos na cama dele, porque ela ficava no alto. Ele fechou com cobertas uma área onde tinha dois beliches, e naquele momento aquele espaço era todo nosso. Assistimos TV num aparelho que ele tinha comprado, na cama de baixo de um beliche ao lado da cama dele. Era tudo tão singelo que me partia o coração ver as condições em que ele vivia ali.

A saudade era grande e não tem sexo melhor do que o com saudade. Foi quente, e o sorriso safado dele estava fodendo com todo meu juízo. Para esquentar ainda mais, ele tinha conseguido comprar um lubrificante, o que ajudou em outras modalidades além da convencional.

Na hora de voltar para o pátio, precisei entrar em um tonel de água vazio e fui carregada por um grupo de detentos até uma área sem câmeras para poder voltar sem suspeitas para a área das visitas. Foi uma missão. E nesse dia não tinha nem lugar para sentar de tão cheio que estava por conta da transferência de presos.

Rubens conseguiu duas cadeiras, e sentamos perto da área das crianças. Outros presos o chamaram para conversar, e fiquei de longe, observando. Ele ouvia atentamente, olhava pra mim e abaixava a cabeça. Por fim, caminhou devagar, acho que pensando no que faria, e eu comecei a ficar aflita.

— Que merda aconteceu agora? — perguntei, já impaciente.

— Você arrumou confusão com a filha do Buda, o dono da favela da região aqui do presídio?

— Eu? Claro que não. Não sou maluca.

— Mas os caras ali me contaram isso. E agora vou ter que me entender com ele depois da visita.

Ele fez uma cara que era um misto de muito puto com desespero, porque ele tinha bom comportamento, estava fazendo tudo certo lá dentro e não queria se meter em confusão. Fiquei tentando pensar nos motivos da fofoca até que me lembrei: a vadia que queria furar fila era a tal filha do Buda, o dono de uma favela que tinha muito conceito dentro da prisão.

CAPÍTULO 87

A FILHA DO BUDA

Expliquei ao Rubens o que tinha acontecido e tenho certeza de que ele acreditava em mim, mas os outros não acreditariam, porque era a filha do Buda que estava me acusando. Como de fato ela estava errada, porque, mesmo sendo filha de alguém importante, ela não poderia furar fila, ela inventou que eu gritei e coloquei o dedo na cara da avó dela. As amigas dela, para ganhar pontos com o chefe e em busca de benefícios para seus maridos, corroboraram com a história — até porque eu sou diferente delas: as minhas atitudes, meu jeito e minha postura deixavam claro para todos que eu não era dali, que eu não era de favela, que tinha sido criada em bairro nobre e estudado nos melhores colégios da cidade, o que gerava inveja em muitas delas, não pelo que eu tinha, mas pelo que a vida tinha me proporcionado até aquele momento.

Já era hora de eu ir embora, e fiquei apreensiva pela conversa que teriam com meu marido. Rolava muita covardia, ainda mais quando se tratava da filha de alguém tão importante. A fila para sair estava enorme, e ainda tinha o percurso até a minha casa para pegar meu celular e ter alguma notícia do meu marido.

Ele disse que conversou com os caras e que mais de uma família me acusou de ter agido errado naquele dia. Meu histórico com meu marido também não ajudava — ele sabia que eu tinha alguns surtos de estresse, mas esse não tinha sido o caso. Naquele dia a única coisa diferente foi que a mulher queria entrar logo na minha frente.

Nada aconteceu com o Rubens, até porque ele também era conhecido, e as pessoas sabiam da índole e do caráter dele. Mesmo não acreditando em mim, não teve nenhuma retaliação. Ele foi enfático ao dizer que não era para eu me envolver em confusão nem dar motivo para fofocas de novo, porque, lá dentro, quem pagaria pelos meus erros seria ele.

Que vadia mentirosa! Me causou problemas por ser uma mimada que não conseguiu passar na minha frente, e o pai dela, óbvio, a defendeu. Se esse vínculo familiar acaba cegando até mesmo pessoas muito instruídas e que têm a cabeça no lugar, imagina para ele: a filha querida que o visitava fazendo reclamação de uma mulher que ele nem sabia quem era, e eu não tinha meios além do meu marido para me justificar.

Isso me sugou tanto naquele dia que creio ter ganhado até o meu primeiro cabelo branco. Eu me sentia mal, porque tinha saído como a descontrolada da história, e a outra, como santa. Mas quem errou foi ela e, além de errar, ainda inventou mentiras para tentar disfarçar o erro. Eu sentia tanta raiva que queria que ela fosse uma latinha, para poder atirar nela. Mas eu não podia fazer nada, só pedir desculpas ao meu marido e que ele também pedisse desculpas ao chefe, em meu nome.

Raiva e impotência descreviam bem o que eu sentia naquele momento. Eu só queria que meu marido saísse logo de lá. O andamento do processo estava acontecendo, e a audiência já tinha sido marcada para o mês seguinte. O advogado que trabalhava na defesa dizia que Rubens teria oportunidade de falar e tentar justificar o motivo de não ter voltado para cumprir o resto da pena. Até pensei em cobrar a oferta do juiz Nicolau, mas o processo acabou nas mãos de uma juíza, e achei melhor não mexer mais com ele. Se ele quisesse, poderia fazer da nossa vida um inferno ainda maior do que já era.

O Rubens esperava que a juíza fosse compreensiva com o fato de ele estar quase se formando em uma universidade e conceder o benefício de pelo menos sair para estudar e trabalhar, mas eu nunca acreditei no sistema e precisava continuar me virando para garantir as contas pagas e o mínimo de conforto para ele na cadeia. Agora, com essa situação da filha do traficante, eu tinha que agir.

Foi aí que tomei coragem e comecei a colocar o plano de fuga em ação. Eu tinha certeza de que os planos do Rubens com a audiência não dariam em nada, e não demorou muito para que a minha intuição se confirmasse: a juíza não cedeu, e Rubens teria que continuar preso. Nem mesmo os argumentos sobre ter estudado e ficado fora da vida do crime durante os anos em que moramos na Bahia fez com que a decisão fosse alterada.

Na saída do fórum, vi quando a juíza do caso se aproximou de Nicolau, que estava com o namorado a tiracolo. Eles riram bastante, e Nicolau olhou para mim antes de se virar teatralmente. Era óbvio que ele tinha feito alguma coisa para garantir que o Rubens não saísse da cadeia. Ele se aproveitou da situação e se vingou de mim. Minha vontade era voar na jugular dele ou dar um tiro no meio daquela testa. Mas, no fim das contas, isso era o mais provável de acontecer com ou sem a vingança de Nicolau.

Pelo menos ele não azedou a minha relação com o Túlio: meu irmão nunca soube de nada, ou, se soube, disfarçou muito bem. Mas, como o Túlio nunca foi de disfarçar nada, então eu tinha certeza de que Nicolau tinha ficado de boca fechada, e só isso já era bastante coisa. Eu não precisava ficar brigada com o meu irmão.

Mas, voltando ao Rubens, o único jeito de ele ganhar a liberdade era seguindo com o meu plano, e agora ele não tinha mais argumentos. Tinha chegado a hora de tirá-lo daquele presídio imundo.

CAPÍTULO 88

MANCHA

Meu plano de fuga era ousado, mas viável. Marquei uma reunião com as pessoas que eu já tinha sondado anteriormente e planejei o pagamento de todo mundo — paguei metade na reunião e pagaria a outra metade depois do serviço feito. Combinamos dia, horário, tudo, mas faltava uma peça que relutei muito em acionar, embora talvez fosse necessária para que tudo aquilo não virasse uma grande chacina: o Mancha.

Me desloquei até Santa Cruz, na Zona Oeste, e finalmente me encontrei com o cara. Ele devia ter uns 70 anos, era baixinho, carrancudo e já não tinha muita firmeza nas mãos. Enfim entendi o apelido: ele tinha vitiligo.

Mancha abriu o portão da casa humilde onde vivia e me convidou para sentar.

— Aceita um copo de água?

— Não, obrigada. Quero...

Ele me cortou:

— Estou disponível para o dia que precisa de mim. Vou visitar o seu marido e vou ajudar ele no que for necessário.

— Como você sabe...

Ele me cortou novamente:

— Sei de tudo o que acontece por lá e sempre sou consultado. Se não tivesse vindo aqui hoje, seu plano ia ser um fracasso, e seu marido ia morrer no próximo final de semana. A ordem já estava dada. — Fiquei chocada com aquela informação. Ele continuou: — Nada acontece naquele presídio sem que eu saiba e dê permissão. Minha equipe é fiel a mim, mesmo depois de tantos anos longe daquele inferno. Eu controlo tudo e inclusive decido quem vive e quem morre. Seu marido está vivo porque admiro o seu empenho.

— Devo agradecer a sua gentileza?

— Deve calar a boca e me escutar até eu terminar. Sei de todas as pontas soltas do seu plano e preciso te dizer que tem uma falha, mas estou aqui para resolver isso pra você.

— E quanto a sua gentileza vai me custar?

— O suficiente para que você leve o seu homem pra casa. Agora só escuta o que vou dizer.

Ele me deu uma aula sobre os presídios do Complexo de Gericinó, sobre onde falhei no meu plano e, principalmente, quais ajustes eu deveria fazer para que tudo desse certo.

— Você entendeu tudo o que eu te disse?

— Perfeitamente. Quanto te devo?

— Nada. Como eu disse antes, admiro mulheres fortes como você. Não quero dinheiro, quero apenas participar.

Ele se levantou com dificuldade e me apontou a saída. Olhei para ele incrédula, tirei um envelope da bolsa e coloquei em cima da mesa.

— Não aceito que ninguém trabalhe pra mim de graça. Aí está o que posso pagar. Faz o que quiser com o dinheiro.

O homem concordou com a cabeça, e eu caminhei em direção à saída. Por fim, ele disse:

— Não se mete com o Buda de novo, muito menos com aquela filha dele. Eles são perigosos.

— Como é?

— Resolvi a situação oferecendo uma vaga na fuga. Você cumpre se achar que deve.

— Quem te deu permissão pra contar sobre isso?

— Bom, além de manter o seu marido vivo até o dia da fuga, com essa oferta eu te garanti o respeito que você merece. Não faz eu me arrepender, tá?

Fiquei sem saber o que responder, então apenas concordei com a cabeça e saí da casa imediatamente.

Ao caminhar pela rua em direção ao carro, percebi que tinha um outro carro parado. Dentro dele, uma pessoa me observava atentamente. Apressei o passo, entrei no carro e fui para casa, esperançosa. Com o apoio do Mancha, meu plano seria um sucesso.

— Ela já foi embora?

— Acho que você enxerga bem — respondeu Mancha sem paciência.

— Você foi formidável!

— Cumpri a minha parte, agora cumpre com a sua.

— Perfeitamente.

Uma idosa surgiu dos fundos da casa, assustada e ofegante. Enquanto o Mancha amparava a esposa, ouviu o portão bater com força. Eles entraram apressados na casa.

— Você vai voltar naquele lugar horrível?

— Sim, mas vai dar tudo certo.

— Mas e ela? Acha mesmo que vai se conformar?

— Não sei de nada além daquilo que preciso fazer. Só não posso correr o risco de te perder.

O casal se olhou apaixonadamente, se abraçou e fitou, pela janela da sala, o portão simples por onde horas mais cedo alguém tinha entrado, ameaçando a vida deles.

CAPÍTULO 89

FUGINDO DE BANGU

O dia chegou. Eu mal dormi a noite inteira de tanta ansiedade. Gastei tudo o que tinha acumulado durante meses me arriscando no transporte de cocaína para a Europa, mas decidi não contar nada ao Rubens; queria fazer uma surpresa. Isso também era arriscado, mas será que existe prova de amor maior que sua mulher te salvar da prisão? Eu ainda não descobri...

Conforme combinado, entrei na fila como um dia de visitas normal. Berê me olhou, aflita, parecendo saber de alguma coisa, mas naquele momento nem prestei atenção. Vi quando o caminhão de lixo se aproximou da entrada. Além do motorista, só consegui perceber mais dois homens, exatamente como tínhamos combinado. Da fila, fiquei observando o veículo, que estava demorando a entrar. Comecei a ficar preocupada, e as outras mulheres perceberam minha aflição, mas alguns minutos depois os portões abriram, e o caminhão passou.

Respirei aliviada, segui para a revista, e foi tudo normal como sempre. Eu estava muito nervosa, mas já tinha avistado meus parceiros naquele crime: os policiais e carcereiros que receberam uma boa quantia para que tudo desse certo. Caminhei para encontrar o Rubens, tentando agir naturalmente, mas era quase impossível.

— Achei que tivesse desistido de mim — disse Rubens, grato por me ver.

— Bem que você merecia, mas eu não consigo.

Eu olhava toda hora para o relógio. Já se aproximava das 2 da tarde, quando vimos uma movimentação maior que a de costume.

— O que está acontecendo? — perguntei, bem sonsa.

— Mais uma transferência de presos, mas a essa hora? Normalmente fazem isso mais cedo...

Reparei que a equipe de policiais estava usando aqueles gorros que protegem o rosto e, naturalmente, suas identidades. Olhei para a entrada do presídio e vi o Mancha caminhar lentamente na nossa direção. Rubens me olhou pálido.

— O que aquele homem tá fazendo aqui?

— Que homem?

— Aquele é o Mancha.

— Ah, é? Nossa, pensei que fosse outra pessoa...

O Mancha foi se aproximando de nós dois, mas continuou andando. Rubens relaxou, mas eu, não. Em seguida, vimos, do outro lado do pátio, o grupo de presos entrando.

— Quanta gente! — disse Rubens, sem desconfiar de nada.

— Pelo menos não entraram na hora da visita.

Eu disse aquilo, mas estava preocupada. Mais alguns minutos passaram, e o grupo de presos finalmente terminou de cruzar o pátio. Um dos carcereiros que contratei fez o sinal combinado, e então aquele grupo de presos começou uma rebelião.

— O que tá acontecendo? Como aqueles homens se soltaram?

— Eu não sei! — gritei, fingindo preocupação.

Vimos à distância os poucos policiais que não comprei tentando se comunicar por rádio para pedir apoio, sem sucesso. Outros presos renderam esses policiais e os desarmaram. Rubens me puxou pelo braço e tentou me proteger, mas, até aquele momento, tudo estava conforme o combinado. As mulheres e crianças que estavam lá dentro corriam, tentando se esconder; alguns presos se juntaram aos transferidos, mas outros muitos aproveitaram a baderna para tentar resolver suas questões pessoais, e era disso que de fato eu tinha medo.

No meio da confusão, uma mão frágil tocou os meus ombros.

— Ei, aqui está. Você fala com a gente por aqui, conforme o combinado. — O Mancha me passou o comunicador, olhou bem para a cara do Rubens e disse: — Você é um homem de sorte por ter uma mulher tão valente do seu lado. Agora se veste, rapaz. Anda!

O idoso se afastou, tentando se proteger daquela confusão. O Rubens me encarou emocionado, e então eu pude perceber a gratidão em seu olhar. E aquilo me emocionou muito.

— Você é foda! Você conseguiu!

— Ainda não. Vai, troca de roupa logo. Não temos tempo.

Rubens me agarrou em meio à correria de presos e visitantes e me beijou apaixonadamente. Nosso beijo foi interrompido pelos tiros que os policiais nas torres de observação disparavam para o alto, tentando conter a confusão.

— Samir, na escuta?

— Sim, chefe.

— Câmeras desligadas?

— Sim, estão transmitindo a calmaria da visitação.

— E os sinais externos?

— O complexo e tudo em um raio de 5 km está sem comunicação com o mundo externo. As grades estão fechadas, e nenhum policial de outro presídio consegue entrar.

— Perfeito. Vamos dar sequência à próxima etapa.

Me escondi e fiquei observando a movimentação. Os policiais se renderam quando um deles foi pego como refém. Rubens voltou paramentado.

— Você já sabe o que fazer. Não demora por aqui!

Rubens se apressou, e continuei observando tudo. Em seguida, um helicóptero começou a sobrevoar o presídio. Os policiais não entenderam absolutamente nada sobre a chegada daquele helicóptero. Eles não tinham conseguido se comunicar com o exterior, então, como aquela aeronave da polícia tinha chegado lá?

De um megafone, o policial a bordo deu as ordens:

— Atenção, detentos. Se rendam antes que vocês coloquem as suas vidas e as vidas de seus familiares em risco!

O pânico se instalou no pátio. Vários presos começaram a tentar desistir da rebelião, e meu rádio tocou.

— O que foi?

— O helicóptero pode nos atrapalhar. Vejo pelo grampo das câmeras que alguns presos estão abaixando a guarda.

— Faz o que for preciso, mas não atira pra matar!

Nos instantes seguintes, tiros foram disparados do helicóptero, atingindo os policiais das torres de observação. Os presos ganharam confiança novamente, e o tumulto recomeçou. Naquele momento, tive certeza de que ter um helicóptero para nos ajudar na fuga era essencial, apesar de ter zerado minhas economias. Ponto para a sagacidade do Mancha.

CAPÍTULO 90

HELICÓPTERO

Eu acompanhava toda a movimentação, impressionada com a minha capacidade de pensar em tudo meticulosamente. Vi quando o Buda se aproximou do pátio com seu ar de soberba.

— Samir? Tá vendo aquele homem de barba grande, gordo e sem camisa no meio do pátio?

— Um momento.

Samir, do controle de monitoramento instalado a quilômetros de distância, acompanhava, com a sua equipe, pelas câmeras, toda a movimentação no presídio e segurava o bloqueio dos sinais externos de comunicação. Ele localizou a câmera que mostrava o pátio e, com o *zoom*, encontrou o alvo.

— Positivo.

— Dá a ordem pro helicóptero jogar a escada.

No meio do tumulto, e apesar de toda a poeira que dificultava a visibilidade, a escada se desenrolou em direção ao pátio. O Buda se agarrou a ela e começou a subir. Vários presos o acompanharam na tentativa de fuga. As pessoas gritavam, e a polícia não sabia o que fazer, afinal, os familiares dos presos estavam no pátio, tentando se proteger.

— Feito.

— Onde tá o Rubens?

— No local combinado, pronto pra partir.

— Muito bem. Vamos pra fase três do plano. Libera os sinais de comunicação, e, assim que o homem estiver quase alcançando o helicóptero, faz o que tem que ser feito.

— Entendido, chefe.

Samir liberou o sinal e todos os grampos que tinha colocado no sistema. As grades abriram, e mais policiais invadiram o local. Imediatamente limpei o comunicador, para não deixar as minhas digitais, e pisei em cima, quebrando tudo.

Do lado de fora, o helicóptero alçou voo, e vários presos que ainda não tinham conseguido subir caíram pelo caminho. Ouvi quando atiraram na cabeça do Buda e o impacto do seu corpo enorme ao cair no pátio. "A vingança é um prato que se come frio, Buda de merda!", pensei comigo, me vingando de toda a humilhação que ele e a piranha da filha dele fizeram a gente passar.

Vingança não foi o único motivo para eliminar Buda; precisava que a culpa da fuga recaísse sobre ele, e um suspeito morto é mais eficiente.

Com o afastamento do helicóptero, pude perceber o estrago daquela ação. Eu não contava com aquilo, mas infelizmente o que vimos foram corpos sangrando no pátio do presídio. Os presos que começaram a rebelião se entregaram, e os visitantes foram isolados. Aos poucos, as coisas começaram a se tranquilizar. A equipe que chegou com os presos transferidos ajudou os demais policiais a colocar ordem no local e a evacuar o presídio. Saí fingindo estar assustada e corri para o carro que me esperava.

— Vamos para o local do encontro?

— Ainda não. Quero ter certeza de que todos saíram bem.

Ficamos esperando do lado de fora por muito tempo, e cada minuto que passava me deixava mais angustiada. Por fim, todos os visitantes saíram, e o furgão que fez a transferência dos presos deixou o local, assim como o caminhão de lixo. Agora faltava pouco para ter o Rubens nos meus braços.

Pegamos um caminho alternativo e chegamos antes. Meu coração parecia que ia pular do peito. Eu sentia tantas coisas ao mesmo tempo: felicidade, angústia, tesão, amor, satisfação... mas o principal sentimento era o de vitória. Eu tinha conseguido tirar o homem que eu amava de um presídio, com pouquíssimas baixas e com o fruto do meu trabalho.

Vi que o furgão se aproximava e já estava preparada para sair quando ouvi as sirenes de outras quatro viaturas se aproximarem. Elas cercaram o furgão, que parou imediatamente. Eu gelei. Acho que naquele momento fui do céu ao inferno, porque estava sentindo que boa coisa não era.

Os policiais saíram das viaturas e se aproximaram do furgão. O motorista desceu e conversou com os policiais. Eu estava a ponto de sair do carro, atirando para todos os lados, até que vi quando os homens caminharam em direção à porta de trás do veículo.

Meu motorista olhou para mim pelo retrovisor e disse:

— A casa caiu!

CAPÍTULO 91

A CASA CAIU

Eu estava aflita e não conseguia me conter dentro do carro.

— Nem pensa em sair daqui. Vamos aguardar.

Os policiais pararam diante da porta do furgão, e um carro de passeio se aproximava lentamente na estrada.

— Que carro é aquele? O que está acontecendo?

— Vamos aguardar aqui.

O carro encostou na estrada, e um homem desceu do veículo. Caminhou lentamente em direção ao furgão, mas, pela posição, eu não conseguia ver quem era.

— Quem é?

— Não sei, eles estão conversando. Tenta se acalmar.

Aqueles minutos duraram horas para mim. Todo o plano passou pela minha cabeça: tudo tinha sido armado para não machucar ninguém... Por fim, os homens abriram as portas do furgão, e os policiais ordenaram que todos os outros saíssem. O policial que comandava a batida puxou capuz por capuz, e eu já estava desesperada dentro do carro.

— Temos notícias de três fugas e precisamos cercar a área para encontrá-los.

Os policiais entraram nas viaturas e partiram, e eu fiquei atônita, sem entender o que tinha acontecido diante dos meus olhos.

— Alguém pode me explicar o que está acontecendo?

— Ele está seguro. Saiu no caminhão de lixo.

Respirei aliviada. Na última vez que eu tinha visto o Rubens, ele estava vestido como um dos policiais, então eu não estava entendendo.

— Quem deu a ordem pra essa mudança?

— O Mancha. Ele não explicou.

— Onde eles estão?

— Vamos pra lá agora.

O combinado era provocar a rebelião e fazer a troca do Rubens por um dos policiais que participou da transferência dos presos. Como plano reserva, tínhamos o caminhão de lixo. Era um recurso de que eu não gostava, mas que precisava ter na manga. Seria muito mais oportuno tirá-lo de lá como um policial, mas, quando fui conversar com o Mancha, ele me sugeriu uma distração grandiosa: colocarmos um helicóptero para sobrevoar o pátio do presídio, por onde aconteceria a fuga de Buda, o colocando em evidência como mandante da fuga. De qualquer forma, teríamos o controle dos sistemas de monitoramento e as redes de comunicação, então eu realmente não via necessidade, mas confiei nele. Apesar da reação terrível da Berê sobre o Mancha, o próprio Rubens tinha indicado o cara, e, depois de conversarmos, senti confiança.

A única coisa que realmente me causava estranheza era o fato dele mudar a saída. Isso me surpreendeu e quase me fez arriscar tudo. Eu deveria ter sido informada sobre essa mudança. Liguei para ele e perguntei:

— Quem te deu autorização pra mudar os planos?

— Eu não preciso de autorização pra fazer o que é melhor pra todo mundo. Seu marido tá seguro, e é isso que importa.

— Não quero que mais nada saia do controle.

O Mancha desligou o telefone na minha cara. Velho safado! Mas de fato o mais importante naquilo tudo estava feito: o Rubens estava a salvo, e, assim que nos encontrássemos, fugiríamos para o Paraguai e ficaríamos por lá até que a poeira abaixasse. Eu tinha plena consciência de que essa fuga ia deixar marcas e que a polícia ia ficar com sangue nos olhos para prendê-lo.

Estávamos muito longe do local, e minha ansiedade estava me matando. Nosso avião fretado decolaria às 8 da noite, e eu tinha largado tudo. Deixei a chave do meu apartamento com a Fernandinha e pedi que ela ajeitasse tudo pra mim. Mais uma vez eu estava deixando a minha vida para trás por causa do Rubens, mas era inevitável: como eu amava aquele homem...

Depois de uns trinta minutos que pareceram horas, nos aproximamos do caminhão de lixo, que estava parado no fim da rua. De longe eu conseguia ver o Rubens conversando com os falsos garis, e como ele ria. Aquele sorriso contagiante de sempre brilhava de longe, e tudo o que eu queria naquele momento era agarrá-lo.

Quando finalmente o nosso carro estava se aproximando do caminhão, ouvi o som de tiros. Meu motorista parou imediatamente e encostou o carro. Levantei a cabeça e pelo retrovisor pude ver as mesmas viaturas que pararam o furgão minutos antes indo em direção ao caminhão. Os tiros então pararam, e eu sentei no banco de trás do carro, para olhar a cena. Rubens e os garis tentaram correr para o matagal atrás deles, mas um helicóptero sobrevoava a região. Eles então se olharam assustados.

O tiroteio recomeçou. O helicóptero alvejava as viaturas, e os homens se jogaram ao chão. Na estrada, os carros explodiram com os tiros e capotaram uns por cima dos outros. Os garis então sacaram as armas do caminhão de lixo e as empunharam na direção dos carros, que, a essa altura, já estavam amontoados na estrada.

Puxei minha arma e desci do carro. À distância, Rubens e eu nos olhávamos assustados. Meu motorista saiu com sua arma, e, juntos, fomos em direção às viaturas. Vimos os corpos de alguns policiais queimarem com a explosão dos carros, e, quando dei por mim, ouvi o som de um tiro. Meu motorista tinha sido atingido, baleado pelo último policial que ainda estava vivo, tentando se comunicar com a central pelo rádio que chiava alto. Me virei e, sem pensar, acabei com o sofrimento dele.

O helicóptero da polícia pousou na beira da estrada, e nós corremos para ele. Eu corria de um lado, e o Rubens, do lado oposto, ainda vestido como gari.

— Vamos, precisamos chegar à pista de decolagem antes que nos descubram no ar! — gritou o piloto de dentro do helicóptero.

Quando nos encontramos, olhei para o Rubens, e nos abraçamos aliviados. O Mancha desceu da aeronave, e entreguei a ele o pacote com o pagamento da equipe.

— Aqui termina o meu trabalho.

Olhei para ele agradecida. Até aquele momento tudo tinha dado certo, e meu homem estava comigo novamente.

CAPÍTULO 92

ALTERANDO A ROTA

Durante o voo, nós nos abraçamos e nos beijamos intensamente. Por vezes eu percebia que o Rubens olhava pela janela. Seu olhar era vago, provavelmente pensando em tudo que tínhamos vivido até aquele momento. Ele apertou forte a minha mão, suspirou e disse:

— Muito obrigado.

Eu apenas ri de canto e apoiei minha cabeça no ombro dele. Tudo o que aconteceu até aquele momento só tinha nos fortalecido. Estava disposta a viver aquele recomeço e não ia permitir que nenhuma desilusão do passado nos impedisse de ter um futuro feliz.

Chegamos à pista de decolagem alguns minutos depois. Assim que pousamos, o helicóptero levantou voo, porque precisava sair de circulação, para não ser interceptado pela polícia. Rubens e eu caminhamos em direção ao monomotor que já estava à nossa espera. Quantos planos começariam agora? Entrei em uma crise de sentimentos. Apesar de querer um futuro feliz ao lado de Rubens, não me sentia à vontade com a ideia de voltar a ser uma dona de casa submissa. Toda aquela operação provava para mim mesma o quanto eu tinha potencial para ser quem eu quisesse, e eu queria seguir com meus negócios. Será que Rubens entenderia isso?

A decolagem estava demorando. Juanito era o responsável por nos ajudar nessa parte do plano, com a ajuda de Rubens faziam alguns ajustes no pequeno avião. Enquanto isso, eu liguei a TV do hangar para ver a repercussão da fuga. Já tinham se passado mais de 12 horas desde que Rubens estava fora da prisão.

As notícias eram assustadoras. Quinze presos tinham morrido, e vários familiares e policiais foram feridos. O Complexo de Gericinó iria suspender as visitas por duas semanas, e ainda causamos a morte de seis policiais com as explosões das viaturas. Confesso que, apesar de não ligar muito para as consequências, eu estava triste. Todos os presídios do complexo seriam penalizados, e isso não estava nos planos. Não tive notícias da prisão de nenhum integrante da equipe, o que pelo menos era um alívio necessário diante de tudo aquilo.

Eu ainda estava perdida nos meus pensamentos, assistindo às notícias, quando Juanito se apressou e berrou em espanhol:

— Senhora, não estamos sozinhos!

Olhei pela janela da sala onde estava e vi algumas viaturas se aproximando.

— Mas que caralho! Como esses vermes estão rastreando a gente? Onde o Rubens está?

— Dentro do avião!

Juanito e eu nos escondemos e vimos quando o Rubens tentou levantar voo. Quase morri ao ver aquilo. Alguns tiros no motor e outros tantos no tanque de combustível fizeram o avião parar ainda na pista de decolagem. Juanito gritava comigo para fugirmos, mas eu estava paralisada. Depois de tanta coisa, de tanto esforço, de tanto sofrimento, tudo daria errado?

Do alto-falante da viatura, a voz do policial proferiu palavras duras:

— Saia com as mãos pra cima. Você está cercado!

Eu estava estarrecida, e Juanito tentava me fazer cair na real:

— Precisamos sair daqui agora, senão vamos ser presos.

Ele tinha razão, mas que se dane a razão. Eu estava arrasada. Vi quando o Rubens saiu do pequeno avião com as mãos na cabeça. Os policiais o jogaram ao chão e o algemaram.

— Que fuga ousada! Tem gente grande por trás disso, né?

O Rubens estava pálido, mas eu não podia fazer mais nada. Era o fim do nosso plano de fuga.

— Senhora, rápido, temos que sair daqui.

Ainda tentei olhar para o meu marido, mas os policiais já estavam em cima dele. Eu já não podia fazer mais nada.

Os policiais conversavam entre si e olharam para a nossa direção. A luz que a televisão emitia nos denunciava. Juanito implorou mais uma vez, mas a última imagem que vi me deixou mais perturbada que a prisão do Rubens. De uma das viaturas, o Mancha saiu com seu rosto sempre imparcial. Vi quando ele concordou positivamente com a cabeça, afirmando ser um dos presos fugitivos.

Aquela fuga era mais que um desejo, tinha se tornado o propósito da minha vida nos últimos meses, e agora tudo tinha ido por água abaixo.

Eu estava com sangue nos olhos.

— Aquele velho filho da puta me traiu!

CAPÍTULO 93

TENTATIVA DE VINGANÇA

Um sentimento de ódio percorreu o meu corpo, e eu me tremia de raiva, mas, sem ter o que fazer naquele momento, acompanhei o Juanito em direção à mata. Pegamos a moto dele e fomos até a estrada.

— A senhora fica aqui.

— Espera!

Juanito não me deu chance de tentar negociar. Me largou na estrada e nem fez questão do pagamento pelo serviço. Fiquei largada em um local ermo, e já tinha anoitecido. Tive que contar com a boa vontade de uma senhora que passava e que me deu carona até um lugar onde pude chamar um carro de volta para a minha casa.

Eu estava arrasada. Todo o plano que eu tinha montado durante meses escorreu pelo ralo. Todo o dinheiro que me arrisquei para ganhar tinha acabado. Eu tinha apenas as reservas que estava levando comigo para vivermos no Paraguai, e esse dinheiro deveria ser suficiente até que eu pudesse me reerguer daquele golpe. Mas de uma coisa eu tinha certeza: acabar com a vida do Mancha era a minha prioridade. Ele tinha destruído a minha vida e a vida do Rubens. Agora nenhum juiz soltaria o Rubens, e ele ia passar horrores na cadeia.

Cheguei na casa da Fernandinha, arrasada. Chorei, esperneei e coloquei minha fragilidade para fora diante da minha amiga, que tenho certeza que se conteve para não dizer algo do tipo "eu avisei".

Entrei no meu apartamento ainda em prantos. Olhei furiosa para a parede onde antes ficava o desenho do plano de fuga, mas eu só precisava deixar aquele sentimento sair de mim, para poder me recompor. Minha vida nunca tinha me dado espaço para fragilidade, e aquilo não ia me abater.

Me levantei com dificuldade e entrei no banho. Deixei a televisão ligada e fiquei ouvindo a notícia sobre a fuga frustrada. Sentei no chão do box e deixei a água fria cair sobre o meu corpo. Eu estava um caco, mas precisava me recompor o mais rápido possível.

Aquela noite foi terrível, mas levantei no dia seguinte ainda de madrugada e parti rumo à casa do Mancha. Eu precisava resolver aquela questão antes de seguir em frente.

Quando cheguei no endereço, a rua estava deserta, como era de costume às 4 da manhã, no subúrbio do Rio. Vi poucas pessoas caminhando em direção ao ponto de ônibus para começar mais um dia de trabalho. Eu jamais esqueceria aquela segunda-feira horrorosa.

Cheguei sorrateiramente na casa do Mancha, e o portão estava entreaberto. Me certifiquei de que não tinha ninguém na rua ou qualquer câmera que pudesse denunciar o crime que eu estava prestes a cometer. Calcei as luvas, entrei com cuidado no terreno e percebi que a porta da sala também estava aberta. Eu sabia que era comum que as pessoas deixassem as portas abertas no subúrbio, mas o Rio de Janeiro era uma cidade muito perigosa para isso. Tinha alguma coisa errada, mas, como eu estava cega de ódio, avancei pelo cômodo sem pensar. Caminhei lentamente, desviando da mobília antiga da casa, e me deparei com o primeiro quarto. Seria ali que o Mancha e sua mulher dormiam?

Encostei na maçaneta da porta com cuidado e girei sem fazer qualquer barulho, mas não encontrei ninguém no quarto. Voltei ao corredor cuidadosamente, para não ser percebida. Dei mais alguns passos e me deparei com outra porta fechada. Mais uma vez respirei fundo, toquei na maçaneta e a girei, revelando outro cômodo vazio.

Nesse momento me dei conta de que eles talvez tivessem fugido. O Mancha tinha anos de convívio com presidiários e com os crimes que eles cometiam e sabia perfeitamente que eu viria atrás dele, para cobrar a minha dívida. Mesmo assim, continuei avançando. Passei pelo banheiro e finalmente cheguei à cozinha, que também estava vazia.

Comecei a perceber os primeiros raios do dia e, com isso, não pude deixar de notar um vulto que atravessou apressado pelo corredor lateral da casa. Por dentro do imóvel, corri atrás dele, mas cheguei tarde à frente da casa. Pela velocidade e altura, não poderia ser o Mancha. Então me apressei para os fundos da casa e me deparei com uma cena horrível no quintal: o Mancha e sua esposa estavam enforcados, já sem vida, pendurados na grande mangueira que tinha no pátio. Olhei em volta, e tudo estava perfeitamente limpo, não tinha sinal de briga. Em cima da mesa do quintal, estava o envelope que usei para pagá-lo, com o dinheiro todo ainda lá.

Quem teria matado o casal?

CAPÍTULO 94

REVOLTA E FRUSTRAÇÃO

Voltei para a minha casa ainda mais arrasada. Eu estava inconformada com a traição daquele homem. Será que tinha alguém por trás daquilo? Será que o grupo do Buda tinha ido atrás dele, para se vingar pela morte durante a fuga frustrada? Minha cabeça não parava de montar histórias para tentar justificar aquilo tudo.

Ninguém atendia os celulares do Rubens, e, quando liguei a TV, descobri o motivo: depois da tentativa de fuga, os presídios do Complexo de Gericinó foram vistoriados a mando do Secretário de Estado de Segurança Pública. Toda a equipe tinha sido substituída, e as visitas continuariam suspensas por duas semanas. No fim da matéria, veio uma nota que terminou de cravar a faca no meu peito: o jornal divulgou os presos capturados, e lá estava a foto do Rubens novamente. Eles relembraram os crimes dos três recapturados e listaram os mortos.

Não fazia ideia de como as coisas estavam sendo para Rubens. Eu estava no conforto da minha casa, mas ele estava lá naquele buraco. Por sorte, ainda não tinha sido transferido para um presídio de maior segurança. Ele permaneceu no mesmo, porém o plano de fuga recaiu sobre Buda como planejado. Mas o grupo de Buda sabia que isso não era verdade e que um dos três recapturados poderia estar envolvido, não só na fuga, mas no assassinato de Buda, e isso poderia deixar Rubens em perigo. Nem mesmo o advogado conseguia vê-lo, e a única coisa que podia fazer era esperar as duas semanas de "castigo" do Estado.

Aqueles quinze dias, que depois viraram vinte, pareceram eternos. Quando finalmente reabriram o complexo para que as pessoas visitassem os presos, repeti o ritual conhecido e me coloquei na fila. A Berê não estava mais lá; uma outra tia tinha assumido o lugar dela. Eu estava sozinha de novo. Tentando encontrar alguém conhecido, observei toda a equipe, mas foi em vão.

Passei por todo o processo, e, quando finalmente vi o Rubens de longe, algo parecia errado.

— O que você tá fazendo aqui?

— Como assim? Vim te ver, saber se você está bem, trazer comida... Tá sem telefone?

— Nina, o que a gente fez foi a maior cagada da história.

— Mas tinha tudo pra dar certo e...

— Mas não deu, porra! Não deu! Tô muito fodido... — O que eu poderia dizer naquele momento? Ele respirou fundo e finalizou: — Deixa todo o dinheiro que você puder comigo. Vou tentar comprar outro telefone.

— Posso tentar fazer chegar pra você...

— Nina, deixa o dinheiro e vaza! Já tenho muito problema aqui e não preciso de mais um.

Naquele momento minha vontade era mandar ele tomar naquele lugar, mas me segurei. Eu não podia imaginar o que ele estava passando. Entreguei 2 mil reais que tinha escondido na minha roupa, e o resto da visita foi triste. Ele ficava olhando para os lados o tempo inteiro, com medo.

Voltei para casa preocupada, mas segura de que tinha feito de tudo para tirá-lo de lá. Tinha investido todo o dinheiro que ganhei com as viagens e estava ficando zerada. Tinha que me levantar para mantê-lo de pé, e foi o que eu fiz.

CAPÍTULO 95

BARCELONA

Eu havia gastado quase todo o dinheiro que tinha investindo na fuga, então precisava viajar para conseguir mais. Sim, eu estava viciada em ganhar dinheiro dessa maneira. Depois que você vai a primeira vez e volta com mais de meio milhão, parece bom demais para não arriscar de novo. Isso sem falar que eu tinha muita fé que uma força superior sempre me dava um empurrãozinho com a sorte.

Depois da cena que o Rubens tinha feito, eu sabia que ele não sentiria a minha falta se eu ficasse duas semanas fora, então comecei a organizar minha terceira viagem. Dessa vez, consegui um pagador em Barcelona.

Barcelona era simplesmente incrível. Clubes para usuários de maconha e seus derivados tinham sido abertos por toda cidade, e era preciso ser cidadão para ter acesso, mas, como tenho alguns contatos bons, consegui visitá-los e experimentar os haxixes mais saborosos do momento. Mas passei por um grande infortúnio. Meu pagador não gostou do material e quis devolver. Depois de muita conversa, ele aceitou ficar com 3 kg de cocaína, e eu fiquei com 2 kg, sem ter para quem vender.

CAPÍTULO 96

IBIZA

Era verão na Europa, e as minhas amigas estavam em Ibiza. Por que não levar os 2 metros para tentar vender lá e unir o útil ao agradável? Foi o que fiz. Peguei o primeiro avião para Ibiza com meus 2 metros dentro da mala, esperando encontrar por lá um pagador menos exigente do que o de Barcelona. Voos internos eram mais tranquilos, e, para mim, levar aquela quantidade de droga já tinha se tornado natural, então eu não sentia mais a angústia das primeiras viagens.

— O que você está fazendo aqui? Que loucura! — perguntou a Fernanda, sem acreditar que estaríamos juntas durante o verão europeu novamente.

— Negócios, minha querida!

— Que negócios?

— É melhor você não saber.

Ela me olhou desconfiada, mas entendeu que era melhor não insistir.

Ibiza fervia no verão. Praias lotadas, boates lotadas, baladas intermináveis e preços inflacionados, mas naquele verão eu estava com dinheiro e queria me divertir um pouco antes de voltar à dura realidade do Rio de Janeiro. Mas, primeiro, precisaria vender o meu material.

Ao lado do hotel, vi um grupo e percebi a movimentação do tráfico. Fui em direção a eles, que logo me ofereceram cocaína para comprar, mas meu interesse era vender. Eles arregalaram os olhos com desconfiança, só que, modéstia à parte, eu tenho o dom de passar confiança para os outros. Não demorou muito, e consegui um contato, o Momo.

Ele não quis conversar pelo celular, e nem eu, já que ele não tinha o aplicativo que garantia a segurança das conversas, então marcamos um encontro na praia, em frente ao Hard Rock Café Hotel. Eu o avistei sentado em uma espreguiçadeira. O homem usava cordões de ouro enormes, parecia os caras fortes das favelas do Rio e era chamativo para um traficante. Nós conversamos em inglês:

— Prazer em conhecê-la, Nina. Uau, você é uma linda mulher!

— Desculpe, eu sou lésbica. Não curto homens!

Ele riu, talvez duvidando, mas fomos direto ao que interessava. Levei uma amostra do material, para que ele fizesse o teste, e, para minha surpresa, ele tinha sua própria maneira de avaliar a droga. Molhou o dedo com saliva, grudou um pouco do pó que estava no saco e levou o dedo à ponta da língua.

— Muito bom, Nina!

O teste de qualidade dele de fato não era o mais preciso, mas, segundo o próprio, se a ponta da língua ficasse dormente, o produto era de qualidade. Não questionei. Aquilo me poupava tempo, porque, se ele quisesse fazer o teste como eu faço, teria que ir a um lugar que tivesse fogão, fazer todo o procedimento e depois voltar com a resposta. De lá mesmo fui buscar a cocaína no meu quarto e levei para fazer a troca na porta do hotel, onde ele me esperava dentro de um carro, com uma maleta cheia de euros.

Depois de alguns dias, a Fernanda foi convidada para uma festa imperdível. Algum milionário tinha reservado um andar e a cobertura de um hotel caríssimo com vista para o mar, convidando a nata da sociedade europeia. Ela me chamou, e não tive como recusar, apesar de me sentir um pouco culpada por estar festejando enquanto o Rubens estava na prisão. Então decidi ir à festa a trabalho, para amenizar a minha culpa. Levaria alguns gramas no picado para alegrar a galera e faturar mais. Contatei o Momo, que me conseguiu a cocaína com preço bom — 1 grama de cocaína valia 150 euros por lá. Se tudo desse certo, em poucas horas eu faturaria mais de 1000 euros.

Tudo ia muito bem, eu estava me divertindo e faturando, até que o traficante oficial da festa percebeu meu movimento, e eu fui retirada do local. Minhas amigas nem perceberam, assim como os convidados. Decidi não protestar e seguir o que me mandavam, pelo menos até saber o que enfrentaria pela frente.

Os seguranças me jogaram numa sala escura e suja, e naquele momento pensei que tinha me ferrado de vez. Fiquei naquele cômodo apertado por horas, sem luz, água ou comida. Só pensava na reação do Rubens quando soubesse a merda que eu tinha feito. Por fim, a porta abriu, e vi dois homens contra a luz que batia nos meus olhos com tanta força que eu mal podia abri-los.

— ¿Es ella? — perguntou um deles, e percebi o vulto do outro concordar com a cabeça. Depois, a porta se fechou de novo, e eu estava no escuro, literalmente.

CAPÍTULO 97

MADE IN ITALIA

Não demorou muito para que a porta abrisse novamente. Dois seguranças me carregaram para um dos quartos do andar e me jogaram lá dentro. Tinha comida e água sobre a mesa, e imediatamente me atraquei com o jantar.

Depois de comer, comecei a ficar apreensiva novamente. Que tipo de jogo era aquele? Tá certo, invadi o negócio de outro traficante e sei que isso não é ético, mas o que eles pretendiam com aquilo?

A porta do quarto se abriu lentamente. Fiquei de pé, pronta para cair na porrada se fosse preciso — e juro que não queria precisar chegar a esse ponto, até porque eu nunca conseguiria derrubar qualquer segurança daqueles.

Para minha surpresa, o dono da festa entrou acompanhado de um segurança. Ele falou comigo em espanhol:

— Não me lembro de ter convidado você para a minha festa. Além de invasora, ainda está comercializando drogas aqui!

— Vai me dizer que nas suas festas não tem drogas? Vamos então fazer uma cena em que o dono da festa fica indignado com as pessoas usando cocaína? — Enfrentei o homem, sem nem saber quem ele era de fato e muito menos o que queria com aquela cena toda.

— Abaixe sua crista e seja educada!

— Então não seja hipócrita!

Alguns segundos de silêncio se passaram, até que, por fim, o homem encerrou a conversa:

— Saiba que ainda está viva e inteira porque tenho apreço pelo seu acompanhante. Saiba ser grata e gentil ao encontrá-lo.

Ele disse isso e saiu batendo a porta. E eu fiquei sem entender nada. De quem aquele babaca estava falando?

Os minutos seguintes foram aterrorizantes. Eu estava longe do meu país, longe do Rubens, não conhecia ninguém ali a não ser minhas amigas e o Momo — e eu não as colocaria em risco. A única coisa que eu poderia fazer era conter minha ansiedade e me preparar, porque certamente coisa boa não estava por vir.

Não demorei muito para descobrir o que era. A porta se abriu novamente, e ouvi de longe que o homem que segurava a maçaneta falou em italiano com o segurança, que se afastou. Ele bateu a porta e caminhou em minha direção. Eu imediatamente me coloquei em posição de defesa, esbravejando em italiano:

— Quem é você para se dizer meu acompanhante? O que quer de mim?

E foi quando finalmente percebi quem tinha me salvado. Olhei nos olhos com raiva, e a única vontade que me deu foi chorar por semanas. Eu jamais esperaria encontrá-lo ali, mas a vida quis nos dar mais uma chance de nos entendermos.

O Carcamano parou na minha frente com aquela cara de reprovação de sempre. Me larguei na cama, porque sabia que um sermão histórico estava prestes a acontecer.

CAPÍTULO 98

PAPÀ

Vicenzo me encarou com reprovação e se sentou na cadeira ao lado da cama, de frente pra mim, como fazia quando eu era criança. Ele me olhou atentamente por algum tempo e, por fim, começou a falar:

— Você só se mete em confusão.

— Não me lembro de ter pedido a sua ajuda.

— Quantas vezes eu te disse que você não tem talento pra esse negócio?

— Quem é você pra dizer isso? Tá vendo aonde eu cheguei sozinha, com o esforço do meu trabalho?

— Trabalho? Acho que você não aprendeu nada comigo.

— Você está enganado. Aprendi tanto que cheguei até aqui.

— Nunca te ensinei a ser burra, *ragazza*!

— Não acha que já sou adulta o suficiente pra esse sermão?

— Suas atitudes dizem o contrário. O que a sua mãe vai pensar quando souber que tive que te salvar de um traficante na Espanha?

— O que ela diria se soubesse que você ensinou a sua filha de 10 anos a atirar como um soldado? O que ela diria se soubesse que você mandou matar o filho do caseiro só porque não aceita que o seu filho é gay?

Vicenzo ficou mais vermelho que as cortinas do quarto. Eu sabia que a vontade dele era virar a mão na minha cara, mas ele se conteve.

— Escuta o que vou te dizer...

— Acho que não tenho opção, né?

— Nina, eu quis fazer de você a mulher forte que você se tornou. Mas, ao mesmo tempo, sinto que você não aprendeu nada sobre os personagens que precisamos usar para escapar de situações como essa em que você se encontra.

— Do que você tá falando? Eu sei me cuidar muito bem sozinha.

— Concordo em parte. Você se deixou levar pela paixão por aquele delinquente que é tão burro e tão lesado que ainda está atrás das grades. Você se sujeita a ser mulher de um bandido de merda que não vai passar disso: um merda!

— Ainda bem que ele come a mim, e não a você!

Passei do ponto e mereci o tapa estalado no rosto que papai me deu. Caí de canto, com a cara quente, mas me levantei imediatamente e fiquei encarando-o, para que ele soubesse que sou forte, mas a verdade é que eu me sentia um caco por dentro, afinal, ele estava certo.

— Você pode fazer da sua vida o que quiser, mas eu ainda sou o seu pai!

— Pai? Você esteve ao meu lado quando eu mais precisei?

— Sim, estive, mas você está tão cega que não percebe. Estar afastado fez com que você ficasse ainda mais forte. Tudo na vida é aprendizado, e eu achei que pelo menos isso eu tinha conseguido te ensinar.

— Quer dizer que você me ignorou por esses anos pra me ensinar, e não porque é um pai idiota, que não se importa com os filhos? Não me venha com essa!

— Estou vendo que você não aprendeu nada. Eu sempre te disse e repito: você não tem talento pra esse negócio. Como se deixou perceber tão fácil? Baixou as armas? Esqueceu os personagens? Para onde foi todo o ensinamento que te dei?

— Treinamento, você quer dizer. Você fez comigo o que o Túlio nunca permitiu.

— Seu irmão é fraco e preferiu exibir a fraqueza dele para quem quisesse ver.

— Você está dizendo que o problema do Túlio não é ser gay, mas deixar que todos saibam que ele é gay? É isso?

— Até as forças armadas de qualquer país sabem que isso existe e fazem vista grossa, desde que se mantenha a postura. Ele nunca quis aprender a usar os personagens, e sua mãe sempre passou a mão na cabeça dele.

— E você, para resolver o problema, expulsou ele do país.

— Fiz, faço e farei tudo aquilo que achar melhor para proteger a minha família e os meus negócios. Seu irmão me enfraquece, e eu nunca quis que você fosse assim.

— Não percebe como você é egoísta? Tudo o que você faz é pensando em benefício próprio.

— A vida é assim, se ainda não percebeu.

— Eu te odeio!

Avancei no meu pai e comecei a tentar bater nele, mas é óbvio que ele me segurou com uma mão e me jogou em cima da cama.

— Acabou o show de mulherzinha? Podemos continuar a nossa conversa como dois adultos?

Olhei para ele com ódio. Não era possível que ele conseguisse cuspir tanto preconceito ao mesmo tempo.

Vicenzo caminhou até a janela e olhou o mar iluminado pela orla e pelos barcos ancorados.

— Sua mãe sempre soube de tudo. Nós somos parceiros. Não estou dizendo que ela concorda com o meu posicionamento em relação ao seu irmão ou a você, mas quem manda nessa porra sou eu, entendeu?!

— Babaca!

— Pode me xingar o quanto quiser, mas você vai ter que conviver com o fato de que é igual a mim. Tem a mesma petulância, arrogância e senso de superioridade. Eu sei que fiz bem o meu trabalho. A única questão que me faz achar que você é uma tola é que você se deixou levar por um homem.

— Você está criticando a minha mãe?

— Ela foi criada para viver à sombra do marido, mas você, não. Eu te criei para estar sempre à frente, no comando, na estratégia, prevendo o próximo passo... preparada para qualquer emergência, nunca nesse lugar ridículo que você está ocupando, visitando bandidinho em Bangu.

— Quem sabe da minha vida sou eu!

— Chega dessa conversa, porque eu tenho mais o que fazer aqui!

Vicenzo caminhou em direção à porta.

— Essa é a sua última chance de me provar que é capaz de qualquer coisa. Larga aquele idiota e se junta à nossa família novamente. Consigo te colocar nas melhores rodas, e você vai fazer milhões, assim como eu fiz no passado. Sabe que nunca gostei de drogas, mas não vou te impedir de tocar o negócio, desde que você faça da forma certa.

Olhei para a cara de Vicenzo com muita atenção e fui caminhando na direção dele. Ele continuou:

— Você vai terminar a faculdade de medicina. Mais uma vez vou insistir: na rua, a gente tem que ter uma vida impecável, para que os negócios tenham sucesso. Não esquece da porra dos personagens. São eles que vão te salvar de um destino medíocre.

Fiquei olhando para ele com ódio, mas sem reagir. Acho que fui anestesiada com tanta ignorância. Ele insistiu:

— Você é muito amadora. Precisa ficar mais atenta para não ser seguida, entender seus clientes e como atendê-los para fidelizá-los. Posso ajudar indicando amigos que são bons em estratégias de negócios como esses, mas você vai ter que voltar pra casa e largar aquele idiota.

Parei na frente dele e cuspi no seu rosto. Vicenzo olhou para mim incrédulo — acho que ele nunca tinha pensado que eu pudesse fazer isso.

— Eu desejo nunca mais olhar na sua cara! — eu disse aos prantos.

Vicenzo limpou o rosto com seu lenço, abaixou a cabeça e saiu do quarto, calado. O silêncio dele e o som da batida da porta fizeram mais barulho que a briga inteira que tínhamos travado instantes antes.

Naquele momento tive certeza de que nunca mais encontraria o velho Carcamano.

CAPÍTULO 99

DE VOLTA À REALIDADE

Depois daquele embate, me recompus e voltei à festa. Não vi mais papai. Encontrei com a Fernanda, dei qualquer desculpa e corri para o hotel.

No dia seguinte já estava embarcada rumo ao Rio de Janeiro, e aquela conversa com papai ainda estava atravessada na minha garganta, mas eu jamais o procuraria para resolver qualquer coisa. Já estava afastada dele... o que mudaria agora? A única coisa boa daquele encontro inusitado foi perceber que ele ainda se importava comigo, e só isso já era muita coisa.

Cheguei ao Rio ansiosa para ver o Rubens. Depois da briga com papai, fiquei com mais vontade de estar com ele do que nunca, mas a última visita tinha sido confusa. Depois de passar por tudo aquilo de sempre para encontrá-lo, percebi que ele estava diferente. Ficou distante, falou pouco e nem fomos ao ratão.

— O que tá acontecendo? — perguntei preocupada.

— Nada, só quero que você não venha me ver por um tempo.

— O quê? Isso não faz sentido.

— Vai fazer assim que você ver isso.

Ele me abraçou e enfiou um pen drive por baixo do meu cabelo. Senti quando ele colocou, e, discretamente, coloquei minha mão por baixo, para segurar o objeto.

— Agora vai embora e não volta aqui tão cedo. Para a nossa segurança.

— Isso tem relação com a tentativa de fuga?

— Não faz perguntas, só faz o que tô te pedindo.

Olhei para ele desesperada. Queria agarrá-lo, queria entender tudo aquilo. Eu estava enfrentando muitas coisas e tinha aberto mão de tudo na minha vida para ficar ao lado dele. Por mais que não quisesse, não me contive e chorei. Ele segurou meu rosto com ternura — aliás, eu nunca tinha visto o Rubens daquela forma — e olhou dentro dos meus olhos por alguns instantes. Por fim, quebrou o silêncio:

— Eu nunca vou poder agradecer tudo o que você fez por mim. Jamais conseguiria ser o homem que você merece. Eu sou todo errado, errei contigo várias vezes, e, ainda assim, você sempre voltou e ficou ao meu lado...

Notei que a voz dele estava embargada, quase chorosa. Aquilo me marcou muito, e eu disse apressada:

— Fiz e faço o que for preciso pra gente ficar junto, por isso o meu desespero... Não estou entendendo essa reação, essa despedida...

Ele me cortou, quebrando todo o clima romântico:

— Chega dessa conversa, ela não vai acabar bem. Só faz o que te pedi e sai daqui logo.

Abracei o Rubens como se não houvesse amanhã e fui caminhando lentamente para a saída. Olhei para trás e vi que ele estava socando a mesa de concreto, até que começou a escorrer sangue da sua mão. Vi o ódio naquele gesto dele e tentei voltar correndo para impedi-lo, mas os guardas me proibiram. As grades que agora nos separavam fecharam e tilintaram tão alto que parecia impossível ouvir qualquer coisa ao redor. Ainda tentei olhar para ele por mais algum tempo, gritei o seu nome, mas ele apenas se levantou com a mão já ensanguentada e foi para dentro da área das celas, sem olhar para trás.

Saí do presídio aos prantos. Não podia fazer ideia do que teria naquele pequeno dispositivo, mas devia ser algo sério. Eu nunca tinha visto o Rubens daquela forma. Ele estava transtornado e claramente tinha me evitado.

Fui até a minha casa ansiosa para ver o conteúdo daquele pen drive. Ao abrir o arquivo, pude entender os motivos do medo que o Rubens sentia.

CAPÍTULO 100

PEN DRIVE

Li e reli o conteúdo com as instruções várias vezes, entre um baseado e outro. Precisava entender todos os detalhes, para planejar aquilo com muita calma. Nada poderia dar errado.

No fim do dia, abri um vinho e fumei mais um baseado, olhando para o mar. Além das informações do pen drive, eu ainda tinha que lidar com a falta do Rubens, com o encontro inesperado com papai e com tudo o que poderia mudar na minha vida caso alguma coisa saísse do previsto.

No dia seguinte, parti em direção ao ponto de encontro, que ficava em um condomínio de casas em Guaratiba, Zona Oeste do Rio. Ao chegar, fui recebida por dois pitbulls, que pareciam loucos para me devorar. Uma senhora idosa saiu de dentro da casa e abriu o portão, para que eu entrasse. Sem me dizer qualquer palavra, me conduziu para os fundos, onde vi um alçapão dentro de um quartinho no quintal. De certo modo me lembrou o Bunker M do papai.

Desci as escadas apreensiva. Eu sabia que aquele grupo era perigoso e influente e que eu deveria pensar bem sobre tudo o que ia dizer. Um homem me revistou e apreendeu a arma que eu tinha levado, garantindo que nada saísse do normal.

Quando finalmente cheguei ao bunker, pude observar todo o estoque. Tinha caixas e mais caixas de armas, de todos os tipos. De fuzis AR-15 a pistolas; de M-936 — morteiros de disparo de 81mm — a fuzis de precisão, como o M24 Sniper Weapon System. Vi várias armas às quais somente o exército brasileiro tinha acesso. Ao dar mais um passo, percebi que o chão estava forrado com plástico, e isso não era nada bom... O plástico fez barulho novamente, porque me aproximei da mesa.

Um mapa da fronteira entre o Brasil e o Paraguai estava colado à parede com riscos, provavelmente com as rotas para a missão. Um homem estava sentado de costas, admirando o mapa.

— Muito bem, senhorita, pode se sentar. Nossa conversa será longa.

— Estou bem de pé. Só não gosto de conversar com quem não vejo o rosto.

— Justo. Só peço que não se assuste, porque tive um pequeno contratempo.

A cadeira se virou lentamente, e então me dei conta de que das duas uma: ou aquilo era uma armadilha e dela eu jamais escaparia ou de fato eu era muito boa no que fazia.

CAPÍTULO 101

TEBALDO

O homem retirou o tapa-olho, e vi o estrago que uma pistola podia fazer no rosto de alguém. O sorriso dourado de canto de boca o tornava inconfundível. Tebaldo estava sentado à minha frente e, tão logo me obrigou a ver o que meu tiro fez no rosto dele, recolocou o tapa-olho no lugar, tornando sua aparência menos aflitiva.

— Que mundo pequeno, não é mesmo? Cá estamos nós dois, frente a frente, de novo.

— Se espera um pedido de desculpas, sinto muito, mas não faz o meu perfil. Então, se quer se vingar, não vamos perder tempo batendo papo. Vi que você já preparou a cena para uma execução, então vamos em frente. Tô louca pra dar um abraço na nonna lá no céu. Ou beber e fumar muita maconha com o capeta no inferno.

Os homens se olharam e riram de mim, mas permaneci séria. Não daria o braço a torcer, afinal, como diz o ditado popular: "o que é um peido para quem está cagado?"

— Não é uma armadilha. Eu realmente preciso de você. Minha proposta é bem simples: você me ajuda a levar as armas para o Paraguai, e eu te ajudo a trazer droga de lá pra cá.

— Essa história não faz o menor sentido. Você tinha um comércio organizado em Manaus, o que tá fazendo aqui, no Rio de Janeiro? E quer que eu, que tentei te matar e te arranquei um olho, te ajude?

Tebaldo me encarou com seu único olho e falou:

— Vamos ao trabalho ou você pretende colocar em risco o seu amado?

— Quem te contratou pra me colocar nessa jogada?

— Você anda lendo muitos livros de ficção. Não parece óbvio que minha maior vingança é fazer você se sujeitar a mim, pra não perder aquele bosta?

— Ah, homens e sua mania de se afirmar o tempo inteiro... Eu no seu lugar já teria me matado há muito tempo.

— Mas eu não sou você e quero que você trabalhe comigo. Podemos seguir ou vamos continuar nessa conversa?

— O que você quer comigo de verdade?

Tebaldo perdeu a paciência e pegou o celular, ligando uma chamada de vídeo.

— Pronto, espero que isso te ajude a entender o sentido disso tudo.

As imagens mostravam Rubens machucado, apanhando de um grupo de presos. Os carcereiros apostavam dinheiro, enquanto os outros gritavam.

— Covarde! Ele não tem como se defender!

Perdi o controle e parti pra cima dele. Seus homens engatilharam as armas e as apontaram na minha direção, mas eu estava cega. Tebaldo ria de mim, enquanto Rubens apanhava ainda mais. Ele me pegou pelo pescoço enquanto eu me debatia de ódio.

— Sua obsessão por esse homem vai te levar à morte.

— Foda-se! Eu vou te fazer sofrer muito até você morrer, seu merda!

Fui rendida, e Tebaldo deu a ordem pelo celular:

— Esse corretivo tá leve demais. Que tal a gente dar mais emoção pra esse jogo? Atenção: quero que dominem o preso. Paguem as apostas e levem esse saco de merda pra uma solitária. Lá vamos poder brincar com mais privacidade.

Eu gritava e me debatia, mas a real é que eu não podia fazer nada. Enquanto via Rubens ser arrastado para um cubículo sujo, tentei me acalmar e pensar em como papai agiria naquela situação. Ele certamente usaria a cabeça, e não a força.

Respirei fundo enquanto Rubens, muito ferido, foi despido e amarrado de pé.

— Que tal se estragarmos o seu brinquedinho?

Rubens estava com uma mordaça, e eu podia ver o desespero em seus olhos. As lágrimas escorriam pelo rosto esfolado dele, e quem filmava aquela cena de terror começou a se aproximar com um alicate.

— Vamos arrancar as bolas dele? O que você acha, Nina? Pretende ser mãe? Acho que você vai ter que adotar, porque esse cara aí só vai conseguir te comer com os dedos depois que a gente terminar. Mas adotar é um gesto nobre, não acha?

Tebaldo ria do Rubens. Ele estava aterrorizado, e eu podia perceber nos seus olhos. Eu precisava fazer alguma coisa, mas o quê? Eu estava rendida, e o Rubens, sendo torturado por aquele maluco. Fiz a única coisa que estava ao meu alcance:

— Chega, por favor. Eu faço o que você quiser, mas garante que ele vai ficar vivo e bem!

— Era a reação que eu esperava de você.

Tebaldo deu a ordem, e os homens pararam de torturar o Rubens. Ele desligou e começou a falar sobre o plano como se aquilo não tivesse acontecido.

Por fim, me calei. Não dava para ganhar todas, e, de fato, Rubens estava correndo perigo de vida. Eu precisava trabalhar com Tebaldo se quisesse salvá-lo, e, se com isso ainda pudesse ganhar alguns quilos de cocaína, que mal tinha?

— Você vai me agradecer quando isso tudo acabar.

— Vai à merda, antes que eu me esqueça!

— Você me diverte, Nina.

— Saiba que vou terminar o que comecei com você.

— Aguardo ansiosamente! — Tebaldo riu com deboche.

Depois de algumas horas, o plano estava arquitetado. Levaríamos a carga escondida em sacas de soja e voltaríamos com 300 kg de cocaína — desses, 30 seriam meus. Isso me tornaria rica, considerando que eu poderia vender essa coca na Europa e ganhar algo em torno de 700 mil euros ou mais de 3 milhões de reais. Mas, diante de tudo aquilo, o mais importante era garantir que o Rubens estivesse vivo.

— Muito bem, quando vamos partir? — perguntei.

— Daqui a duas horas. Espera nesse lugar.

Ele estendeu a mão com seus anéis de ouro, e eu peguei o pedaço de papel. Olhei para a cara de Tebaldo, apreensiva, mas eu não tinha para onde correr. Era isso ou a morte, e eu sabia.

CAPÍTULO 102

DESPEDIDA

Aquelas duas horas demoraram a passar. Eu teria que me encontrar com o bando no Porto de Itaguaí, um dos maiores e mais modernos da América Latina. O porto ficava na cidade de mesmo nome, na região metropolitana do Rio de Janeiro. No porto, carregaríamos o caminhão e partiríamos rumo à Ciudad del Leste e, de lá, para o destino final.

Fui de Guaratiba direto para Itaguaí e, no caminho, resolvi falar com Túlio.

— Oi, irmão.

— Nossa, que surpresa. Você nunca me liga.

— Como estão as coisas aí nos *states*?

— Tudo bem. Vou terminar o doutorado no próximo semestre.

— E finalmente volta pra cá?

— Acho que não, Nina. Papai não me quer por perto.

— Papai é um homofóbico babaca. Não se rende e nunca deixe de ser quem você é por causa dele.

— Assim você me deixa sem jeito.

— Para de viadagem, Túlio. Seja homem!

Ri alto com meu irmão por telefone, mas quis desligar logo.

— E você, como está? — perguntou ele, preocupado.

— Vou indo. Preciso desligar agora. Só queria saber de você, e que bom que está bem.

— Eu te amo, irmã.

— Eu também.

Desliguei assustada. Não me lembro da última vez que disse eu te amo para o meu irmão, mas nessa hora me lembrei novamente de nós nas dunas de Arraial do Cabo, fugindo do papai.

Respirei fundo para não chorar. Era hora de ligar para a minha mãe.

— Mãe?

— Nina, por onde você anda? Nunca mais me ligou...

— Estou viajando a trabalho, mãe. Volto na próxima semana, e poderemos nos ver.

— Seu pai falou tanto de você esses dias...

— Mamãe, não quero falar sobre o Vicenzo.

— Não chama ele assim. Ele é seu pai.

— Bom, eu só queria saber de você. Que bom que está bem e que nada mudou.

— Estou com saudade, minha filha. E estou tão sozinha... Seu pai tem viajado muito ultimamente...

— Quando eu voltar, vamos fazer aquela receita de calzone da nonna, *va bene*?

— *Va bene, ragazza*. Se cuida. Eu te amo, minha...

A ligação caiu, mas pude ouvir o que minha mãe disse, e isso recarregou todas as minhas energias, mas ainda faltava falar com uma pessoa.

— Rubens?

— Nina, pelo amor de Deus! Já conseguiu chegar no lugar? Eles me bateram muito, achei que fosse desistir. Vi a morte de perto naquela solitária...

— Eu deveria, já que você está mais preocupado com a sua segurança do que comigo. Enfim, já estou a caminho do porto, para pegar a carga. Eu realmente ainda não entendi o que estou fazendo aqui, mas, se é para te salvar, vou até o fim.

— Eu sei que sim! Obrigado, meu amor.

— Me agradeça deixando de ser babaca. Deixando de ser o Roll.

— Não tenha dúvidas disso.

— Eles cuidaram de você, cuidaram dos machucados?

— Nina, você acha que eu estou num spa? É claro que não, mas queriam que você soubesse que estou bem, por isso estou com o celular.

— Que ódio desse homem! Quero arrancar a cabeça dele quando isso acabar!

— Foca na missão. Eu te amo.

— Repete isso?

— Eu te a...

A bateria do meu telefone acabou. Olhei desesperada para o celular, mas eu não podia fazer mais nada. Me deixei chorar e sentir tudo aquilo que estava acontecendo. Em instantes, me recompus. Não podia me fragilizar naquele momento. Joguei o telefone no mato, no caminho para o porto. Nada mais importava agora, a não ser entregar as armas, buscar a cocaína e livrar o Rubens da tortura na cadeia.

Voltar viva também fazia parte dos meus planos, diga-se de passagem.

CAPÍTULO 103

MISSÃO SUICIDA

Já era madrugada quando o caminhão parou no posto combinado, bem perto do porto. O motorista piscou os faróis, e eu corri para a boleia.

— Documentos falsos no porta-luvas. Joga o seu celular fora — disse Raimundo, o motorista do caminhão.

— Já fiz isso.

— Vamos ser escoltados pelo caminho. Esse é o Ricardo, que vai negociar com os paraguaios.

Ricardo era um rapaz de uns 25 anos, magro, com cara de nerd. Ele ficou me encarando por alguns minutos.

— O que foi?

— Tô me perguntando o que uma moça bonita como você tá fazendo nessa missão.

— Isso não é da sua conta.

— Ricardo, deixa a moça em paz. Você nem gosta de mulher.

Raimundo riu alto, e percebi o desconforto do Ricardo. Olhei para ele e segurei a sua mão. Ele a apertou com força — percebi que sentia medo, que também devia estar ali por alguma imposição do Tebaldo.

O Raimundo acelerou o caminhão, e partimos rumo ao Paraguai. A viagem de 1452 km levou pouco mais de dois dias. Passamos por vários estados e pegamos estradas muito precárias, mas não fomos parados em nenhuma parte do trajeto.

Ao longo desses dias, fiquei amiga dos dois. Falamos sobre a vida, sobre morte, sobre planos... Os dois com muitos sonhos e expectativas, porque o dinheiro dessa viagem os colocaria em outro patamar de vida. Eram pessoas humildes, mas honestas. Estavam ali fazendo aquilo por falta de opção ou por impaciência, já que, em menos de uma semana, ganhariam o que talvez tivessem que trabalhar a vida inteira para conseguir.

— Temos que chegar à Ponte da Amizade às 4 da manhã, porque só podemos passar das 6 às 8. E quem vai nos vistoriar vai estar esperando no primeiro horário. Então já vamos ficar na fila, pra não dar problema.

— Ok, Raimundo. Não vou demorar no banheiro.

Desci do caminhão com o Ricardo, e fomos ao posto. Agora faltava pouco para cruzarmos a fronteira. Como eu queria me livrar logo daquilo...

— Já conversamos tanto sobre as nossas vidas durante a viagem, mas acho que você não me contou tudo, Ricardo...

— Nem você, Nina. Tenho vergonha do Raimundo, sei lá, acho que ele pode debochar de mim... mas vou te contar.

Ricardo me contou que seu namorado fazia parte do bando de Tebaldo desde Manaus e que seu irmão foi morto por ele.

— Nunca pensei que estaria envolvido com o responsável pela morte do meu irmão, mas não tive saída. Meu namorado está internado, foi baleado em uma operação com Tebaldo, e, como deve muito dinheiro a ele, tive que fazer isso, para salvar a vida dele. Foi o acordo que eles fizeram, para que ele consiga sair dessa quadrilha. Quando isso tudo acabar, vamos nos casar e recomeçar a vida em outro lugar.

— Cara, que barra! Pra defender o seu namorado, você está trabalhando com o assassino do seu irmão. Mas nós vamos nos vingar desse merda. Conta comigo para o que você precisar.

Ricardo me deu um abraço tão apertado, com os olhos marejados, que me emocionou. Aquele rapaz não tinha qualquer envolvimento com o tráfico, mas, assim como eu, estava ali por amor. E o meu ódio por Tebaldo só aumentou.

— E você? O que faz aqui?

Contei para Ricardo a minha história, e rimos juntos quando eu disse que era a responsável por ele ter perdido aquele olho.

— Te admiro demais, Nina. Vamos sair dessa vivos e com os nossos homens.

Raimundo buzinou, impaciente. Terminamos o café e corremos para o caminhão.

A travessia correu como planejado, e, depois de mais um dia de viagem, finalmente chegamos ao destino: a cidade de Capitan Pablo Lagerenza, quase na fronteira com a Bolívia.

Depois de passarmos pela cidadezinha, que se sustentava com a pecuária, a agronomia e o comércio de drogas, seguimos por uma estrada de terra que terminava em uma fazenda. Um enorme galpão se abriu, para que os caminhões entrassem. Lá seria feita a troca de mercadoria.

CAPÍTULO 104

O COMEÇO DO FIM

Tebaldo e seus comparsas saíram do outro caminhão e seguiram em direção ao escritório do local. Os homens do traficante de lá começaram a descarregar as sacas de soja, retirar as armas e a recarregar com a cocaína negociada.

— Ainda não entendi o que vim fazer aqui!

— Nem eu sei, Nina. Ele poderia ter chamado qualquer um dos homens dele, mas exigiu que eu substituísse o Gustavo. Estamos apenas cumprindo ordens — respondeu Ricardo, também curioso.

— Sabe de quem?

— Vamos mudar o rumo dessa prosa. Vocês estão brincando com o perigo. — Raimundo saiu apreensivo do caminhão. Ricardo me olhou com medo e se calou. Percebi que as coisas não eram tão simples quanto pareciam.

Depois de algumas horas de espera, os homens terminaram de recarregar os caminhões, e Tebaldo voltou com um saco de dinheiro, que distribuiu para todo mundo, mas não me deu nada.

— Não está esquecendo alguém?

— Por hora, o seu pagamento é o seu maridinho vivo. Quando a gente voltar para o Rio, entrego a sua parte em cocaína, como a gente combinou.

Seguimos viagem e, após um dia, estávamos novamente próximo à fronteira com o Brasil. Aquilo tudo não me descia. Eu não conseguia entender o propósito daquela viagem.

Paramos para dormir em uma fazenda nos arredores da Ciudad del Este, para aguardar o horário da travessia pela Ponte da Amizade. Armei minha barraca, assim como todos os outros, e me deitei, ansiosa e apreensiva para me livrar logo daquilo tudo.

O local era bem simples: um enorme galpão de madeira, cercado de árvores. O Raimundo e o outro motorista estacionaram os caminhões ao lado do galpão, e nos espalhamos pelo gramado, para dormir. Mas aquela noite parecia não ter fim. Assim que nosso acampamento ficou em silêncio, percebi um vulto rondando a minha barraca. Peguei minha arma, e, antes que pudesse engatilhar, Tebaldo já tinha rasgado a parte de trás da lona e me rendido.

— Agora a gente vai acabar o que começou em Manaus.

Ele subiu em mim como um cavalo quando quer comer uma égua. Eu me debati e tentei gritar, em vão. Um homem estava a postos do lado de fora, para evitar que qualquer pessoa se aproximasse.

— Sua vadia! Eu me apaixonei por você assim que bati meus olhos nesse seu corpo!

— Me deixa sair daqui!

— Vou te estuprar até você morrer nos meus braços. E ainda vai ser pouco perto do que você me fez.

— Você é louco!

— Você vai pagar pelo que fez comigo, sua vadia. Dá só uma olhadinha no seu marido. Ele agora está descansando.

Tebaldo me mostrou uma foto do Rubens enforcado na cela. Por segundos, tudo o que eu tinha vivido com o Rubens me veio à mente: os assaltos em Búzios, a cobertura do shopping, o pedido de casamento, a vida na Bahia, a prisão... a maldita prisão onde agora ele jazia pendurado em uma cela como um porco pronto para ser desossado.

Meu coração veio à boca, e perdi as forças. Tebaldo insistiu no estupro, e eu abaixei a guarda, anestesiada por perceber que tudo o que vivi até aquele momento tinha sido em vão. Mas, se por segundos fiquei imóvel, bastaram mais outros segundos para que eu reagisse. Parti pra cima dele, sem pensar nas consequências.

Enquanto lutávamos, ouvimos um tiro do lado de fora. O homem que guardava a barraca caiu imediatamente, e Tebaldo saiu de cima de mim. Enfiei os dedos no buraco do olho que faltava, e o sangue dele jorrou na minha cara. Tebaldo se contorcia de dor, e finalmente consegui sair de dentro da barraca. Ricardo estava de pé, chorando e com as mãos tremendo. Ele deu o tiro que tinha me salvado.

— Foi muito corajoso, mas precisamos sair daqui agora!

Ricardo e eu corremos em direção ao galpão quando Tebaldo e os outros homens seguiram em nossa direção. Estávamos cercados por eles, e não havia o que fazer. De repente, ouvimos o barulho de um helicóptero e rajadas de tiros. Várias viaturas da polícia paraguaia cercaram a fazenda, e senti que dali eu não sairia viva.

CAPÍTULO 105

FIM?

Com toda a movimentação, corri e me joguei embaixo de um carro parado no galpão. Antes que Ricardo pudesse me acompanhar, foi atingido por um tiro na cabeça. E lá estava eu, embaixo de um carro que mais parecia uma lata velha caindo aos pedaços. Olhei para o Ricardo, morto, e fiquei arrasada. Poderia ter sido eu. Ele estava ali enfrentando os seus medos para salvar o seu homem, como eu. Ele tinha me salvado, e eu não pude fazer o mesmo por ele.

Os tiros pararam, e os policiais repetiram:

—Você já era, melhor desistir antes que morra!

Respirei fundo. Talvez fosse melhor sair, como disse antes: ainda não era a hora de morrer ali, daquele jeito. Depois de voltar à realidade e à imersão das minhas memórias, decidi me render. Era o mais sensato a fazer se quisesse vingar as mortes do tio Marco, do Ricardo e, principalmente, do Rubens. Mas, antes que eu pudesse sair, ouvi uma voz conhecida:

— Chega! Já foi o bastante. Saiam! — As luzes se apagaram, os carros recuaram, e já não dava mais para ouvir o som do helicóptero. A voz continuou: — Não dei ordem para violentar ela!

— Achei que a gente devia se empenhar pra parecer de verdade! — disse Tebaldo aos berros.

— Se empenhou tanto que vai ganhar uma morte real.

Ouvi o disparo e o corpo de Tebaldo cair ao chão, agora sem o outro olho. Observei os pés do homem caminhando em minha direção.

— Saia daí imediatamente!

Apenas obedeci. Me arrastei e consegui ficar de pé. Tinha sangue do Tebaldo dos meus pés à cabeça, mas eu não estava ferida.

— O que fizeram com você? — perguntou ele, preocupado.

— Saiba que nunca vou te perdoar por isso!

— Esse foi o seu teste final. Agora você está pronta para me substituir.

— E quem disse que eu quero te substituir, Carcamano?

— O Túlio é um frouxo, mas eu não errei com você! Eu não errei com você! — gritou papai, como um louco. Caminhei para fora do galpão e vi o Raimundo se preparar para partir com o caminhão cheio de cocaína. — Você não nega as suas origens, minha filha!

— Você não tinha o direito de matar o homem que eu amo!

— Aquilo era um atraso de vida. Você vai ficar melhor sem ele. E nunca se esqueça: o amor é para os fracos. — Papai me olhou de cima a baixo e caminhou para dentro do galpão. Olhou tudo à sua volta e continuou: — Fiz muito bem em ordenar que Tebaldo impedisse a fuga daquele bandidinho de merda que você chamava de marido. Isso me deu o prazer de acabar com a vida dele.

— Você impediu a fuga?

— Tebaldo resolveu o problema e ainda acabou com a vida daquele velho seboso.

— De quem você está falando?

— Do baixinho manchado... Sei que você viu o homem e a esposa enforcados. Deu uma foto bem bonita. Quer rever?

Vicenzo caminhou para dentro do galpão, chutando os corpos das pessoas que tinham morrido durante o tiroteio, abrindo caminho com a maior frieza. Naquele momento, finalmente conheci o verdadeiro Vicenzo Mazzarelli, sem personagens, sem máscaras. Meu pai era aquele assassino frio que tinha se revelado diante de mim. Não satisfeito, ele continuou:

— Pensa no que estou te propondo. Acabei de eliminar seu maior inimigo, mandei matar aquele idiota preso que era o seu obstáculo para ser grande e ainda te dei de presente uma carga que vale mais de 30 milhões de reais. Você devia me agradecer de joelhos!

Ele estava tão empolgado e emocionado que não percebeu que tinha um estoque absurdo de combustível no galpão. Eu já tinha certeza do que deveria fazer quando vi o Rubens enforcado, mas não esperava que meu próprio pai estivesse envolvido, que ele seria capaz de matar o meu homem para garantir que eu fizesse o que ele achava que era melhor pra mim.

— É como eu bem disse: precisamos eliminar nossos obstáculos se quisermos crescer na vida.

Vicenzo caiu em si quando percebeu que eu já empunhava um fuzil que peguei das mãos de um dos bandidos mortos.

— Não faz nenhuma besteira.

— Vou apenas provar que aprendi tudo contigo. Você vai morrer sendo o babaca que sempre foi! Espero que fique orgulhoso de mim no inferno!

Mirei nos galões de combustível e atirei. O galpão foi pelos ares, assim como Vicenzo e os corpos de todos os outros que tinham morrido por conta de mais um teste insano de um pai nada convencional.

Joguei o fuzil de lado, respirei fundo e dei as costas para aquilo que me atormentou a vida inteira. "Não preciso provar mais nada pra ninguém", pensei enquanto o galpão explodia sucessivamente.

Vicenzo estava certo. Eu finalmente estava pronta para enfrentar o que fosse, e a maior resposta foi ter conseguido eliminar meu maior inimigo: meu próprio pai.

Raimundo freou o caminhão lotado de cocaína quando me coloquei à frente dele, suja do sangue de Tebaldo. Ele abriu a porta para mim, e entrei calada. Apenas me olhou e, demonstrando respeito e admiração, partiu rumo ao Brasil, observando pelo retrovisor a enorme fumaça que embaçava o céu que começava a clarear.

Este livro foi impresso nas oficinas gráficas da Editora Vozes Ltda.,
Rua Frei Luís, 100 – Petrópolis, RJ.